月のうらがわ
麻宮好
祥伝社

月のうらがわ

月のうらがわ

目次

装幀　芦澤泰偉
装画　朝江丸

第一話

幽

一

油障子《あぶらしょうじ》を透かして早春の陽《ひ》が差し込んでくる。埃《ほこり》が光の中をちらちら舞うのがとても綺麗《きれい》だ。透《す》き通った光はおっかさんの頬《ほお》も照らし、その下を流れる血の色までも優しく見せてくれる。

「おいら、やだ。『桃太郎』はやだ。だって鬼が出てくるんだよ。だからぜったいにやだ」

四歳の正太《しょうた》が大きくかぶりを振った。さっきからおっかさんの膝《ひざ》にまとわりついて離れようとしない。

「けど、あたしは『桃太郎』がいい」

おあやも負けじとむくれてみせる。年が明けて十歳になったのだから、今更『桃太郎』でもないのだけれど、今日だけは弟に譲《ゆず》りたくない。ここ数日は熱で苦しそうだったおっかさんが今日は具合がいいらしく、おあやと正太に絵双紙《えぞうし》を読んでくれることになったのだ。

「いやだい。鬼は人を食べるからおっかないんだ。『舌切り雀《したきりすずめ》』がいい」

「じゃあ。先に『舌切り雀』を読んでから、『桃太郎』にしよう。それでいいね」

おっかさんが言うと、正太はようやく首を縦に振った。

鬼よりも『舌切り雀』に出てくる物の怪《もののけ》のほうがずっと怖ろしい。しかも欲張りのお婆《ばあ》さんは物の怪たちに食い殺されてしまうのだ。それなのに、正太が『舌切り雀』を読んで欲しいとねだるのにはわけがある。

「おあやもそれでいいよね」

おっかさんが柔らかな笑顔を向けた。おっかさんとこうしていられるのは、本当に久方ぶりのことだから弟の我儘《わがまま》くらい大目に見てやろう。渋々ではあったけれど、いいよとおあやは頷《うなず》いた。

おっかさんは優しい声でお話を語りだす。

「おばあさんが大きなつづらを開けたときです。中から出てきたのは――」

「やだ。おっかない」

正太が絵双紙を読むおっかさんの袂《たもと》にしがみついた。『舌切り雀』を読んで欲しいわけとはこういうことだ。つまり、わざと怖い場面を読ませておっかさんに甘えようとしているのだが、四歳の浅知恵なぞおあやにはちゃんとお見通しなのだ。

「じゃあ、ここでやめる？」

おっかさんが訊《き》くと、

「ううん。おっかさんがいれば大丈夫だい」

正太はおっかさんの袂をもっと強く握った。そんな弟を見たら腹が立つより、胸がぎゅっと痛くなってしまった。

おあやもおっかさんに甘えたいけれど、十歳にもなって膝に乗るのは恥ずかしい。それに、おっかさんはずいぶんと痩《や》せてしまった。おあやが膝に乗ったら折れてしまいそうなくらい。ううん、今にもおあやと正太の前から――消えてしまいそうなくらいに。気づけば瞼《まぶた》の裏が熱くなって、おあやは慌てて下を向いた。

するとと、温かい腕がそっとおあやを抱いた。おっかさんの息は、ほんの少しだけ薬湯のにおいがした。

「ずるいや。姉ちゃんばっかり」

正太が駄々をこねると、

「じゃあ、こうしよう」

おっかさんはくすくす笑って正太も抱いた。

「つづらの中から出てきたのは――」

お話はもう頭に入らなかった。聞こえるのはおっかさんの内側を流れる血の音だ。おっかさんと正太とずっとこうしていられたらいい。おあやは早春の光の中で祈っていた。温かなおっかさんの腕の中で、おっかさんの命の音を聞きながら祈り続けていた。

けれど、おっかさんだけが光の中に溶けてしまった。

おあやと正太を残して――

乾いた硯《すずり》の海に涙がぽたりと落ちておあやは我に返った。

母の遺《のこ》した硯である。亡き母は本を読むのも書き物をするのも好きだった。読み聞かせだけでなく、おあやに文字を教えてくれた。だから、文箱《ふばこ》を開けると墨のにおいに誘《いざな》われ、まるで時が巻き戻ったみたいに思い出の中に入り込んでしまったのだ。文箱の中には母の書いた文字が遺されていて、それを見るとまた胸が引き絞られた。

子ども二人を抱きながら『舌切り雀』を語ってくれた日からおよそひと月後、母は桜の精に連れていかれるようにこの世を去った。それから三年が経つというのに、未《いま》だに母を思うと涙ぐんでしまう。

だが、早く夕餉《ゆうげ》の支度《したく》をしないと父も正太も帰ってくる。塩辛いものを飲み込み、おあやが土間に下りたときだった。

「あんたはそれでも人の子かい。鬼の子じゃないのかい」

油障子がびりびりと震えるほどの大声がした。

声の主は、ここ新兵衛《しんべえ》長屋の御意見番、お楽《らく》である。それにしても、〈鬼の子〉だなんて、そんなひどい言われ方をする人間がこの長屋にいただろうか。

おあやは、建てつけの悪い油障子を持ち上げるようにして三寸ほど開けると、表の様子を窺《うかが》った。

おあやの家の隣。昨夜、新しい店子《たなこ》が越してきたばかりの部屋の前だ。仁王像《におうぞう》さながら腰に手を当て、眉を吊《つ》り上げているのはやはりお楽である。その傍《そば》には同じ新兵衛長屋の店子である、重蔵《じゅうぞう》夫婦がしょんぼりした様子で立っている。一方、堂々とした〈仁王さま〉に対峙《たいじ》しているのは〈鬼の子〉どころか、吹けば飛ぶようなほっそりした体つきの女だった。あいにく、ここからは背中しか見えないものの、十三歳のおあやでも、女が身にまとっているのが上物《じょうもの》の唐桟縞《とうざんじま》だとわかる。この新兵衛長屋であんないいものを着ているのは——おあやの頭の中で長屋の女たちの顔がひと巡りし、最後に輪郭の曖昧《あいまい》な細面《ほそおもて》が浮かんだ。

差配の孫娘、お美代《みよ》かもしれない。二十三、四歳の美しい人だと耳にしているが、まだおあやはそのご尊顔を間近で拝したことがなかった。お美代が差配の家にやってきたのは、ほんの三月《みつき》ほど前だし、家にこもりがちであまり表には出てこないからだ。だが、そんなお美代と新兵衛長屋の〝顔〟とも言えるお楽がどうして揉《も》めているのだろう。

「なんだい。黙っちまって。何かお言いよ」

長い間《ま》を厭《いと》い、お楽が四角い顎《あご》をぐいと反《そ》らした。何かお言いと言ったって、お楽に鬼の子呼ばわりされたら大抵の女は肝《きも》が縮んでしまうだろう。お美代さんも災難だなとおあやが同情したときだった。

「あたしが鬼の子なら、お楽さん、あなたもそうでしょう」

お美代が朗々《ろうろう》とした声で言い返した。逆光でも、お楽の顔がみるみる真っ赤になるのがわかった。

「あたしが、鬼の子だって？　そりゃ、ぜんたい——」

「あなただって」とお美代が強い語調でお楽を遮《さえぎ》った。「お菜を売っておあしをいただいているじゃないですか」

確かにお楽は表店で「楽屋《らくや》」という煮売屋《にうりや》を営んでいる。でも——

「それが、どうして鬼の子になるのさ」

聞かせてもらおうじゃないか、とお楽は恫喝《どうかつ》するような声を上げ、胸を反らして半歩前に出る。あちこちでそろそろと油障子が開いた。閉まっているのは新しい住人の部屋の障子だけだ。この騒動が気にならないなんて、いったいどんな人が越してきたのだろうとおあやが思っていると、

「何かを手にするためにはおあしを払う。世間はそうして回っているんでしょう。ただで長屋には住めません。青物屋だって菓子屋だってそうです。それとも、あなたはただで煮っころがしや田楽《でんがく》を人に恵んでいるんですか」

お美代が負けじと言い返した。

「何、屁理屈《へりくつ》をこねくり回してんのさ。それはそれ、これはこれだよ。それにあんたは差配さんの代わりで来てるんだろう？　第一、差配さんがそんな無体《むたい》なことをしろってあんたに言ったのかい。払えないなら荷物をまとめて出ていけなんてさ」

なるほど。ようやくおあやにも喧嘩《けんか》の筋が見えてきた。

今日は二月の十五日。新兵衛店では毎月晦日《みそか》に店賃《たなちん》を納めることになっているのだが、重蔵夫婦は先月分の店賃を払っていないのだろう。いや、先月だけじゃない。たぶん、先々月も、その前の月も。

いったいいくらの滞納になるのだろう。新兵衛長屋の店賃は月に三百文《もん》だから、仮に三月払っていないとしたら、しめて九百文になる。だが、温厚な人柄で知られる差配の新兵衛《しんべえ》が三月の滞《とどこお》りくらいで、すぐにでも部屋を出ていけなどと言うだろうか。

「祖父に一任されているんですから、あたしが今は差配人なんです。それに、店賃が払えなければ出ていくのは当たり前でしょう。既《すで》に四月《よつき》も滞っているんですよ」

四月だったか。それにしても、あの物言いはずいぶんと喧嘩腰《けんかごし》ではないか。横で小柄な夫婦がしおしおと首を垂れているのを見ると、おあやまで身を縮めたくなってしまう。

「だからって、すぐに出てけっていうのは酷《こく》だろうよ」

お楽がさらに声を荒らげる。

「すぐにとは言ってません。払えなければ今月中に、と言ってるんです。それとも、あなたが代わりに払ってくれるんですか」

「この女、言わせておけば」

ついにお楽がお美代の胸倉を摑《つか》んだ。

「待ちなよ。お楽さん」

よく通る声がそれを止めた。藍縞《あいじま》の尻端折《しりつぱしよ》りに紺木綿《こんもめん》の股引《ももひき》、それに印半纏《しるしばんてん》を羽織《はお》った、すらりとした姿はおあやの父、直次郎《なおじろう》だ。渦中《かちゆう》の大人四人に、父は長い足で近づくと、

「女だてらに乱暴はいけねぇよ。しかも相手は差配さんの代理だ」

穏やかな物言いで取り成した。

お楽は渋々といった態《てい》でお美代の胸倉から手を離したものの、眉を八の字にして父に訴える。

「けど、お美代さんってば、重蔵さんたちを追い出そうってんだよ。店賃が払えないからって、あまりにひどい仕打ちじゃないか。おはるちゃんだっているってぇのにさ」

おはるは重蔵の一人娘である。姿が見えないのは、長屋の子どもたちとどこかへ遊びに出かけているのだろう。そろそろ帰らねばならぬ刻限だが、今はここにいないことが有り難かった。こんな修羅場《しゅらば》、幼い子に見せるもんじゃない。

「だが、差配さんの立場もあるだろうよ。それに、力でねじ伏せるってぇのはお楽さんらしくないぜ」

諭《さと》すような物言いに、お楽は大きな体を縮めるようにした。

力ずくはよくない。父の言い条はもっともだ。だが、お美代の態度も冷たすぎやしないか——とおあやが思っていると、父がとんでもないことを口にした。

「四月分は無理ですが、とりあえず、ひと月分はあっしが立て替えましょう。それで追い出すのはちっと待ってもらえませんかい、差配さん」

何を言ってるのよ、おとっつぁん。うちだってゆとりがあるわけじゃないでしょう。

おあやは前垂れの裾《すそ》を握りしめ、飛び出しそうになるのをぐっとこらえた。実を言えば、先月の店賃だって払うのが惜しかったのだ。差配さんに持っていく三百文を包みながら、この金であれもこれも買えるのにと思ったのだから。

だが、そんなおあやの胸の内などむろん気づくはずもなく、父はじっとお美代の返事を待っている。お美代はしばらく思案するふうに俯《うつむ》いていたが、わかりました、ときっぱりと顔を上げた。

「じゃあ、もうひと月は待ちます。次の月に払えなければ出て行ってもらいますから」

平板な口調で告げ、足早にその場を去った。

いつの間にか、春の陽はずいぶんと濃さを増し、路面は飴《あめ》色に染まっていた。木戸のほうへと去っていくお美代の影とすれ違い、こちらへ向かってくるのはふたつの小さな影である。そのうちのひとつが転がるように駆けてきて、父の影にまとわりついた。

「おとっつぁん、お帰り。今日は早いね」

弟の正太である。その無邪気な声を耳にすると、なぜだか無性《むしょう》に腹が立ってきた。

「こらっ！」

飛び出すとおあやは大声で怒鳴りつけていた。正太が父親の腕にしがみついたまま、ひえっ、と声を上げた。その横では赤い着物姿のおはるが大きな目を瞠《みは》っている。

「今日は早いね、じゃないよ。お天道《てんと》さまが沈む前に戻っておいでっていつも言ってるじゃないの」

お楽さながら腰に手を当て、弟の前に仁王立ちする。怒鳴ってはみたものの、胸の辺りはまだむかむかしている。

何だ、姉ちゃんか、と正太は拍子抜けしたような顔になった。いったいどこで寝転がっていたのか、紺絣《こんがすり》の着物はもちろん、前髪を残した小さな髷《まげ》にも枯れ草がついている。

「まだ沈んじゃいないよ」

蜜柑《みかん》色の陽は大名屋敷の屋根に今しも隠れそうだが、確かに沈んではいない。春空はまだ昼間の明るさを充分に残していた。

「屁理屈言わないの。お天道さまが隠れたらすぐに真っ暗になっちゃうんだからね」

なおも叱るおあやを、まあまあ、となだめたのはお楽である。

「いいじゃないか。明るいうちに帰ってきたんだからさ。それぐらいにしておやりよ、おあやちゃん」

こちらの〈仁王さま〉はすっかり長屋の世話役の顔に戻っていた。

「だって、小母《おば》さん――」

おあやが反駁《はんばく》しかけるのを、

「すみません、あたしらはこれで」

遠慮がちに遮ったのは重蔵の女房、おつなである。間近で見ると夫婦とも顔色が冴《さ》えなかった。重蔵は頰がこけて目が窪《くぼ》んでいるし、おつなは肌が白茶けて粉を吹いている。そのおつなが父へと向き直り、深々と頭を下げた。

「いつもすみませんね、直次郎さん」

途端におはるの目に暗い色が走った。正太と同じ七歳でもおはるは大人びている。家が窮していることも、母親の言葉の意味も大方は察しているのかもしれない。俄《にわか》に硬い面持ちになると、両親についと背を向け、ひとりで家のほうへと駆けていってしまった。裾の短い着物の赤色がおあやの心にやけにしんみりと残る。おつなはもう一度頭を下げると夫の袂を引っ張って、もどかしげに娘の後を追っていった。

夫婦が遠ざかるのを少し待ってから、

「大丈夫かい？　直次郎さん。あんたのところだって楽なわけじゃないだろう」

風に紛《まぎ》れそうな低い声でお楽が問うた。

「ああ。大丈夫さ。何とかなるだろ」

右足を引きずって歩く重蔵の背中を、父はどこか険しい表情で見送っている。

大丈夫じゃないよ、おとっつぁん。

言いさした言葉を強引に呑《の》み込んだとき、ようやく〈むかむか〉の正体がわかった。いや、その矛先《ほこさき》がわかった。だが、お楽の手前、それを父にぶつけるわけにはいかず、おあやは大人二人から目を逸《そ》らすようにして自分の足元を見つめた。

いつから履いているのか憶《おぼ》えていないくらいの古い下駄《げた》だ。歯がすり減っているだけではない。歳の割には大柄なおあやの足には小さく、赤い鼻緒《はなお》は色あせ、今にも切れそうなくらい細っている。鼻緒くらいすげ替えればいいのだけれど、わざとそのままにしているのは、父への当てこすりのつもりだった。だが、そんな下駄を見ているうち、おあやの〈むかむか〉は少しずつ〈べそべそ〉に変わっていく。怒ったりすねたり悲しくなったり、近頃のおあやの心は忙《せわ》しない。

すると、お楽が鼻から太息を出した後にこう言った。

「元はといえば、あたしが言いだしっぺだもんね。半分助けるよ」

「いいのかい？　お楽さん」

父が切れ長の目を瞠ると、

「ああ。しょうがないだろ。重蔵さんたちはともかく、おはるちゃんを路頭に迷わすわけにはいかないじゃないか。あんなにいい子をさ」

子持縞《こもちじま》の着物の胸を大きな手で豪快に叩《たた》く。それで〈べそべそ〉は心の奥へと半分ほど隠れてくれた。おあやはようやくちびた下駄から顔を上げ、お楽の陽焼け顔を見つめた。えらの張った顔に細い目とまん丸の鼻がついている。決して器量よしとは言えないし、喧嘩っ早いところはあるけれど、頼りになるのだ、この人は。

「そうそう、正坊、うちのガキどもは家に真っ直ぐ帰ったかい？」

四角い陽焼け顔がくしゃりと笑み崩れた。

「うん。途中で三太《さんた》がぐずっちまってさ、お初《はつ》ちゃんといっちゃんが代わりばんこに背負っていったよ」

お楽にはお初という八歳の娘を筆頭に、いっちゃんこと七歳の一太《いちた》、五歳の次太《つぎた》、それに四歳の三太という四人の子どもがいる。お初以外の三兄弟は家の中でお楽に「一、二、三」と呼ばれているらしい。

そんなお楽の亭主、恒吉《つねきち》は青物を扱うやっちゃ場で投師《なげし》として働いている。市場で競《せ》った青物を他の店に卸《おろ》すのが投師だが、売れ残った傷物を「楽屋」に回しているようだ。だが、どれほど不細工な芋《いも》や大根でもお楽の手にかかれば、器量よしの煮しめやお菜に変わるのだ。「楽屋」の煮しめはにおいからして違う。ふわりとした甘じょっぱいにおい。これだけで、いくらでもご飯が進みそうだ。

「ああ、そうだ」とお楽が思い出したように声を上げた。「これ、おつなさんに渡しそびれちまった。おあやちゃん、悪いけど、持っていってくれるかい」

藍地《あいじ》の風呂敷に包まれた、小さなお重をおあやについと差し出す。

そうそう、このにおい。中身はきっと芋の煮っころがしと玉《たま》こんにゃくの炒《い》り煮だ。危うく腹の虫が鳴りそうになり、おあやはこっそりお腹を引っ込めると風呂敷包みを受け取った。それにしても、このお重を手にしたまま、お美代の胸倉を摑んだのかと妙なところで感心してしまう。

「おつなさんに煮しめを持っていこうとしたらさ、重蔵さんたちと、あの女が揉めてたんだよ」

差配代理を〈あの女〉呼ばわりである。

「なるほど、そういうことだったかい」

父が深々と頷いた。

「じゃあ、あたしはこれで。おみつに店番を頼んでるからさ」

正坊、またね、とお楽は大きな手を振り、表店の勝手口へと去っていった。おみつは楽屋の売子である。

急ぎ足で店へ戻るお楽の広い背中を見ながら、おあやはほっと息をついた。とにもかくにも肩代わりする店賃が半分になったのだから有り難い。

「姉ちゃん、腹減ったよぉ」

正太が駄々をこねるように言った。頭に枯れ草を載せているだけでなく、ほっぺたに泥《どろ》までつけている。

「はいはい。けど、まずはおとっつぁんと湯屋に行っておいで。あたしはおはるちゃんところに、これを届けてくるから」

　おあやは手にしたお重を掲げてみせた。あんなことがあった後におつなやおはるに顔を合わせるのはいささか気が重い。そんなおあやの胸の内を察したのか、

「すまねぇな」

　父が小さな声でぼそりと言った。

　だが、おあやは聞こえぬふりで父に背を向け、重蔵の家へと足早に向かった。人の好《よ》すぎる父にささやかな意地悪をしたつもりだった。おあやの胸の中の〈むかむか〉も〈べそべそ〉も、その種は父が蒔《ま》いているのだ。ひと月分の店賃を肩代わりしただけではない。父はこれまでも重蔵一家の暮らしをずいぶんと助けている。

　重蔵は父の朋輩《ほうばい》だった。だった、というのは、二年ほど前に怪我《けが》をして右半身が利《き》かなくなり、今は働いていないからだ。「紅千《べにせん》」こと紅田屋千兵衛《べにたやせんべえ》という、深川《ふかがわ》では名の知れた大工の棟梁《とうりょう》の下で使われていたのだが、普請《ふしん》中の家の足場から落ちてしまったのである。かつて父は「重蔵の前世は猿《さる》だ」とよく言っていた。もちろん褒《ほ》め言葉だ。どんなに高所でも怖じることなくひょいひょいと上る重蔵は、紅千でも重宝がられていたらしい。そんな重蔵がなぜ足場から落ちたのか、その経緯をおあやはよく知らないが、激しい夕立のあった日らしく、雨で足を滑らせたのではないかと長屋雀たちは言っていた。

　働けぬようになった亭主の代わりに、女房のおつなが水茶屋《みずぢゃや》勤めをしているが、繊弱《せんじゃく》ゆえにそう長くは働けないようだ。そこで、お人よしの父は何やかんやと重蔵一家の面倒を見ているの

だった。米代や油代と称して時々金を渡しているのをおあやは知っている。

でも、うちだって――

おあやは足元の小石を蹴飛《けと》ばした。ちびた下駄の先に当たった小石はころりと転がり、溝板《どぶいた》の上で止まった。おあやの足も止まり、思わず溜息《ためいき》が洩《も》れる。

うちだって、借金があるのに。

亡き母の薬礼だった。当時はまだ幼かったから、金策に走る父の大変さはわからなかったが、こうして家のことを背負う身になると、その重たさがずしりと肩にのしかかるようになった。洗濯に繕《つくろ》い物に三度の飯の支度に弟の世話。そしてお金のやりくり。生きるためには仕方のないことだとわかっていても、時折、夢の世界に逃げたくなる。無性に紙や墨のにおいが恋しくなる。本を読みたくなる。

母の病でやめてしまった手習所《てならいどころ》に今更行けるとは思っていないけれど、貸本屋で本を借りて母みたいに読んだり写したりしたい。だが、おあやは仮名しか読めないし、何より本を借りるお金を捻《ひね》り出すのが難しい。

もちろん、困っている人を助けるのは正しいことだ。ただ、その正しいことが近頃のおあやには少し悩ましい。父が他人に優しくすることで、自分や正太が苦労するのは筋違いではないか。ちびた赤い鼻緒の下駄に足を入れるたびに、向こう側が透けて見えそうな正太の着物を干すたびに、何より近所の子どもたちが楽しそうに手習所に通うのを見るたびに、そんなふうに思ってしまう。その挙句《あげく》、今日みたいな〈むかむか〉や〈べそべそ〉がおあやの内側で頭をもたげ、暴れそうになるのだった。

だから、おあやはひと月ほど前、思い切って父に告げたのだ。

茶屋勤めをさせてくれないかと。

すると、とんでもねぇ、と父は声を荒らげ反対した。茶屋と言ってもいかがわしいところではない。昼間の勤めだけだし、おつなさんの働いているところだから安心だ。そんなふうにおあやが言っても聞く耳を持たず、借金が今年で払い終わる、それまでの辛抱だからと繰り返すばかりだった。

お大名のお姫さまでもあるまいし、十三歳の娘が外で働くことは別段、珍しいことではなかろう。だが、どうしたわけか、父は頑《かたく》なにおあやを外に出すことを嫌がっている。

だったら、重蔵さんにお金なんて渡さないでよ――

つい声に出しそうになって、おあやは口を固く引き結んだ。声に出せば、自分のことが大嫌いになる。〈むかむか〉が父でなくおあや自身に拳《こぶし》を振るうのはもっとつらかった。

鬼の子は――あたし自身の中にいるのではないか。

足元を見れば、陽はすっかり翳《かげ》り、長屋の路地には藍を溶かし込んだような夕闇が漂い始めている。早く届けてやらなきゃ。おはるがおなかを空《す》かせている。

おあやはお重を持ち直すと、ちびた下駄の足を速めた。路面に映った長い影は、自分のものではないみたいに細く頼りなかった。

二

翌日は春らしい日で、夕刻になってもまだ暖かかった。油障子を開け放した土間には濃くなった陽が斜めに差し込んでいる。

「おあやちゃん」

呼ぶ声と共に大きな影が陽を遮り、煮売屋のお楽が四角い顔を覗《のぞ》かせた。

「あ、お楽小母さん、ちょっと待っててくださいね」

出来上がったばかりの味噌汁《みそしる》の鍋をへっついから下ろし、藍地の前垂れで手を拭きながら戸口まで行く。

「今日はあったかかっただろう。四、五日したら桜も見頃になるだろうから、子どもたちを連れて花見に行かないかい。もちろん、おはるちゃんも誘ってさ」

花見弁当はこのお楽さんに任せておくれ、と分厚い胸を拳でたたく。

「うわぁ、嬉《うれ》しい」

「そんなに喜んでくれるとこっちも嬉しいよ」

お楽は相好《そうごう》を崩し、これ売れ残りだけど、と布巾《ふきん》の掛かった小鉢を差し出した。甘じょっぱいにおいがふわりと立ち上る。牛蒡《ごぼう》とこんにゃくの炒り煮だ。

「美味《おい》しそう。どうもありがとう。助かります」

「それと、お願いがあるんだけどね」

ちょいといいかい、とお楽は中へ入って上がり框《がまち》に腰を下ろした。

「お願いって、何ですか」

小鉢を置き、おあやも隣に座る。

たいしたことじゃないんだけどね、とお楽は前置きし、平板な口調で告げた。

「重蔵さんところの店賃の半分を渡すから、差配さんの家に届けてくれるかい」

ああ、そうだった。滞っている店賃のひと月分をお楽と父とで折半《せっぱん》することになっていたのだった。父から金は預かっているから今すぐにでも出せるけれど、子どもの自分よりお楽が行ったほうがいいのでは、と思っていると、

「あたしはどうもあのお美代さんって人が苦手でね。顔は綺麗だけどさ、綺麗過ぎて何だか血が通ってないような気がしちまって。けど、おあやちゃんなら子どもだから、あの人もあんな慳貪《けんどん》な物言いはしないと思うんだよね」

言い訳めいた言葉を並べたて、お楽は紙に包んだものを差し出した。なるほど。煮しめのおすそ分けにはそういう〝裏〟があったか、といささか意地悪なことを考えてしまう。おあやだってあの人は苦手だ。だが、嫌とは言えない。

「わかりました」

おあやが包みを受け取ると、お楽はほっとしたように笑った。まあ、あんなふうだから離縁されちまったんだろうね、と何気なくこぼし、どっしりした腰を浮かせかける。

「あの人、離縁されたんですか」

おあやの問いかけに、お楽は明らかに「しまった」という顔になった。子どもに言うべきことではない、と思い当たったのかもしれない。だが、いったんすべり落ちたものを元に戻すわけにはいかなかったようで、そうらしいね、と座り直した。

「あの器量だからね。望まれてそこそこのお店に縁付いたらしいよ。けど、三年ほどで離縁されちまったらしい。聞いたところじゃ、泥棒まがいのことをしたんだって」

「泥棒まがい？」

不穏な響きに声が裏返った。

「ああ、何でも店の金を使い込んだとかどうとか。しかもそれを頑なに認めなかったらしいね。いくら器量よしでも性根《しょうね》がひん曲がってたら女は駄目ってことだよ。美人は三日で飽きるっていうしね」

泥棒まがい。性根がひん曲がって。胸の悪くなるような言葉だった。でも、それ以上におあやをむかむかさせたのは、それらにぶら下がっている「だって」や「らしい」というあやふやな言葉だ。誰がお楽にこの話をしたのかは知らないが、その人もお楽と同じようにあやふやな、いや、言い訳めいた言葉で語ったのだろう。

聞いたところじゃ。そうらしいよ。あたしは見たわけじゃないけどね。噂《うわさ》では。

――迷ったときは、おあやの目でちゃんと見ること。ちゃんと耳で聞くこと。それがいっとう大事なんだよ。

生前の母に言われたことが脳裏《のうり》をよぎった。既に病を得ていた頃のことだったから、今にして思えば、死を覚悟してそんな言葉を遺したのかもしれなかった。十歳の娘が大人たちに惑《まど》わされないように。

おあやは改めて母の言を胸の真ん中に重石《おもし》として置いた。

おあやが黙り込んでしまったからか、

「ああ、そうだ」

気まずさを拭うように、お楽が明るい声で話題を変える。

「おとっつぁんに聞いたけどさ。働くんなら茶屋はやめときな」

「おとっつぁんが言ったんですか」

「うん。おあやちゃんのことを案じてたよ」

働きたいのはわかるけど、とおあやの足元を見ながらお楽は言う。ちびた下駄ごと足をどこかへ隠したくなった。そんな心の内を知ってか知らずか、お楽は尻をおあやのほうへずらすと、噛《か》んで含めるように続けた。

「茶屋はやめたほうがいいよ」

裏じゃ何をしてるかわからないところもたくさんあるからね。それよりお店の女中さんなんかがいいんじゃないかい。親切な口入屋《くちいれや》を知ってるから、おとっつぁんがいいって言ったら教えてあげるよ。おあやちゃんは厨《くりや》仕事も上手《うま》いし気働きもできるから――

説教めいた言葉はおあやの耳をすべっていく。お楽が親切な人であることは間違いないのだが、素直に受け止めることができないのは、手元にあるこのお金のせいだろうか。それとも、煮しめのせいだろうか。あるいは「だって」や「らしい」という言葉のせいなのかもしれない。〈裏〉があるものも〈あやふや〉なものも、できれば受け取りたくはないと思うのに、金の包みも煮しめもお楽に返すことはできず、おあやは俯いてお楽の言葉を聞き流していた。

ひとしきり喋《しゃべ》ると気が済んだのか、そいじゃよろしくね、とお楽は重そうな腰を上げ、油障子の向こうへと消えた。

大きく息を吐いたとき、

「姉ちゃん、もういいかい」

正太が顔を覗かせた。お楽のところの三兄弟と遊んでいたのか、手には父の拵《こしら》えた独楽《こま》を持っている。まだまだ幼いと思っていたが、大人の話と察して表で待っていたようだ。

「うん、いいよ。待たせちゃってごめんね」

煮しめの小鉢を土間の水屋に入れた後、おあやは前垂れを外すと下駄を脱いで部屋に上がった。行李《こうり》の底から金の包みを出し、お楽の持ってきてくれた分と合わせて綺麗に包み直して懐《ふところ》に入れた。途端に胸の奥までずんと重くなった。

「差配さんの家に行ってくるから留守番しててちょうだいね。すぐに帰ってくるから」

重みを振り切るように明るく言うと、

「おいらも行く」

鞠《まり》みたいに弾《はず》んだ声が返ってきた。

「行っても何もいいことなんかないわよ。店賃を渡してくるだけだもの」

「けど、あの人に会えるんだろう。ほら、差配さんの孫だっていう」

思いがけぬ言に襟髪《えりがみ》を摑まれた。土間に立って振り返ると、正太は部屋の真ん中でもじもじしながら独楽をいじっている。

「お美代さんのこと？　あの人に会いたいの」

おあやの問いかけに一拍置いた後、

「うん。あの人いいにおいがするし、きっと優しいよ」

思い切ったような面持ちで答えた。

「優しいって、何かしてもらったの」

「そういうわけじゃないけど。でも、あの人、綺麗だもん」

今度は頬を赤らめ、口を尖《とが》らせている。おあやは弟の丸顔をまじまじと見つめた。お楽が毛虫のように嫌うお美代を、正太が好いているとは思いもよらなかったのである。

だが――とおあやは思い直した。病死した母は大層器量よしだったのである。色白で優しげな目元にふっくらとした桜色の唇は、娘のおあやから見ても美しかった。幼い正太にとって母親の面影はぼんやりとしか残っていないだろうが、その美貌は近所でも評判だったようで、未だに話題に上るくらいだ。何より、父が「おめぇのおっかさんは器量よしで優しかった」としょっちゅう言って聞かせているので、〈綺麗な女子《おなご》は優しい〉と正太は思い込み、お美代に亡き母の姿を重ねているのかもしれなかった。中身はともかく、お美代の容貌が人目を引くほど美しいのは本当らしいから。

「でもね、正太」

綺麗でもあの人は冷たいかもよ。その言葉をおあやはすんでのところで呑み込んだ。

危うく胸の重石を忘れるところだった。お美代と面と向かって話したこともないのに、正太にあれこれ言うのはおかしいことだ。誰が何と言おうとも、正太の目はお美代を〈優しそう〉と捉《とら》えたのだ。それはそれでいいではないか。

「わかった。一緒に行こう。けど、夕方だからすぐに戻ってくるよ。本当にお金を渡すだけだからね」

そう釘《くぎ》を刺すと、正太はこくりと頷いた。


伊勢崎町《いせざきちょう》は仙台堀《せんだいぼり》に沿った東西に長い町で、大名屋敷に入るための堀で二つに分かたれている。新兵衛店はその入り堀の東側、海辺橋《うみべばし》という小さな橋に程近い場所にあった。裏店《うらだな》の木戸をくぐり、表通りに出る途中に差配の新兵衛が住む二階家は建っている。

新兵衛は丸顔に小ぢんまりとした目鼻がいかにも好々爺《こうこうや》といった風貌で、それに違《たが》わず親切で優しい差配人だ。母が亡くなったときは陰になり日向《ひなた》になりおあやを支えてくれた。そんな新兵衛が、店賃が滞ったという理由で重蔵夫婦を追い出すとはやはり信じられない。仮に追い出すことになったとしても、なぜ新兵衛本人ではなくお美代が出向いたのか。

色々と腑《ふ》に落ちぬことはあるが、それも自分の目や耳で確かめなくては。おあやは勝手口に回り、ごめんくださいと戸を叩いた。

　はい、と涼やかな声がして現れたのは――

　間近で見ると、思った以上に綺麗な人だった。洒落《しゃれ》た唐桟縞の着物から覗いた首は白磁《はくじ》のようだし、ふっくらとした唇は赤すぐりの実の色だ。とりわけ、輪郭のくっきりした黒々とした眸《ひとみ》が目を引く。だが、それ以上におあやを驚かせたのは、亡き母とどことなく似ていることだった。

　お美代はすぐに訪《おとな》いのわけに思い当たったらしく、

「ああ、重蔵さんの店賃ね」

　淡々とした声で言った。それで我に返った。

「はい、お楽さんとうちとで半分ずつ出しました」

　おあやは金の包みを手渡した。お楽の名を聞き、お美代は一瞬頬を強張《こわば》らせたが、

「確かに預かりました。ちょっと待っててね」

　存外に優しい声で奥へ引っ込んだ。

　どうしてだろう、空《から》になったはずの懐にはまだ何かが入っているような嫌な重みが残っている。

「ね、優しそうだろ」

　正太が囁《ささや》くような声で言う。

「そうね」

胸の重みを訝《いぶか》りながらおあやは弟へ返した。やはり正太はお美代に母の面影を重ねていたのだ。幼かったから母をほとんど憶《おぼ》えていないというのはこちらの勝手な思い込みで、正太は正太なりに母の記憶を持っている。

待つほどもなく戻ってきたお美代は、受け取りの証文を差し出した。父の分とお楽の分。きちんと二枚に分けて書いてくれた。

それじゃね、と奥へ引っ込みかけたお美代をおあやは呼び止めていた。

「あの、差配さんは――」

振り返ったお美代は訝しげに眉をひそめている。

「具合が悪いんですよね」

半月以上も姿を見ないのは、そうとしか考えられなかった。

お美代は小さく息を吐き、

「上がって顔を見ていったら」

素っ気無い口調で言った。

「いいんですか」

「ええ。だいぶよくなったから」

これもまた冷たいくらいの物言いだったが、どうぞ、と促《うなが》してくれた。

土間からすぐの四畳ほどの板間を抜ける。広々とした居間の先には六畳間があり、新兵衛が横になっていた。枕元には暇つぶしに読んでいたのか、本が二冊置いてある。題名の〝八犬〟という字だけが読めた。八頭の犬が出てくるお話だろうか。

「ああ、おあやちゃんに正坊」

よく来たね、と新兵衛が嬉しそうに言った。

勧められるまま、正太と並んで枕元に座ると、ヨモギに似た薬のにおいがぷんと立ち上った。

顔色はいい。いや、むしろ以前会ったときよりもふっくらしている気がする。

「どこが悪いんですか」

「腰を痛めたんだ」

湿布《しっぷ》のにおいだったか。

「内側の病ではないから案じることはないが、歳が歳だからねぇ。まあ、日にち薬だぁね」

新兵衛はころころと笑った。

「起き上がれないのかい」

気の毒そうに正太が眉をひそめる。

「いや、起き上がれるさ。お美代、支えてくれ」

新兵衛が言い終わらぬうちに、お美代は素早くおあやたちの反対側に回って片膝をついた。力を入れているからか頬にはほんのりと血の色が上り、そこに長い睫《まつげ》が淡い影を作っていた。

半身を起こした新兵衛は孫娘へ礼を述べた後、

「おあやちゃんたちに菓子でも出してやれ」

台所のほうを顎でしゃくった。お美代は黙って頷くと静かに立ち上がった。

途端に新兵衛が声をひそめる。

「あれとお楽さんが揉めたらしいねぇ」

その物言いから、お美代本人ではなく他の人から聞いたのだと察せられた。

はい、とも言えずにおあやが黙っていると、

「だんまりが答えってやつだな」

苦笑した後に新兵衛は言葉を継いだ。

「あれもお楽さんと同じで気が強いからな。確かに重蔵さんにはこっちも頭を痛めてたんだ。だが、差配人が店賃を肩代わりするのは他の店子の手前もあってできないからね。まあ、だからと言っておあやちゃんのおとっつぁんが助けるのも筋が違うがな。おあやちゃんのところもそれほど楽じゃないだろう」

これにも返答できずにおあやは俯いた。正太は意味がわかっているのかいないのか、ただ黙って話を聞いている。

沈黙が深くなると、やたらと台所の物音が気になってしまう。菓子だけでなく茶も淹《い》れているのだろうか。いや、自分のことが話題になっていると知っていて、ゆっくりしているのかもしれない。おあやがそわそわしていると、

「あれはあれで何か考えがあったんだと思うんだが。ちとやりすぎちまったかな」

新兵衛は小さな目を細め、台所のほうをちらりと見た。

考えって何ですか——

訊《たず》ねようとしたところへ、床を打つ足音がしてお美代が戻ってきた。

「これしかないけど。おしまさんのところで大福餅でも買っておけばよかったわね」

やはり淡々とした物言いで、番茶と菓子鉢に載った煎餅《せんべい》を出してくれる。

おしまさん、とは表店で菓子屋を営む老女のことだ。五年前に連れ合いをなくしたが、その後もひとりで元気に商いを続けており、〈おしま婆さんの大福餅〉と言えば、午過《ひるす》ぎには売り切れてしまうほどの人気である。

――おあや。おしま婆さんのところへ行こう。早くしないと売り切れちゃうから。

生前の母はおあやと正太を連れて時折、大福餅を買いにおしま婆さんの店へ行った。買うのは必ず五つ。うちは四人なのに、どうして五つも買うの。

――ここの大福餅、おとっつぁんが好きだから。

とろけるような顔をして母は答えた。

でも、母が死んでからおあやはおしま婆さんの大福餅を食べたことはない。すぐに売り切れてしまう菓子をわざわざ買いにいく心のゆとりもおあしの余裕もないし、何よりひとりで店に行っても楽しくない。おとっつぁんが好きだから。そう言って笑う母の嬉しそうな顔を見るのが、おあやも嬉しかったのだ。

たった大福ひとつなのに、こんなにも母との思い出が詰まっている。

母が死んでからの三年間、自分はいったい何をして生きてきたのだろう。

おあやはまだ嫌な重みが残る胸に思わず手を当てた。

あたしの中にいるのは鬼の子じゃない。

これは――空っぽの重みだ。

手習所に行けなくなって、美味《おい》しいお菓子も口にしなくなって、母の笑顔も見られなくなって、たくさんの楽しいことが淡雪のように消えてしまった。それなのに、母の死を悲しむ間もなく暮らしに追われ、毎日お金のことばかり考えなくちゃいけなくなった。

中身がないのにずしりと重いもの。そんな空っぽの重みをいつも胸に抱えているから、ほんの少しのことで〈むかむか〉したり〈べそべそ〉したりしてしまう。

ほら、今も。たかが大福餅のことなのに、厄介な〈べそべそ〉が襲ってくる。おあやはそれをぎゅっと固めて胸奥へと押し込んだ。

「どうしたい？　おあやちゃん」

新兵衛の案じ声がした。

「姉ちゃん――」

正太の手が不安そうに袂を摑む。

大丈夫――そう言おうと思うのに喉《のど》が詰まって声が出せない。

「おあやちゃんは、子どもなんだから」

凛《りん》とした声はお美代のものだった。

おあやがおずおずと顔を上げると、なぜかお美代まで泣き出しそうな面持ちをしていた。その頰《ほお》がさらに歪《ゆが》む。

「子どもなんだから、つらいときは泣かなくちゃ駄目。泣かなきゃ、心がねじ曲がっちゃう」

――いくら器量よしでも、性根がひん曲がってたら女は駄目ってことだよ。

この人も。母に似ている美しい人も。泣くのを我慢したから、心がねじ曲がっちゃったのだろうか。

そう思った途端、凝《こご》っていた〈べそべそ〉がほどけてばらばらになった。いけない、と思う間もなく涙がこぼれ落ち、次々と頰を伝う。こらえようと思えば思うほど涙は止まらず、抑えようと思えば思うほどに胸や背中がわななないた。

やがて、その背に手がそっと触れた。温かく柔らかな手だった。大丈夫だよ、と手は囁くように優しくさすってくれる。そのたびに胸奥の嫌な重みが少しずつ軽くなっていく。

もしも、このまま泣くのを我慢していたら。

嫌な重みで、心がねじ曲がってしまったかもしれない――

表に出ると春の陽は沈んでいた。西空だけが残照で仄《ほの》かに明るく、辺りには夕方とも夜とも言えぬ薄青い闇《やみ》が漂《ただよ》っている。甘いにおいのする春の風に頰を撫《な》でられると、泣いたばかりの目が少しだけひりひりした。

「なあ。姉ちゃん。お煎餅、美味しかったな」

どこか大人びた口調で正太が言う。

「うん。美味しかった」

おあやがひとしきり泣いてから、食べると元気になるよ、とお美代が煎餅を渡してくれた。ザラメをまぶした煎餅は甘いのにしょっぱくて不思議な味だった。こんな美味《うま》い煎餅を食べるのは初めてだ、と正太は二枚も食べたので、気に入ったら持っていきなさいとお美代が懐紙《かいし》に包んでくれた。

「明日も、煎餅食べていい？」

言いながら正太が手をつないできた。いつものように甘える一方ではなく、おあやを慰《なぐさ》めるような、励ますような手のつなぎ方だった。弟のくせにと思えば、おあやの胸の中では嬉しさと恥ずかしさと悔しさが一斉に頭をもたげる。

「何よ。あんたの手、ザラメでべたべたじゃない」

そのせいか、慳貪《けんどん》な物言いになってしまった。

「へん。姉ちゃんの手だってべたべただい」

べたべた姉ちゃん、と憎まれ口を叩いていながらおあやの手をぎゅっと握りしめる。お返しとばかりにおあやも正太の手を握り返してやる。

べたべた正太。べたべた姉ちゃん。べたべた。べたべた。

けらけらと笑いながら手を振って歩いているうち、藍闇に半纏姿の父がぼんやりと立っているのが見えた。

二人に気づくと、父は裏店の端から端まで響き渡るほどの大声で怒鳴りつけた。

「おい、どこに行ってたんだ。誰もいねぇから、心配しちまったじゃねぇか」

「おとっつぁん、お帰り」

父親の大声なんぞ慣れっこなのか、正太はおあやの手を離すとたくましい腕に飛びついた。父は父で相好を崩し、ぎゅっと抱いてやってから正太の顔を覗き込む。

「何だい、おめぇの手はべたべたじゃねぇか。どこで何してきたんだ」

「あのね。差配さんの家に行ってきたんだ。ザラメの煎餅をもらったんだよ」

「そうか。そりゃよかったな。けど、その手はちゃんと洗えよ」

父は正太の頭を撫でた後、おあやに向かってぽつりと言った。

「すまねぇな」

重蔵の店賃を届けにいったと察したのだろう。その目が何だか潤《うる》んで見えておあやは慌ててかぶりを振った。

今日は父にも寛大になれる。ここのところ、ずっと胸の中にあった〈むかむか〉や〈べそべそ〉は涙でしっかり洗い流してきたからだ。

もしまた自分が嫌になりそうだったら――

そのときは泣けばいい。背中に残る温かい手を思い出しながら、おあやは井戸の水を汲《く》んだ。

冷たい水に正太と一緒に手を浸《ひた》すと、微《かす》かに甘さの残る唇をそっと舐《な》めた。

三

「もう、お常《つね》さんったら、何を言ってるのさ」

おあやが夕餉の支度に取り掛かろうとしたとき、油障子の向こうで甲高い声がした。

おあや一家が住む部屋は十軒が並んだ棟割《むねわり》長屋のちょうど五軒目。戸の前が井戸になっているので朝夕と長屋のおかみさんたちの噂話が嫌でも耳に入る。

「越して来たのも夜遅くだったらしいし」

どうやら、話題は一昨日越してきたばかりのお隣さんのことらしい。となると、おあやはじっとしていられなくなった。

油障子を開けると、井戸端にいたのは二人。一人はお常という痩せぎすの女房。もう一人は丸顔でふくよかなおくめという女房だった。お常は長屋の七軒目、おくめは八軒目に住んでいる。どちらも七歳と九歳の子どもがいるので仲がいい。夕餉のお菜に使うのか、お常は大根を、おくめは牛蒡を手にしている。

「ああ、おあやちゃん。ちょうどよかった」お常が細い目を弓形《ゆみなり》にたわめた。「お隣さんはお侍だってさ」

「お侍、ですか」

「そう。何でも人を殺して国を追われたとか何とか」

さすがに隣に聞こえぬようにお常が声をひそめた。

「それって本当のことなんですか」

「お楽さんに聞いた話だから何とも言えないけど。まあ、あそこにはいろんな話が集まってくるからね」

「楽屋」は安くて美味い店だから、毎日たくさんの人間がおあしと一緒に噂話を置いていく。

「ともかくこんな長屋に流れ着くようなお侍だからさ、ろくなことはしてないよ」

挨拶にも来ないじゃないか、とお常はひそやかな声で言い、閉まった油障子を目で指した。

「お常さん、あんまり脅《おど》かしたらおあやちゃんが可哀相《かわいそう》じゃないか。お隣さんなのに」

おくめが遠慮がちにお常の袖を引く。

「脅かしてるわけじゃないよ。だって昼間はおあやちゃんと正坊だけだろう」

「そうだけど。人を殺したって言っても、女敵《めがたき》討ちかもしれないんだろう」

お常の袖を引いたままおくめが眉をひそめた。

「女敵討ちって」

おあやが問うと、

「ほら、芝居でもよくあるだろう。不義密通だよ、要するに女房が亭主以外の男とそうなっちまうのさ」

で、妻はその場で手討ち。お侍は逃げた男を江戸へ追ってきたのではないか。そんなふうにお常は言った。不義密通。手討ち。どことなく暗い響きにぞくりとし、おあやは恐る恐る閉じられた障子に目を当てた。

「まあ、恐ろしいっていうより情けない侍だね。他の男に女房を寝取られちまったんだから。面《めん》目《ぼく》が立たないやね」

お常は失笑を洩《も》らしたが、おあやは笑えなかった。相手が誰であれ、人を殺《あや》めたということはお侍の心には恨みや憎しみが凝《こ》り固まっているのではないか。

もしも熊《くま》みたいな恐ろしげな風貌のお侍だったらどうしよう、と思ったときだ。隣の油障子ががらりと開いた。お常もおくめも口を噤《つぐ》み、戸口を注視する。

「そいじゃ、清《せい》さん、頼むぜ。越したばかりで済まねぇが、仕上がらねぇと俺が殺されちまうからな」

瓦《かわら》をこすり合わせたような声と共に出てきたのは、まさしく熊のごとき大男であった。背丈は六尺近くもあるだろうか。ひげもじゃではないが、黒々とした目は炯々《けいけい》と光っている。その目でこちらをちらりと見ると、会釈《えしゃく》のつもりなのか、顎《あご》を僅《わず》かに引いて木戸のほうへ大股で去っていった。

「あれは、きっとお仲間だよ」

お常が声をひそめれば、

「でも、今の男は侍じゃなかったよ」

おくめが下がり眉をいっそう下げる。

「商人に身をやつしてるだけかもよ。だって物騒なことを言ってたじゃないか。『俺が殺されちまう』なんてさ」

　確かに今の人は怖そうな顔をしていた。類は友を呼ぶと言うし。

「お常さん、どうしよう」

　何のお仲間なのか、よくわからぬが、俄に心配になってしまった。

「かかわらなきゃ、大丈夫さ」

　お常がそう言ったとき、再びがたぴしと障子が鳴った。すると、お常は泥つきの大根を持ったまま逃げるようにその場を去った。待っておくれよ、とおくめも牛蒡を手に後を追いかけ、つられておあやも部屋に逃げ込んでいた。

　建てつけの悪い障子がようやく開いたのか、おあやの部屋の前を人の通る気配がした。厠《かわや》へ行ったようである。障子を背にし、おあやはふうっと息を吐いた。何をこんなにびくびくしているんだろう、と思ったら独り笑いがこみ上げてくる。もしも本当に変な人だったら。

　かかわらなきゃ、大丈夫。

　お常の言を繰り返し、おあやはへっついの前に立つと夕餉の支度に取り掛かった。


　その翌日である。

　正太の着物の肩上げをほどきながら、おあやは薄い壁の向こうが気になって仕方ない。物音がしなければしないで、まさか死んでいるなんてことはあるまい、と心配になる反面、土間に下りるような音がすればびくりとする。ともあれ、お常たちに妙な話を聞いてから何をしていてもずっと落ち着かないのである。

——越してきて三日も経つのにお隣が挨拶に来ないの。

昨晩、父に話すと、

——そのうちに来るだろ。

と、いたってのんびりしたものであった。

ひげもじゃの熊みたいな大男か。はたまた鷹《たか》のような鋭い目をした剣客《けんかく》か。針仕事をしている今も、頭の中ではお侍の像が勝手に結ばれていく。その一方で、母の声がおあやを戒《いまし》める。

——迷ったときは、おあやの目でちゃんと見ること。ちゃんと耳で聞くこと。それがいっとう大事なんだよ。

よし。今日おとっつぁんが帰ってきたら一緒に挨拶に行こう。何か困り事はありませんかって。そう決めたら少しばかり楽になった。と、そのときである。

がたがたと障子を開ける音がした。そう言えば、今日は春をすっ飛ばして初夏になったのではと思えるほど暖かく、針仕事をしているだけなのに背中が汗ばんでいた。

お侍も暑いのかもしれないとおあやは苦笑し、土間に下りると障子を開けた。春にしては強い陽が一気に差し込んだ。甘やかな花のにおいに誘われて敷居を跨《また》げば、やはり隣の障子は開いている。覗き見なんてお行儀が悪いだろうか。でも、やはり——と知りたがりの虫がむくむくと大きくなるのを抑え切れず、おあやはさり気なく近づき、部屋の中をちらりと覗いた。

文机《ふづくえ》に向かって一心に筆を走らせている男の姿があった。とりあえず、熊のごとき大男ではない。むしろ小柄で華奢《きゃしゃ》である。それよりもおあやの目を捉えたのは、文机の周囲に無造作に積まれた本の山だ。いったい何を書いているんだろう、と戸口の前にさらに近づいたときだった。

ぶつりと不吉な音がし、体がぐらりと前のめりになった——かと思ったら、何とも聞き苦しい叫び声を上げておあやは派手に転んでしまった。急いで乱れた裾を整えていると、慌しく下駄を鳴らす音がした。

「大丈夫かい」

優しい声と共に、おあやの目の前に白く綺麗な手が差し伸べられる。頬がかっと熱くなった。どぎまぎしているうち、白い手に手首を摑まれ、思いがけぬ強さで引っ張り上げられた。すみません、と頭を下げた拍子に、

「いや。それより鼻緒が切れてしまったみたいだね」

お侍が下駄を拾い上げるのが目の端をよぎった。頬の熱が身の内にみるみる回る。みっともなく転んだことも下駄を拾わせてしまったことも、その下駄がみすぼらしいことも、すべてが恥ずかしく、まるで裸に剝《む》かれたような心持ちになってしまった。

「返してください！」

親切にされたことも忘れ、おあやはお侍の手から下駄を奪い取っていた。そのまま自らの家へ飛び込もうとしたものの、片方だけ下駄を履いた足はまたぞろもつれた。傾《かし》いだ身を支えてくれたのはまたもや白い手だった。

火照《ほて》りの中で不意に気づいた。恥ずかしいのは下駄がみすぼらしいことではなく、下駄の手入

れをしていないことだ。正太の着物を直してやるように、綺麗な端切《はぎ》れを探して鼻緒をすげかえればよかったのに、それをしなかったことだ。もっと言えば、下駄なんかで父への当てこすりをしようとする、その心根が貧しく卑《いや》しいのだ。瞼の裏がじわりと熱くなった。

すると、お侍はおあやを支えていた手を離し、

「すぐに戻ってくるからここにいなさい。いいね」

幼子を諭すように告げて部屋へ駆け戻った。

ここにいなさい、と言われて動くわけにはいかず、おあやはその場にぼんやりと突っ立っていた。開け放した障子の向こうではお侍が行李の蓋《ふた》を開け、何かを探していた。

待たせたね、と戻ってきたお侍が差し出したのは女物の下駄であった。濃い紫色の鼻緒に、木の香がしそうな白木の下駄はひと目でいいものだとわかる。

おあやが当惑していると、侍は下駄を差し出したまま言った。

「返さなくていいから。隣に越してきた挨拶代わりだと思ってもらえばいい」

「そんな。もったいない」

おあやが半歩下がって固辞すると、お侍が不意に屈《かが》みこんだ。

「失礼するよ」

下駄の鼻緒を押し広げ、おあやの右足に不器用な手つきで履かせている。お侍に足を触れさせるなんて何ということ。心は必死に抗《あらが》おうとしているのに身は石のように固まって動かない。

そのうちに、おあやの足は美しい下駄にすんなりと収まっていた。

履いてみればそのよさがいっそう実感できる。肌に触れる白木は滑らかだし、柔らかな鼻緒は誂《あつら》えたみたいにしっくりと馴染《なじ》んでいた。

「ああ、よかった。ぴったりだ」

その声で我に返った。

「駄目です。こんないい物をいただくわけにはいきません」

おあやは必死でかぶりを振った。しかも相手は人を殺めたかもしれない——

はっとして見上げると、お侍は驚くほど優しそうな目をしていた。

「いいんだ。履こうと思っていたんだけれど、私には少し小さくてね。これを作った人だって行李の中で眠っているより、誰かに履いてもらったほうが喜ぶ」

その目がいっそう優しくたわむ。

「でも——」

「じゃあ、こうしよう。部屋を片づけるのを手伝ってくれないか。ほら、あの通りでね」

雑然とした部屋を目で指し示した後、お侍は照れくさそうに笑い、

「挨拶がまだだったね。坂崎清之介《さかざきせいのすけ》と申します」

ぺこりと頭を下げた。慌てておあやが名乗ると、

「おあやちゃんだね。ああ、そうだ。この障子なんだけど、いささか開けづらくてね」

と坂崎が後ろを振り返る。困《こう》じたような顔に思わずおあやの頬が緩む。人殺し？　女敵討ち？

声を立てて笑い出したくなった。

「これ、コツがあるんですよ」

見ててくださいね、と障子に手を掛けた。

こうして少し浮かせてから開け閉めすればいいんです。

ほら、するり。

「おお。さすが」

坂崎が顔中で笑う。

「でしょう」

子どものような笑みにつられ、おあやはつい藍縞の胸を張っていた。

喩《たと》えではなく、部屋は本当に足の踏み場がなかった。

本の山と散らばった紙、紙、紙。それ以外は大きめの行李があるだけで、夜具もそれを隠す枕屏風《まくらびょうぶ》も見えない。とりわけ散らかっているのは小さな文机の周りだ。反故紙《ほごがみ》で埋めつくされ、座っていたであろう場所だけ赤茶けた畳の色が僅かに覗いている。

さて、いったいどこから手をつけたものだろう。

「まずは、文机の周りの散らかった反故紙をまとめてくれるかな。紙屋に出せば新しい紙と交換してくれるとわかっていながら、ついそのままにしてしまって」

苦笑しながら坂崎がぼさぼさの頭を掻《か》いた。まったくお侍らしからぬ風貌だ。色白でつるりとした面立《おもだ》ちに少し垂れ気味のつぶらな目が可愛らしい。と言っては失礼だが、親しみやすいというか、いささか貫禄《かんろく》に欠ける。年齢は二十五、六歳といったところだろうか。ただ、少々やつれている。よく見ると顎の辺りには無精髭《ぶしょうひげ》が生え、何だか顔色もよくない。袴《はかま》もよれよれだ。

そんなおあやの胸中を見て取ったのか、坂崎は済まなそうな顔で語る。

「越してきたのはいいけれど、すぐに仕事に追われてしまってね。ご挨拶に伺おうと思っているうちに数日が過ぎてしまった。で、ようやく目途《めど》がついたから、夕方にでもご近所を回ろうと思ってたんだけど」

なるほど。そうだったか。

「文机の上のものだけ、触れないようにしてくれれば」

坂崎はにっこり笑い、自らは行李のほうへ背中を向けた。

言われた通り、おあやは畳に散乱した反故紙を一枚ずつ拾い始めた。びっしりと書かれた文字は真名《まな》がほとんどで、時々交じる仮名が僅かに判読できるくらいである。ともあれ、なぜ部屋にこもりきりなのかはわかった。このお侍は写本作りを生業《なりわい》にしているようだ。ただ、ここにあるのは難しい本ばかり。おあやが読めそうな本はない。

それでも――

柔らかな風が吹き込む部屋には紙と墨のにおいが満ちている。ああ、やっぱりいいにおいだ、とおあやは小さく息を吸った。紙に連なっているのはほとんどが真名だが、ひとつでも読める字を見つけると嬉しい。あ、この字は見たことがある。何と読むのだっけ。心を弾ませながら反故紙のしわを丁寧に伸ばして重ねていく。穏やかな春の日、しばらくの間、部屋にあるのは紙の音と微かな息づかいだけだった。

さて、畳の上がだいぶ空《す》いたときである。文机の下にぽつんと置かれた薄い冊子がおあやの目に留まった。難しそうな書ばかりの中で、これだけが明らかに佇《たたず》まいを異にしている。まるでおあやに「見て見て」と手を振っているようだった。

表題は『つきのうらがわ』。

おあやでも読める仮名文字だ。表紙にはお月さまと兎《うさぎ》の絵が墨ひといろで描かれている。文机の下にわざわざ置いてあるということは大事なものなのだろうか。触れていいものかどうか迷ったが、可愛らしい表紙に導かれるようにおあやは冊子を手に取り、そっと開いていた。

「おとう。おら月に行きてぇよ」

子は泣きながら言いました。

「なぜ、月なんかに行きてぇんだ」

おとうがきくと子はこたえます。

「だって、月にはおっかあがいるんだろう。おばあがそう言ってたんだもん。死んだもんは月に行くって」

子のおっかあは、はやりやまいで死んだばかりでした。

子の思いはわかります。でも。

「月には行けけん」

おとうは心をおににして言いました。

「月はちかいように見えてとおいんだ。どんなにたかい山にのぼってもとどかねぇ」

「そいじゃ。おっかあはどうやって月へいったんだ」

「そんなむつかしいことは、おらにはわかんねぇ。いや、だれにもわかんねぇ。だれにもわかんねぇことを、むりにほじくったらいけねぇんだ」

「神さまにも、わかんねぇのか」

「んだ。神さまにもわかんねぇ。月のことはわすれろ」

おとうはきっぱりと言います。

それでも子はあきらめませんでした――


ほとんどが仮名文字だったのでおあやにも大体は読めた。が、これで終わりではないだろう。写している途中なのだろうか。その元になる絵双紙はどこにあるんだろう。

「このお話の続きって、どうなるんですか」

書を整理していた坂崎が振り向いた。差し出された冊子を見ると、はっとしたように目を見開き、みるみる顔を強張らせた。

「ごめんなさい、触れちゃいけないものでしたか」

おあやが慌てて書を閉じると、

「いや、いいんだ。それは私の本だから」

強張ったままの顔で言う。

「私の本？」

「そう。私の――」

そこで言葉を途切れさせた。

私の本。もしかしたら「私が書いた本」なのかもしれない。でも、自らが書いたと告げるのは恥ずかしいんだろうな。一応はお侍だから。

「表紙の絵が可愛らしいですね」とおあやは少し話の向きを変えた。「けど、月の裏側に行くなんて難しそうですね」

またぞろ坂崎が大きく目を瞠った。そんなにおかしなことを言っただろうか。

「どうして、月ではなく、月の裏側ってわかるんだい」

こわごわといった態で訊く。

どうしてって。

「表紙に、そう書いてあるから」

おあやは本を掲げてみせた。

「ああ、そうか。そうだよな」

独《ひと》り言《ごと》のように呟《つぶや》くと、

「亡くなった人は月の裏側に行く。幼い頃、そんなふうに祖母から聞かされたんだよ。でも、私には、その物語の子どもをどうやって月の裏側に行かせたらいいのかわからないんだ」

坂崎は面目なさげに頭を掻《か》いた。

亡くなった人は月の裏側へ行く――その言葉で、ふと母との思い出が蘇《よみがえ》った。

正太の甘え声。薬湯のにおい。柔らかな早春の光。そして母の温かな腕。

おっかさんにもう一度会いたい。会って色々なことを話したい。思い切り甘えたい。

十歳の頃の思いがこみ上げ、

「だったら、あたしに続きを考えさせてくれませんか」

知らぬ間にそんな言葉がこぼれ落ちていた。

「おあやちゃんが？」

「はい。あたし」

死んだ母に会いたいんです、という言葉は呑み込んだ。この歳でそこまで言うのは憚《はばか》られたし、本当に死んだ母に会えるとも思っていない。でも、母に会うために月の裏側に行きたいと思う子の心は理解できた。

「お話を作るのが好きなんです」

咄嗟《とっさ》に笑顔を繕い、言い換える。だが、坂崎は迷うように眸を宙に浮かせている。

「やっぱり無理ですか――」

「いいよ」とおあやの言を坂崎が柔らかく遮った。

「本当ですか。ご迷惑じゃないですか」

「うん。少しも迷惑じゃないよ。それに、子どものおあやちゃんのほうが、いい物語を思いつくかもしれない」

にっこりと微笑んだ。

「ありがとうございます」

礼を言われるほどのことじゃないよ、と坂崎は顔の前で手を振ってから遠慮がちに訊いた。

「ところで字は書けるかな」

「仮名だけなら。手習所にあまり通えなかったから」

声がくぐもった。柔らかかった坂崎の顔が少し強張る。

「けど、こんなに口は回りますから。頭のほうも案外柔らかいですよ」

慌てて声に明るさをまとわせると、坂崎は顎に手を当てて考えこんでしまった。

やはり迷惑だろうか。心配が頭をもたげたとき、坂崎が思い切ったように顔を上げた。

「今日だけじゃなく、時々こうして手伝ってくれるかな。そのお礼に字を教えるよ。私も部屋の中が片づいて助かるし。どうだい」

突然のことにおあやは声も出なかった。下駄だけでも有り難いことなのに字まで教えてもらえるなんて。このお侍さまは神さまのお使いじゃないだろうか。

「本当に？　本当にいいんですか」

「もちろん。おあやちゃんがよければの話だけれど」

「ありがとうございます。ぜひ、よろしくお願いします」

おあやはその場に手をつき、頭を下げた。

「いや、いや、こちらこそ」

早速やってみるかい、と坂崎は文机の前に座した。書きかけの紙と書物を畳に下ろし、新しい紙を置く。

「〈あや〉という字は書けるかな」

「はい。書けます」

「真名では」

真名？　自分の名を真名で書くなんて考えたこともなかった。でも、〈しょうた〉を〈正太〉と書くように、〈あや〉にも然《しか》るべき字があるのだろうか。

「わかりません。おとっつぁんはあたしと同じで仮名しか読めないんです。死んだおっかさんは真名も読めたみたいですけど。生きているときにどんな字か習っておけばよかった。弟は正しいに太いって書くんですって」

坂崎は黙ったまま筆を取った。白い手が流れるように動き、瞬《また》く間に美しい字を紡《つむ》ぎだした。

〈彩〉と〈綾〉。

「どちらも〈あや〉と読む。美しいだろう」

伸びやかで力強い手蹟《て》はおあやが見ても相当の腕だとわかる。手習所のお師匠さまも達筆だったけれど、もしかしたらそれ以上かも。

「本当に綺麗。お上手ですね」

おあやが溜息交じりに洩らすと、

「綺麗なのは、私の手蹟じゃなく、字そのものなんだよ」

よく見てごらん、と紙をおあやに手渡した。膝の上に置いて間近に見る。やはり坂崎の字が綺麗なんだ。

「どちらを選ぶ？」

坂崎が悪戯《いたずら》っぽい目でおあやを見つめた。

「選ぶって？」

「どちらをおあやちゃんの名にするかってことだよ」

これが自分の名になるのか。そう思えば胸が震える。

「どうしよう」

逡巡《しゅんじゅん》が率直にこぼれ落ちると、坂崎は声を立てて笑い、

「こっちはね」

まずは〈彩〉を長い指で示した。

いろどり、とも読む。その読みの通り、美しい色や輝きと言った意味があるそうだ。四季の彩り。花の彩り。彩り豊かなお料理。坂崎の言葉で、おあやの頭の中にはとりどりの色が溢《あふ》れ返る。

桜で薄紅色に煙る春の土手。青空にくっきりと映える紅葉。茹《ゆ》で上がったばかりの瑞々《みずみず》しい青菜。

「こっちは？」

　おあやが〈綾〉を指差すと、

「字の左側は〈偏《へん》〉と言って意味を表すんだ。〈綾〉の偏は〈いと〉。縦糸と横糸を重ねて織り上げたものを〈あや〉と呼ぶんだね。つまり、一方は〈輝き〉、もう一方は〈織り上げたもの〉。意味を知ったら、余計に迷ってしまうね。どちらの字も」

　美しい意味を持つから、と坂崎は奥二重《おくぶたえ》の目をたわめた。

　輝き。

　織り上げたもの。

　おとっつぁんやおっかさんは、なぜ〈あや〉という名をつけたのだろう。何か思いがこめられているのだろうか。おとっつぁんに訊いてみようか。そんなことを考えたとき、頭の中で何かが閃《ひらめ》いた。

「きぬ、という字も教えてください」

　両手で紙を差し出していた。おあやの様子に何かを感じ取ったのか、坂崎は黙って頷くとおもむろに筆を動かした。

　流れるような筆先が紡いだのは。

　絹《きぬ》――母の名も、糸が〈偏〉だった。

　そうだ。きっとそうだ。おっかさんは自身の〈絹〉という名から、娘の名を〈綾〉にしようと考えたのだ。

　美しい絹の糸で織り上げた、美しい綾。

あたしは、おっかさんから生まれた。そして、おっかさんと今もつながっている。

こみ上げるもので胸がつぶれそうになった。こらえ切れずに熱い息をひとつ吐き出す。

決めた。いや、最初から決まっていた。

「糸のあるほうにします。〈織り上げたもの〉の意味があるほう」

おあやは〈綾〉の字を指し示し、きっぱりと顔を上げた。

「そうか。じゃあ決まりだ。まずはこの字を書けるようにしよう」

坂崎は柔らかく微笑《ほほえ》んだ後、

「あ、でも、その前にここをもう少し片づけてもいいかな」

またぞろ申し訳なさそうに頭を掻いた。

四

上野《うえの》、浅草《あさくさ》、向島《むこうじま》。江戸に桜の名所は数あれど、春爛漫《はるらんまん》の今日、どこへ行っても人で溢れ返っているだろう。八歳を筆頭にやんちゃ盛りの子ども六人を、そんな場所へ連れていくのは明らかに無謀《むぼう》である。

ということで、お楽特製花見弁当持参の桜見物は近場も近場、歩いても四半刻《しはんとき》もかからぬ大川《おおかわ》の土手下となった。それでも、狭い長屋を出て春の景色を満喫《まんきつ》するのは心地よい。まだ枯れ草の残る斜《なぞえ》であっても、青草や土筆《つくし》、タンポポなどが顔を覗かせ、そこかしこで春の息づきが感じられる。何より、主役の桜は枝がたわむほどに花をつけ、空の青にくっきりと映えていた。

「本当は向島まで行きたいけど、こいつがいるからね」

お楽が末っ子の三太の頭をぐりぐり撫《な》でれば、

「おっかさん、痛いよう」

芥子頭《けしあたま》の四歳児は母親の顔を恨めしげに見上げた。

藍縞に臙脂《えんじ》色の前垂れという、いつもの煮売屋のいでたちではない。弁慶縞《べんけいじま》の白い小袖に春らしい山吹の帯を締めたお楽は、なかなかの器量よしだ。お綾も母の形見の着物を引っ張り出してめかしこんだ。ただ、藤《ふじ》色の亀甲《きっこう》柄は大人びていて、十三歳のお綾がまとうと借り着のように見えなくもない。でも、おっかさんみたいだね、と正太が褒めてくれたのでよしとしよう。

広々とした土手下を見渡せば、既に何組かが思い思いの場所に茣蓙《ござ》を敷き、少し早い昼飯に舌《した》鼓《つづみ》を打っている。

「おっかさん、遊びに行っていい？」

三兄弟の一番上、一太が母親に問うと、

「いいよ。けど、あまり遠くに行かないようにね。三太をちゃんと見るんだよ」

お楽は坂崎をさり気なく見た。

その眼差《まなざ》しの意味するところをすぐに悟ったのだろう、

「私がついていきましょう」

坂崎はにこりと笑んだ。

わあい、と三太が坂崎の腕を取り、早く早く、と引っ張っていく。

そう。お楽主催の花見には坂崎も加わることになったのである。

——あの坂崎ってお侍も誘ったからね。

今朝、弁当作りを手伝おうとお綾が「楽屋」を訪ねた際にお楽はしれっと言った。

——でも、お常さんたちが、女敵討ちって——

——ああ、そんなことを言ってたかい。あたしは例えばの話をしたんだよ。こんな長屋に流れ着くようなお侍だし挨拶にも来ないからわけありなんじゃないかって。けど、杞憂《きゆう》だったね。こないだ、うちにも挨拶に来たよ。折り目正しいし優しそうだし。お菜を渡したら、こっちが申し訳なくなるくらい何遍《なんべん》も頭を下げてさ。いい人そうだから、よかったら一緒にどうですかって誘ったんだ。

拍子抜けした。というより、少しばかり腹が立った。「人殺し」とか「女敵討ち」とか、例えばでも、言っていいことと悪いことがある。お常にしたってそんな曖昧な話をどうしてああも容易《たやす》く人に喋れるのだろう。

それに、いい人そうだから誘ったというのは口実で、子どもの世話をさせようという魂胆《こんたん》だったのではないか。一昨日の煮しめと同じくお綾の意地悪な心は〈裏〉の重さを量ってしまう。ただ、子どもたちは大喜びで、ここへ来るまでに優しいお侍に早くも懐《なつ》き、ことに四歳の三太は「さかざきしゃん、さかざきしゃん」とその手を離さなかった。

「ありゃ、西国《さいごく》じゃないね」

お楽が子どもに取り囲まれた坂崎を目で指した。生国《しょうごく》のことか。

「どうしてわかるんですか」

「訛《なま》りがないもの」

なるほど。西国といっても色々あるのだろうが、切って捨てるような江戸言葉に慣れた耳には西国の言葉はどこかもったりと響く。

「じゃあ、江戸の方でしょうか」

「いや、少し違うね。上州《じょうしゅう》辺りの出じゃないかね」

言いながら、お楽は青草の茂る柔らかそうな場所を選んで茣蓙を敷いた。風で飛ばないように、お綾とおみつで四隅に適当な大きさの石を置く。

「あの子たち、すぐに戻ってくるだろうね」

みんな腹っぺらしだから、と笑い、お楽は茣蓙の真ん中に大きなお重を置いた。

蓋を開ければ、鳥のつくねに菜の花色の卵焼き、若竹煮《わかたけに》に蕗《ふき》の胡麻《ごま》よごし、それに玉こんにゃくの炒り煮が顔を出す。味付けはお楽にお任せだが、蕗を和《あ》えたり玉こんにゃくの灰汁《あく》抜きをしたりとお綾もできることをした。そのお蔭《かげ》で売子のおみつと仲良くできたのが嬉しい。

「おみっちゃんの卵焼き、すごく楽しみ」

手際よく卵焼きを丸めていた姿を思い出しながらお綾は言った。

「そうでもないよ。おかみさんに比べればまだまだだよ」

謙遜《けんそん》しながらも、おみつは十五歳の娘らしくふっくらとした頬をほころばせた。赤い小花を散らした格子縞《こうしじま》の小袖が色白の肌によく映えている。

「でも、綺麗に焼けてたよ。ねえ、お楽小母ちゃん」

「そうだね。この一年で本当に上手になった」

お楽にも褒められ、おみつの顔は花が咲いたようにぱっと輝いた。小袖の小花模様まで色鮮やかに見え、お綾の心も春の陽が差し込んだようになる。

やっぱり来てよかった。少し風は強いけれど空は澄んでいるし、川面に花びらがちらちらと舞っているのも、対岸の武家屋敷の甍《いらか》が銀色に光っているのも美しい。綺麗なものを見ると心も綺麗になった気がする。お綾が大きく息を吸ったときだった。

「でもね」

とお楽の語調が変わった。蕗の筋の取り方は少し甘かったね、というのを皮切りに、大根の下茹では——とだんだんと説教に変わってしまった。おみつを見ると、俯いて小袖の袂をいじっている。赤い小花までしゅんとしぼんでしまった。

いくら使用人とはいえ、今は花見の場なのだしお綾の前なのだから、ちくちくと説教することはないじゃないか。

溜息を呑み下したとき、少し強い風が吹いた。それを機にお綾はそっと立ち上がり、子どもたちが遊ぶほうへと駆け出した。都合の悪いときは大人の輪を抜けて子どもになる。そんな自身のことをずるいと思う。でも、あの場にいるのはいたたまれなかった。

近頃のお楽をお綾はあまり好きではない。ただ、それはお楽のせいではなく、お綾自身のせい

——空っぽなのに重い心のせいかもしれない。わけもなく腹が立ったり悲しくなったりするのと同じように、わけもなく人を嫌いになったりするのだ。だとすれば、自分の心の中は重いだけじゃなくかなり煤《すす》けているのだろう。まるで手入れを怠《おこた》った煙管《キセル》みたいに。ああ、嫌だ、とお綾は澄んだ空気を再び吸い込んだ。せっかく花見に来たんだもの。今日は楽しまなきゃ。

気を取り直して遊びの輪に近づくと、地面に仰向けになった三太が腹を抱えて笑っていた。

「どうしたの？」

「坂崎さんの鬼が面白いんだよ」

息を弾ませながら答えたのは正太であった。

どうやら子どもたちは〈子をとろ子とろ〉で遊んでいたらしい。〈子をとろ子とろ〉は鬼ごっこのひとつだ。〈親〉の後ろに〈子〉たちが縦に並び、〈鬼〉から逃げる遊びである。一番後ろに並んだ〈子〉に〈鬼〉が触れると〈鬼〉の勝ち。触れられた〈子〉が今度は〈鬼〉になる。

坂崎が〈鬼〉になって六人の子どもらを追いかけていたようだ。先頭の〈親〉は正太で以下、おはる、一太、次太、三太、お初の順に〈子〉として並んでいたのだが、列が蛇行して体が振られるのが三太はおかしいらしく、笑いが止まらずに次太の腰からすぐに手を離してしまう。そのたびに、

——笑い転げてる子どもから、捕まえて食っちまうぞぉ。

坂崎が目を剝《む》き、さらに三太は笑い転げ、ついには地面に仰向けになってしまったというわけだ。

「坂崎さんの鬼って、そんなに可笑《おか》しいの」

「うん。可笑しいよ」

一太がくすくす笑いながら答えれば、

「おかしいよ」

三太が地べたに寝転がったままげらげら笑う。

そんな子どもたちを見て、坂崎の目尻はいっそう下がっている。そうか、この人は子どもが好きなんだ。『つきのうらがわ』のような物語を書いているくらいだものね。

母の形見の着物じゃなく、普段着で来ればよかったと思いながら、

「じゃあ、あたしも入れて。親になるから」

お綾は懐に入れていた襷《たすき》を取り出した。邪魔な袂をたくし上げる。

〈子をとろ子とろ〉なんて四年ぶりだから、できるだろうかと案じていたが、思った以上に足は動いた。そのうちに背中がほかほかと熱くなる。熱は背中から首に回り、頬がかっかと火照る。額《ひたい》や背中の汗が風に連れていかれるのが心地いい。

「こーとろことろ」

「どの子をことろ」

「あの子をことろ」

「とるならとってみろ」

歌いながら、右へ。左へ。先頭のお綾が動くたびに、後ろできゃあきゃあ、けらけら、と子ど

もたちの笑い声が空へと昇っていく。

本気を出せば、最後尾のお初に容易く触れられるのだろうが、坂崎はそうしない。にこにこしながら「こらぁ、捕まえて食ってやるぞ」などと言っている。そもそも目が垂れ気味だから鬼になったたって少しも怖くない。

よし、もっと早く動いてやろう。お綾が右に動いたときだった。背中が軽くなった。列が切れたのか、と振り返ると正太と三太が地面に転がっていた。

「姉ちゃん、飛ばしすぎだよ」

笑いながら正太はすぐに起き上がった。けれど、三太は動かない。ぴくりともしない。何だか妙だ。お綾がそう思うと同時に、弾かれたように坂崎が駆け寄っていた。

だが、坂崎は三太の傍へ行くと石のように固まってしまった。呼びかけるでもなく助け起こすでもなく、ただその場に棒杭《ぼうぐい》みたように突っ立っている。お綾の頭の中でさっと血の引く音がし、心の臓が早足で駆け出した。

そのとき。不意に強い風が吹いた。

満開の桜花《はな》をつけた枝がわななき、薄紅色の花片《かへん》を一斉に散らした。砂埃《すなぼこり》と花片で束の間、空が霞《かす》む。風が作った桜花の帳《とばり》を掻き分けるようにして三太に近づいた途端、お綾は息を呑んだ。

薄紅の雪か。そう見紛《みまが》うほどだった。

そこだけ吹き溜《だ》まりになっているためか、風で散った花片がふっくらと重なり落ちている。その花筵《はなむしろ》の真ん中に、三太は仰向けに寝転んでいた。ぽっかりと開いた目は真っ直ぐに空を捉えている。

美しくも異様な光景にお綾の背筋がひやりとしたとき、

「あれぇ、とんびかなぁ」

何とも長閑《のどか》な声がした。背中の強張りが一気に解ける。

「この子、鳥が好きなんだよ」

姉のお初が丸い唇を尖《とが》らせてついと首を伸ばす。青い春空では鳶《とび》色の小さな生き物が二羽、風の中をゆったりと旋回していた。

そうだったのか。打ち所が悪くて気を失ったのかと思った。

「よかった。ねえ」

坂崎さん――言いさした言葉は喉に絡まった。坂崎の顔は蒼白《そうはく》だった。それだけではない。平素は垂れ気味の目が見たこともないほど吊《つ》り上がっている。まるで幽霊にでも出会ったような、そんな面持ちだった。

「おいら、腹減ったぁ」

三太が勢いよく起き上がった。お楽のほうへと走り出すや否や、他の子らもすぐさま後を追い、その場にはお綾と坂崎だけが残された。再びの風で窪《くぼ》みの散り花が舞い上がると、ようやく我に返ったのか、坂崎がゆっくりとこちらを向いた。

「よかった。何ともなくて」

ほっとしたように笑う。吊り上がっていた目は元に戻っていたけれど、その笑みは何年も笑っていないかのようにぎこちなかった。

行こうか、と坂崎が静かに背を向け、強張った笑顔はお綾の視界から消えた。が、蒼白な顔はまだ眼裏にこびりついている。

――何でも人を殺して国を追われたとか何とか。

――人を殺したって言っても、女敵討ちかもしれないんだろう。

脳裏に浮かんだ忌《い》まわしい言を打ち消した。〈綾〉という美しい字を紡ぎだした手に、生臭い血のにおいは似合わない。

ならば、坂崎の心にあるものは何なのだろう。彼の目にこめられていたのは、恨みでも憎しみでもない。何かに怯《おび》えているような――そんな色だった。

息をひとつ吐いてから足元を見ると紫の鼻緒に桜の花がついている。お綾はそれを指先でつまんで空へそっと放した。薄紅色の花片はひらりと風に乗り、あっという間に見えなくなった。

五

「嘘《うそ》つくんじゃねぇ！」

朝っぱらから直次郎は大声を上げていた。

目の前にはお綾が支度してくれた膳《ぜん》が置いてある。青ねぎの味噌汁に春大根の浅漬けはいつもの朝飯だが手つかずだ。飯を食うどころの話ではなかった。

「嘘なんかついてない」

お綾の色白の頰にさっと朱が走る。そんな顔が死んだ女房に驚くほど似ていることに動揺し、いっそう声が激してしまう。

「どうして越してきたばかりの男から下駄をもらうんだ。おかしいだろうよ」

井戸端で顔を洗って戻ると、土間の隅にきちんと並べられた下駄が目に入った。白木に紫の鼻緒が色鮮やかで、新しい物だとすぐにわかった。しかも上物だ。で、これはどうしたんだと娘に訊けば、隣の坂崎とかいう侍にもらったとぬかしやがった。

「さっきも言ったじゃないの。部屋を片づけたから、そのお礼にってもらったのよ」

「それはいつの話だ」

「いつって――」お綾は思い出すように視線を泳がせた。「半月くらい前よ」

半月も前。そんなになるのに、おれは気づかなかったというのか。いや、そんなことはあるまい。

「半月くらい前って。そもそもどうしてあいつが女物の下駄なんぞ持ってるんだ。どう見ても男やもめだぞ。本当のことを言え。おめぇが買ったんだろう。おれに黙って昼間どこかで働いてるんじゃゃねぇのか。おつなと同じ茶屋か」

お綾の顔色が変わった。唇がわなわなと震え、大きな目が吊り上がる。

「何言ってんのよ！　そんなことするわけないでしょ。大体、働くのは駄目だっておとっつぁんが言うから、あたしはどこにも出て行けないんだよ」

何もかもおとっつぁんのせいだからね、とお綾が勢いよく立ち上がった。

何もかも、だと。そうか。何もかもおれのせいだってぇのか。

「何でぇ、その言い草は。こないだは花見に行ったんだろうよ」

立ち上がった拍子に膝が膳に当たり、冷めた味噌汁が畳にこぼれた。傍にいた正太が横へ飛び退《の》き、土間へ下りるのが目の端をよぎる。あいつ、裸足じゃねえか、と直次郎は頭の隅で思う。

「おとっつぁん、ねえ、おとっつぁんってば」

その正太の呼ぶ声がした。

「何でぇ、おめぇは引っ込んでろ――」

振り向きざまに叫ぶと、いつの間にか油障子が開き、朝の光が土間に差していた。

そこには裸足の正太と――眉を八の字にした件《くだん》のお侍が肩をすぼめて立っていた。

何だ。侍のくせにずいぶんと頼りなげな――

華奢で小柄な侍は眉を下げたまま、光の中で消え入りそうな声で告げた。

「すみません。壁越しに父子《おやこ》喧嘩が聞こえてしまいまして。お父上の誤解を解くには私が話すのが早いかと」

誤解だと。おもむろに前を向く。

ほらね。

娘が勝ち誇った面持ちで胸を反らしていた。

「いや、まことに面目ないことで」

直次郎は坂崎の前でひたすら低頭した。

「私こそ申し訳ない。お父上にお伝えすべきところを黙っていたのが悪いのです」

坂崎も深々と頭を下げ返した。

実直そうな侍の言い条によれば、偶《たま》さかお綾が転んだところを見てしまったそうだ。その下駄は知り合いの下駄屋にもらったもので、鼻緒が少し合わぬので履かぬまま持っていた。ちょうどいい、とお綾に譲ろうとしたのだが、遠慮したので代わりに部屋の片づけをお願いした。

「で、実際、大変助かったのですよ」

優しそうな侍はくしゃりと笑う。代書や写本作りの仕事をしているのだという。

「差配さんの肝煎《きもい》りですか」

差配の新兵衛はかつて大きな地本《じほん》問屋の番頭をやっていたそうだから、その筋かと思ったのだ。

「いや、そうではないんです」

生国が同じ貸本屋だという。佐賀町《さがちょう》の稲荷屋《いなりや》という店なのだが、そこの主人を頼ってひと月ほど前に江戸へ出てきたそうだ。

で、お国はどちらでと直次郎が訊こうとすると、侍は軽く咳払《せきばら》いをし、

「話は戻りますが」

と、おもむろに話の舳先《へさき》を変えた。国の話をしたくないのだろう。そりゃ、そうだよなと直次郎は胸裏《むなうら》で頷いた。侍の身でこんな長屋住まいをするなんざ、わけありに決まっている。だが、悪事に手を染めるような輩《やから》には見えないし佇まいもいいから、部屋住みの身で仕方なくか、あるいは派閥争いに敗北して追われたか、いずれにしても言いづらいことには違いない。

「書き物に夢中になると寝食を忘れてしまうこともありまして」

気づいたら反故紙の山に埋もれて朝を迎えることもままあるそうだ。お綾が来てくれるようになってからは、ようやく布団を敷いてきちんと眠れるようになった。それに、その下駄は単なる場塞《ふさ》ぎになりそうだったので、むしろ引き取ってもらえて有り難い。

「さような次第でして、お綾ちゃんを責めないで欲しいのですよ」

お願いします、と坂崎はまたぞろ律儀《りちぎ》に頭を下げる。

「いえいえ、顔を上げておくんなせぇ。ってぇことは、この下駄はいただいてもよろしいんですかね」

直次郎は坂崎に念を押した。下駄はどう見ても女物だが、そこを突っ込むほど野暮じゃねぇ。まあ、くれるってんだからもらっておこう。

「ええ。そのつもりで部屋の片づけをお願いしたんですから」

「それなら遠慮なく頂戴します。で、相すみませんが、あっしはそろそろ出なきゃならねぇんで」

直次郎が腰を浮かせると、

「もうひとつだけいいですか」

坂崎がまたぞろ八の字眉になった。今度は何だ、と仕方なく直次郎は座り直す。

「実は娘さんに今後も部屋の片づけをお願いしてしまったんですが」

八の字眉がさらに下がる。何だ、そんなことか、と拍子抜けした。

「もちろん、いいですよ。どうせ家にいるんですから、使ってやってくだせぇ」

「おとっつぁん、少し違うの」

それまで黙していたお綾が口を開いた。

「違うって何がだ」

「あのね。坂崎さんが片づけをお願いしたんじゃないの。あたしからお願いしたの。片づけをさせてくださいって」

「いや、それは違うよ。お綾ちゃん。私のほうからお願いしたんだ」

坂崎が訂正するのをお綾は目で制してから、

「あのね、おとっつぁん」

居住まいを正し、真っ直ぐにこちらを見た。

その澄んだ眼差しに胸を強く摑まれた。綺麗に畳んで胸奥に仕舞っていたものが、否応なく引っ張り出される。

――あのね。おまえさん。

亡くなる三日前だった。病床のお絹がやけにはっきりとした声で言った。折しも堤の桜が満開

で、そこはかとなく春の甘いにおいが漂う夜更けのことだった。お綾と正太はすやすやと眠っていたが、

——どうした。具合が悪ぃのか。

直次郎の眠りは浅かったからすぐに飛び起きた。すると、信じ難いことに、ここ数日は眠ってばかりだったお絹がやおら半身を起こしたのだ。おいおい、起き上がって大丈夫なのか、とその身を咄嗟に支えた瞬間、直次郎は激しく胸を衝かれた。

お絹の背は、骨の一本一本が数えられるほどに肉が落ちていた。こうして息をしているのが不思議なくらいに痩せ細っていた。今にも崩れてしまいそうに頼りなかった。

だが、その頼りない背筋をお絹はぴんと伸ばし、

——お綾と正太をよろしくお願いします。

その場に手をつき、深々と頭を下げたのだった。月のない夜だった。部屋は闇ひといろのはずなのに、お絹の周囲だけがなぜか仄青く見えた。

——何、言ってんだ。お綾も正太もまだまだおめぇの手で育てるんだ。正太なんてまだ四つだぜ。それに、今年の花見も済んじゃいねぇ。親子四人で向島に行こうって約束したじゃねぇか。歩くのがしんどかったら、おれがおめぇを背負っていくから。おめぇが行きたいならどこへだって連れてってやるから。だから。だから。だから。

死ぬな。お絹、死ぬな。

胸裏で泣き叫びながら、直次郎は女房を叱り飛ばした。そして抱きしめた。壊れてしまわない

ようにそっと抱きしめた。抱きしめながら直次郎は覚悟した。

最愛の女房と永遠に別れることを。

男手ひとつで娘と息子を育てることを。

深い夜の底で。背骨の一本一本をなぞるようにして。胸の深いところで。

きっぱりと覚悟を決めた。

だから、お綾を茶屋なんかで働かせるもんか。女房の大事な忘れ形見だ。俠気《おとこぎ》のある、誠実な働き者を探して嫁に出すまではおれが育てる。何としてでも育て上げる。

「ねえ、おとっつぁん、聞いてる?」

お綾の声で我に返った。いけねぇ、すっかり思い出しちまった。

「おう、聞いてらぁ、何だ、改まって」

拳《こぶし》で鼻をぐしっとこすりながら問う。

「あのね。あたし、坂崎さんに字を教えてもらってるの。だから、束脩《そくしゅう》代わりに片づけをすることにしたの。あたしからそうお願いしたんだよ」

束脩代わり。そうだったか。お絹がまだ元気だった頃、お綾が手習所へ行くのを楽しみにしていたことが蘇った。習ってきた字をお絹や直次郎に披露して自慢げに胸を張り、今度はおとっつぁんの名を書けるようにするね、とにこにこしながら「あや」と書いてみせたっけ。この三年、お綾はずっと辛抱してきたのだろう。本当は手習所に通いたかったのに、文句ひとつ言わずに弟の世話や家のことをしてくれたのだ。

胸を詰まらせながら直次郎は娘から侍へと目を転じ、

「そういうことなら、是非よろしくお願いします」

膝に手を置き、改めて頭を下げた。いえ、こちらこそと坂崎は頬を緩ませ、正太のほうへ向き直る。

「正坊もお姉ちゃんと一緒に来ればいい」

「うん、おいらも行く。おはるちゃんも誘っていいかな」

「もちろんだ」

連れておいで、と坂崎はくしゃりと笑う。

「いいんですか。こいつまで」

「ええ。いいですよ。その代わり、色々とこき使いますけど」

覚悟しとけよ、と坂崎が目配せすると、うへぇ、と正太は首をすくめた。

この御仁《ごじん》はきっといい人だ。男手がもうひとつ加わることになるけど。

なあ、お絹、いいよな。

心の中で女房に語りかけた拍子に、開け放した障子戸から柔らかな朝の風が吹き込んできた。

長屋前の路地には明るい春の陽光が溢れ返っている。桜花が散るのを惜しんでいるうち、じきに青葉が目にしみる。季節はこうして順繰りに巡ってくる。直次郎の思いとは関わりなく。

「じゃあ、あっしはそろそろ」直次郎は今度こそ立ち上がった。「あ、そうだ。今日は少し遅くなるかもしれねぇ。飯は先に食っときな」

棟梁の千兵衛に話があると言われていたのを思い出した。

「わかった。けど、ちょっと待って」

朝ごはんを食べ損なっちゃったから、とお綾が竹皮に包んだ握り飯を持たせてくれる。いったいいつの間に握ったんだと驚きながら、やっぱり季節は巡っているのだな、としみじみ思う。もうお綾も十三歳か。でも、もう少しだけ手元に置きたい。

なあ、お絹、それもいいよな。

雪駄《せった》を突っかけて表に出ると、直次郎は朝の澄んだ気を肺腑《はいふ》いっぱいに吸い込み、歩き出した。

木戸をくぐると、差配の家の横でお美代が掃き掃除をしているのが目に入った。夜半から吹き始めた風のせいで路地には花びらや葉がずいぶんと散っている。一心に箒《ほうき》を使う、その姿に一瞬見惚《みと》れた。藍地の矢絣《やがすり》の小袖は地味なものだが、すんなりと伸びた首の白さがはっとするほど美しかった。

俯き顔がどことなくお絹に似ているじゃねぇか。そう思いながら、おはようごぜぇます、と声を掛けたものの、お美代はこちらには一瞥《いちべつ》もくれず、僅かに首を動かしただけだった。

何だ、ありゃ。会釈のつもりかもしれないが、裏店の住人など歯牙《しが》にもかけぬ態度にむっとした。そう言えば、

――次の月に払えなければ出ていってもらいますから。

そう言い放ったときの物言いや顔つきにはひとかけらの情もなかった。出戻りだと聞いている

が、いくら器量よしでも人を小ばかにしたような不遜《ふそん》な態度では離縁も仕方あるまい。直次郎は胸の内で呟きながらお美代の傍を通り過ぎた。箒を使う乾いた音だけがやけに耳に残った。

しゅっ、と木肌を削る小気味のよい音と共に檜《ひのき》から爽《さわ》やかな香りが立ち上った。この辺りでいいか、と直次郎が作業台に鉋《かんな》を置いて息をついたとき、

「よう、直。終わったか」

背後で胴間声《どうまごえ》がした。振り向けば棟梁の千兵衛が立っていた。五十路《いそじ》を越えていながら腕は直次郎より太いし、六尺近い大男だというのに高所へも身軽に上っていく。

「へえ。ちょうど今」

話は夜じゃなかったのか、と拍子抜けした。

「何でぇ。その残念そうな面《つら》は。うめぇ蕎麦屋《そばや》を見っけたんだ。たらふく食わせてやる」

にたりと笑い、来いとばかりに顎でしゃくった。

今の普請場は永代寺門前山本町《えいたいじもんぜんやまもとちょう》だ。八幡宮《はちまんぐう》前の大通りから油堀川《あぶらぼりがわ》のほうへと一本入った路地沿いの料理屋、嵯峨屋《さがや》が施主である。どの座敷からでも庭が見えるような造りにし、その庭には四季折々の花木を植えたいという。花時《はなどき》に始まった普請は、秋の観月には間に合わせてくれと言われていた。庭も含めての大掛かりな普請になるので、千兵衛は大島町《おおじまちょう》にある植木屋まで自ら足を運んだそうだ。幾つになっても仕事への熱は薄れない。いい棟梁である。

先を行く千兵衛の背を見てふと思う。人の生き様というものは背中に表れるものではないか

と。〈紅〉の字を染め抜いた印半纏の背は威風堂々として、こそこそしているところが一分《いちぶ》もない。では、己《おのれ》が五十路になる頃は、いや、三十半《なか》ばに差し掛かった今はどんなふうに人の目に映っているのだろう。見えぬ己の背に思いを馳《は》せながら、直次郎は人並み外れて大きな背を追った。

入り堀沿いの路地を大通りとは反対に進み、小橋を渡ると永代寺門前仲町《もんぜんなかちょう》へと入る。大名屋敷の裏手にある小さな蕎麦屋の暖簾《のれん》をくぐった。初めて来る店だ。

「いらっしゃい」

しゃきしゃきした声で出迎えたのは二十歳過ぎくらいの女であった。色は黒いが目元の優しげな可愛らしい面立ちをしている。

「奥をいいかな」

千兵衛が板間の奥を指すと、

「もちろん、どうぞ」

女はにこやかに笑い、ちらりと直次郎を見た。どことなく値踏みするような眼差しだったが、気のせいか。

ぶっかけ蕎麦をすする船頭らしき男たちの横を過ぎ、一番奥へと腰を下ろす。

「おれはあられ蕎麦にする。おめぇは」

促されて、同じもんを、と直次郎が頼むと、

「そいじゃ、あられ蕎麦をふたつ。それから卵焼きもつけてくれ」

千兵衛は指を二本立てて女に告げた。

女が去ってからしばらくすると、

「お綾ちゃんと正坊は達者かい」

いかつい顔に柔和な笑みを浮かべた。

「へえ。お蔭さまで。実はお綾とは今朝、喧嘩しちまって」

朝の出来事をかいつまんで話すと、

「そりゃ、おめぇが悪ぃ」

一刀両断された。

「けど、十三歳ってぇのはなかなか難しくて。子どもだと思えば、大人みてぇな口の利き方をするし」

——嘘なんかついてない。

頬に血の色を上らせ、こちらを睨《にら》みつけた顔はお絹に生き写しだった。飲みすぎで二日酔いの朝など、お絹はよくあんな顔で直次郎を叱り飛ばしたものだ。

「そりゃ、そうだろうよ。十四や十五で嫁《とつ》ぐ娘だっているんだから」

嫁ぐ、のか。今朝考えたばかりのことなのだが、面と向かって言われると俄に寂しさが募ってくる。

「なんでぇ。そのしけた面は。そんなんじゃ、お綾ちゃんは好いた男ができたって、嫁に行けねぇじゃねぇか」

豪快に叱り飛ばしたかと思えば、

「そこでな」

いきなり前屈みになって声をひそめた。

「何ですか。改まって」

直次郎がひと膝前へ進めたとき、最前の女が蕎麦を持ってきた。

「お、ずいぶん早《はえ》ぇじゃねえか」

体勢を戻し、千兵衛がわざとらしいくらいに相好を崩す。

「あられはうちの看板ですから。昼は一番出るんですよ」

女はくすりと笑い、どうぞ、と蕎麦の器を前に置いた。貝柱と海苔《のり》がたっぷり載った大盛りの蕎麦は、確かに〈看板〉の名にふさわしい。

「卵焼きも冷めないうちにどうぞ」

直次郎に向かって微笑んだ。近くで見るとぴんと張った右頬にえくぼができる。色の白いは七難隠すというが、色の黒いのがこの女の魅力のようだ。病とは無縁の、内側から弾けるような美しさが笑みと一緒にこぼれるようだった。

「で、さっきの話の続きだが」女の姿が消えるのを待って千兵衛が話を再開する。「後添《のちぞ》えをもらったらどうかと思ってな」

「後添え、ですか」

話というのはそれだったか。

「そうだ。実はさっきの女なんだが」

二十四歳だという。冬木町《ふゆきちょう》に住んでおり、この蕎麦屋で働き始めて二年が経つそうだ。気立ても器量もいいのに行き遅れたのは、母親の看病に追われていたためらしい。一年前に母親は鬼籍に入り、四歳下の弟が近頃身を固めたのを機に嫁ぎ先を探しているという。歳が歳だから贅沢《ぜいたく》は言わない。子どもがいても構わない。ただ、できれば働き者で優しい男を望んでいる。

「まあ、こう言っちゃなんだが、おめぇのところと事情が似てる。お綾ちゃんとも心を通わせやすいだろう。何より苦労をした女は情が深い。きっと、お綾ちゃんや正坊を可愛がってくれるだろうよ」

千兵衛は卵焼きを箸《はし》でつまむと口に放り込んだ。

なるほど。店に入ったときの女の眼差しに含みがあったのはそういうことか。今日、この店に直次郎が来ることは伝わっていたのだろう。だから蕎麦が来るのも早かったのだ。

「有り難いお話ですが、まだそういう気持ちには――」

「だが、もう三年になるだろう」

お絹が逝《い》ってから、もう三年か。いや、まだ三年だ。春は三回しか巡っていない。

「三年も操《みさお》を立てりゃあ、充分だろうよ。お絹さんだって、おめぇや子どもたちが幸せになるのに異存はあるめぇ」

操を立てる、とかそういうことではない。おれの女房はお絹しかいない。何よりも。

――お綾と正太をよろしくお願いします。

お絹と約束したのだ。男手ひとつで子どもたちを立派に育ててみせると。

「すみませんが、先様には丁重にお断りしてくだせぇ。相手がどなたさんであっても後添えをもらうつもりはありません。仮に来てもらっても苦労をさせるだけですから。まだ、女房の借金を返し終わってねぇんです」

「薬礼か。けど、それもあと僅かだろう。来年には楽になるんじゃねぇのか」

お絹が臥《ふ》せっていた間の薬礼は莫大《ばくだい》なものだった。評判の医者ほど法外な薬礼を取ったが、女房を助けたい一心で、直次郎は知り合いだけでなく素金《すがね》と呼ばれる金貸しにも頭を下げ、必死で金をかき集めた。もちろん、千兵衛も金を貸してくれた一人だ。そんな借金もようやく今年中に返し終わる。

数年にわたった金の返済が終わることは直次郎にとっては肩の荷が下りるようでもあり、どこかうら寂しいようでもあった。借金を返しているうちは、自分とお絹はどこかでつながっているような気がしたのだ。いい女房だった。自分には過分なほどに。綺麗で優しくてしっかり者で、何より子どもたちを心から愛してくれた。

でも――そのお絹は二度と戻ってくることはない。

あれが、あの月のない晩が、お絹をこの手にしっかりと抱いた最後になった。翌日、お絹は昏《こん》睡《すい》し、二日間生死の境をさまよった末、静かに息を引き取った。

笑った顔も怒った顔も泣いた顔も神妙な顔も。すべてが直次郎の胸の内に鮮やかに残っているのに、いずれもこの手でじかに触れることはできない。それは、お綾や正太にとっても同じことだ。お綾は困ったことがあっても母親に相談することはできないし、正太は寂しくなっても母親の腕で抱きしめてもらうことはできない。

そう考えると、お綾にも正太にも新しい母親がいたほうがいいのだろうか。いや、新しい母親を欲しいと思っているのかも。

——何もかもおとっつぁんのせいだからね。

あれは、そういう心の表れなのかもしれない。

「まあ、いきなり後添えをもらえ、といわれても迷うわな。すぐにとは言わねぇ。考えてみてくれ。さ、伸びねぇうちに食いな」

千兵衛は箸で直次郎の器を指した。

「すみません」

直次郎は箸を手にして蕎麦を手繰《たぐ》る。見た目ほどには蕎麦はコシがなく、口に入れるともそもそとしていた。いささか早めに茹ですぎたか。急《せ》いては事を——何とやらだ。

「それと、もうひとつ。実はこっちのほうが大事な話だ」

千兵衛は蕎麦を食い終わると湯飲みを手にした。

「こっちのほう？」

ああ、と言ったきり、手の中の湯飲みをしばらく弄んでいたが、

「ちっとばかし重い話になるから仕事が上がったら話そう。帰りにうちに寄りな」

淡々と告げ、茶を一気に飲み干した。

六

手習いって、けっこう楽しいんだな。

正太は指についた墨をごしごしこすりながら胸のうちで呟いた。坂崎さんに誘われて何となしに来たけれど、筆で文字を書くのはなかなか気持ちがいいもんだ。

今日、書いたのは〈しょうた〉である。名は大事なものだから心をこめて書くんだよ、とお綾姉ちゃんが横から口を出すのが少しうるさかったけれど、

――うむ、正坊の字はなかなか面白い。

頷きながら坂崎さんは褒《ほ》めてくれた（と正太は思っている）。一方、おはるは正太よりもずっと小さな手なのに、いったん筆を持つと実に伸び伸びした字を書いた。

――おはるちゃんは筋がいいねぇ。

坂崎さんが唸《うな》るように言い、ほんとだ、とお綾姉ちゃんも目を瞠った。二人に褒められたおはるはもちろん上機嫌で、もっと教えて、と坂崎さんにねだっていた。

〈面白い〉と〈筋がいい〉ではどちらが上なのか。さすがに正太でもわかるし、おはるの字と比べると、自分の字は太いミミズがのたくったように見えなくもないけれど。

まあ、いっか、楽しいんだもんな。

正太は再び〈しょうた〉に取り掛かった。よし、今度は上出来だ、と思ったら、筆先の墨がは

ねて〈じょうだ〉に見える。最後に〈ん〉をつけたらどうだろう、と考えていたら隣でおはるがくすくす笑っていた。

まあ、いっか。楽しそうだもんな。

「できた！」

正太はお師匠さまに向かって〈じょうだ〉を高々と掲げてみせた。


楽しい手習いと昼飯を終えて正太とおはるが表に出ると、路地の向かい、お楽さんの家の勝手口から一太が弟の次太と三太を伴って出てくるところだった。

「いっちゃん、今日の手習いは休みなのかい？」

一太は姉のお初と一緒に海辺橋を渡ってすぐの万年町《まんねんちょう》にある手習所に通っているのだった。いつもは八ツ（午後二時頃）を過ぎなければ帰ってこない。

「今日はお師匠さんの具合が悪くて休みなのさ」

「休みなのさ」

まだ四歳の三太が兄の口真似《まね》をする。一太の腕にぶら下がるようにして跳ねているので芥子頭のてっぺんが揺れている。

「だったら、今日はたんと遊べるね」

正太が言うと、

「そうだな。久方ぶりに『子をとろ子とろ』でもするか」

お楽さんによく似た四角い顔がくしゃりと崩れた。

久方ぶりと言っても、土手に花見に出かけたとき以来だから半月ぶりくらいだ。この遊びをやるとき、正太は必ずおはるの前に並ぶ。気は強いけれど、怖がりで足の遅いおはるを〈鬼〉から守ってやらなくてはいけないからだ。

今日の〈子をとろ子とろ〉は、正太たちの声を聞きつけたお初と近所の子らが集まり、総勢十人にもなった。うねうねと蛇行する九人の列に右へ左へと振り回され、三太のげらげら笑いは止まらない。笑い転げるたびに列はぶつぶつと切れ、他の子も地べたに転がり、げらげら、わいわい、笑いの大合唱になった。こうなると、何をやっているのかわからなくなったが、それはそれで楽しいのだった。

ひとしきり笑い、息を切らしながら正太は地べたに腰を下ろした。ああ、風が気持ちいい。笑うと心がすっきりと晴れる。お綾姉ちゃんも怒ってばっかりいないでもっと笑えばいいのに――と思ったところで、

「おやつだから帰っておいで」

勝手口からお楽さんが顔を出した。

「はぁい」

お初と三兄弟は大声で返事をすると家へまっしぐらに駆けていき、途中から加わった四人もばらばらと姿を消したので、路地に残ったのはおはると正太だけになった。

俄にがらんとした路地に風が吹き抜ける。さっきは心地よかったはずなのに、汗が冷えてきた

せいで首筋がすうすうした。

「おはるちゃんはどうする？　家に帰るかい」

正太が訊くと、おはるは口を尖らせて答えた。

「うちはおやつなんかないし、帰ったって、おとっつぁんがいるだけでおっかさんはいないもん」

そっか、と返しながら、昨日お美代さんにもらった饅頭《まんじゅう》は美味《うま》かったなと正太は思っていた。けど、お美代さんは変なことを言ってたっけ。

――子どもはいいわね。裏がなくて。

裏がないって？　正太が訊くと、真っ直ぐってことよ、とお美代さんは笑いながら続けた。

――大人は曲がっているから怖いのよ。思わぬ方角から石が飛んでくるから。

確かに思わぬ方角から石が飛んできたら怖いよな。なんてことを考えていると、裏店の一番手前に住むお杉《すぎ》さんの姿が見えた。小さな風呂敷包みを抱え、こちらに向かって歩いてくる。

「どうしたんだい？　二人とも地べたに座りこんで」

ふっくらとした頰に奥二重の目がいつ見ても優しそうだ。

「みんな帰っちまって、何して遊ぼうかと考えてたんだ」

正太の言葉に唱和したかのように横で小さなくしゃみが聞こえた。背中の汗が冷えてきたのはおはるも同じみたいだ。

「汗をかいてるのに地べたなんかに座ってるからだよ。行くところがないなら小母《おば》さんちにおいで。おしま婆さんのところで大福を買ったんだよ。今日最後の二つらしいから、余計に美味しいよ」

「でも、小母さんと小父《おじ》さんの分がなくなっちまうよ」

正太は立ち上がると、着物の尻についた土を両手で叩き落とした。本当は大福餅と聞いて、腹の虫が騒ぎ出している。けれど、他所《よそ》で食べさせてもらってばかりいるとお綾姉ちゃんに叱られそうだもんな。

「子どものくせに遠慮するんじゃないよ。大人は子どもが嬉しそうにしているのを見るのが好きなのさ。おはるちゃんは甘いものが好きだろう」

「うん、大好き」

とろけるような笑顔でおはるが立ち上がると、

「あんたたちは本当に可愛いねえ」

お杉さんはにこにこしながらおはるの尻についた土埃を叩いてやった。

「おはるちゃんは可愛いけどおいらは可愛くないよ、小母さん」

正太が正すと、お杉さんは口を押さえてころころと笑った。

「そうだったね。正坊は男の子だから、可愛いなんて言ったら怒られるよね。けど、小母さんの子も、あんたたちと同じくらいの歳だったたと思うとつい可愛くてねぇ」

「小母さんに子どもがいたの？」

おはるが大きな目を瞠った。正太も知らなかった。

「ああ、そうさ。おはるちゃんほど器量よしじゃないけどね。可愛い娘だったよ」

だったよ、ということは死んじゃったのかな。

「亡くなってから、もう二年になるかねぇ」

お杉さんはどこか遠くを見るような目をして言った後、

「さあ、行こうか。お煎餅もあるからね」

いつもの明るい声に戻ると、先に立って歩き出した。


お杉さんの家でおやつを食べた後は、再び表に出てきた三兄弟と喧嘩独楽《けんかごま》をしているうちに日が暮れた。おとっつぁんが作ってくれた正太の独楽は負け知らずだ。それは、おとっつぁんが腕のいい大工だという証《あかし》で、だから勝つたびに正太は誇らしい気持ちになるのだった。いつか正太も立派な大工、それも棟梁になれればいいと思っている。

お初と一緒に千代紙遊びをしていたおはるは、正太が独楽遊びに夢中になっているうちに帰ったようだ。熟《う》れた柿の実のようなぽってりとした陽は、武家屋敷の向こうへあっという間に落ちていった。すとん、と音が聞こえるほどだった。

お天道さまが沈む前に帰っておいでって言ったでしょ。

姉ちゃんにまた叱られるかな、と思いながら、

「ただいま」

そうっと障子を開けると、「おかえり」と出迎えたのは坂崎さんの優しい声だった。何だか窮

屈そうな面持ちで座っている。

「あれぇ、坂崎さん、どうしたんだい」

「どうしたんだい、じゃないわよ。いらっしゃい、でしょ」

土間で夕餉の支度をしていたお綾姉ちゃんがまなじりを吊り上げれば、

「夕飯をご相伴《しょうばん》させていただくんだよ」

坂崎さんがゆったりとした口調でなだめる。

この人は本当にお侍なんだろうか。お侍は小さい頃からやっとうを習っていて、みな強いのだろうと思っていたけれど、坂崎さんは虫一匹殺せないような優しい顔をしている。小柄だし、なよっとした肩や腕に刀はとても似合わない。そう言えば、刀を差しているのをいっぺんも見たことがないな。

「今日はお楽さんからお芋をおすそ分けしてもらったの。だから家《うち》でご飯を食べてもらおうと思って。おとっつぁんも遅くなるって言ってたし」

お綾姉ちゃんはへっついの上から鍋を下ろした。ふわりと温かい湯気が立ち上り、六畳間に煮しめのいい香りが漂った。

「へぇ、芋のにっころがしかい」

正太は坂崎さんの傍までにじり寄り、ぺたりと座った。

「おとっつぁんが酒のつまみに食うやつだ。おいらも早く酒を飲めるようになりてぇな」

「何、生意気なことを言ってるの。去年までおねしょしていたくせに」

「何だよ。坂崎さんの前でそんなこと言うなよ」

正太が腰を浮かせて拳を振り上げると、

「私も八つくらいまで憶えがあるぞ」

坂崎さんが生真面目《きまじめ》な顔で言う。

「本当に。本当に八つまで」

「ああ。武士に二言《にごん》はない」

今度は胸まで張っている。

「聞いたろう、姉ちゃん。八つに比べたらおいらの六つなんてたいしたことがねえよ」

「馬鹿ね、あんたに合わせて嘘を言ってるってわかんないの」

お綾姉ちゃんはしゃもじを持ったまま呆《あき》れ顔で肩をすくめた。

「いや、嘘ではないですぞ」

坂崎さんがまたぞろ胸を張ると、お綾姉ちゃんはぷっと噴き出して、

「はいはい。じゃあ、そういうことにしておきましょう」

膳の支度を整える。どうしてかすごく嬉しそうだ。まあ、機嫌が悪いよりいいけどさ。

膳には味噌汁とご飯、鰯《いわし》の煮付け、芋の煮っころがしが並んでいる。芋の煮っころがしは照りが今ひとつで、明らかにお楽さんちのものより落ちるけど、口に出したら大変なことになる。でも、今日、お杉小母さんのところでおやつを食べさせてもらったことは言わなきゃ——と思っていながら別のことを訊いていた。

「姉ちゃん、お杉さんに子どもがいたって知ってるかい」

「ええ。知ってるわよ」

坂崎さんの前に膳を置くとお綾姉ちゃんは事も無げに言った。かたじけない、と坂崎さんは律儀に頭を下げる。

「二年前に死んじゃったんだって」

「あんた、そんなこと誰に訊いたの」

お綾姉ちゃんが眉をひそめた。正太の前に膳を置き、隣に座る。

「お杉小母さんから聞いたんだ。おはるちゃんと一緒に小母さんの家でおやつを食べさせてもらったから」

「そういうことは早く言ってよ。小母さんにお礼を言わなきゃ」

「だって今日のことだよ」

話す順番を間違えただけだい、と正太は頬を膨《ふく》らませた。

「詳しいことは知らないけど、八幡さまの近くで亡くなったんですって。だから、少しでも近くにいてやりたいって、神田のほうから越してきたらしいよ」

お綾姉ちゃんの話を坂崎さんは俯いて聞いていた。眉間《みけん》に皺《しわ》が寄っていて、ものすごくつらそうに見える。どうしたんだろう、と思っていると、

「お綾ちゃん、この煮っころがしは美味いよ」

坂崎さんが不意に顔を上げ、くしゃりと笑った。さっきまでのつらそうな表情はどこかへ消え

ていた。正太には、その笑顔が少しだけ作ったように見えた。大人が話を変えたいとき、こんなふうに笑うのを見たことがある。坂崎さんはお杉さんの子どもの話をあまりしたくないのかもしれない。お綾姉ちゃんも同じことを思ったのか、

「そうですか。お芋はお楽さんにもらったんです。傷物だけど味はいいよって」

ぎこちない笑みを作る。

「美味い、美味い。こんなに美味い芋は久しぶりに食べたよ」

その後も坂崎さんは何度も頷きながら芋を食べた。

夕餉が済み、今写している本の話をした後、そろそろお暇《いとま》するよと坂崎さんは名残惜《なごりお》しそうに腰を上げた。

正太が先に立って油障子を開けると、青白い月の光が土間いっぱいに流れ込んだ。表に出て見上げると、深い紺色の空には月が明々と輝いていた。その近くには痩せた雲が浮かんでいて、青みがかった金色に染まっている。姉ちゃんもうっとりした面持ちで空を見上げていたが、そうだ、と何かを思い出したように坂崎さんへ視線を移した。

「坂崎さん。『つきのうらがわ』の続き、今度お話ししますね」

月を見ていたせいか、その眸は濡《ぬ》れたように輝いている。

「うむ。楽しみにしているよ」

「つきのうらがわって何だい？」

「坂崎さんの持っている本のお話。月の裏側へ行く方法を考えているの」

これも月明かりのせいだろうか、姉ちゃんの頬はほんのりと血の色が透けていて、すごく綺麗だ。

「どうして月の裏側へ行くんだい」

正太が問うと、なぜかお綾姉ちゃんは言葉に詰まってしまった。迷うように眸を動かした後、

「あのね、死んだおっかさんに会えるんだって」

秘密を打ち明けるみたいにひっそりと告げた。

何だ。おいらがおっかさんを思い出して寂しくなると思ったんだ。大丈夫だよ。おっかさんがいなくても、おとっつぁんと姉ちゃんがいるもの。

「じゃあ、おいらも考える」

「そうね、一緒に考えようか」

二人のやり取りをにこにこしながら見ていた坂崎さんは、

「じゃあ、私はこれで。正坊、また明日な」

正太の頭にぽんと手を置いた。これも月明かりのせい――かな。

刀を持たないお侍さんの目は青く透き通っていて、どこか寂しそうに見えた。

*

その晩、直次郎は月下の道を我が家に向かって歩いていた。

――帰りにうちに寄りな。

蕎麦屋で言われた通り、仕事が終わると黒江町《くろえちょう》にある千兵衛の家に寄った。
久方ぶりに訪れた直次郎を女房のおえんは快《こころよ》く出迎え、

――遠慮しないでちょうだいね。

くだりものだという上物の酒まで出してくれた。口当たりのよさが気に入り、勧められるままに盃《さかずき》を重ねたせいか、いつもに比べて酔いが回ってしまった。もし、明るい月夜でなければ堀に落ちたかもしれない。

ふと振り仰げば、黒々とした葉桜の枝先に青みを帯びた明るい月があった。冴《さ》え冴《ざ》えとした色が秋の月のようだ。夜気もひんやりとしており、薄い木綿着ではいささか心許《こころもと》なく直次郎は襟を掻き合わせた。

――おめえに払ってる給金は安くねぇ。おめえの腕を買ってるからだ。それなのに、その情けねぇ恰好《かっこう》は何だ。もう少しましな着物はねぇのか。

おえんが台所へ姿を消すと千兵衛は直次郎を叱った。借金がまだ残っていると昼間に伝えたはずなのに。直次郎が訝《いぶか》しく思っていると、

――何でぇ、その面は。おれが知らねぇとでも思ってるのか。

千兵衛は酒で赤らんだ顔を思い切りしかめた。

――人助けをしているんだから、立派なことだと他人《ひと》さまは言うかもしれねぇ。けど、おれはそうは思わねぇ。お人よしも過ぎると毒になるんだぜ。

お人よしも過ぎると毒になる。

その一言が胸のど真ん中を刺し貫《つらぬ》いた。

重蔵に渡している金のことだと悟った。普請場での事故以来、右半身が不自在になった重蔵に、直次郎は自分の給金から幾らかを渡しているが、それが暮らしをかつかつにしているのは自明であった。だが、直次郎には金を渡さねばならぬ事情があるのだ。見て見ぬ振りできぬ心の咎《とが》があるのだ。そのせいで、お綾に負担を強《し》いているのはわかっている。わかってはいるが、重蔵の引きずる足を見ると金を渡さずにはいられなかった。

——なあ、直よ。

子どもを諭すように千兵衛は続けた。

——おれの知り合いの左官屋《さかんや》は梯子《はしご》から落ちて右手が使えなくなったが、今は左手で仕事をしている。言うほど楽なことじゃねぇが、人間、死ぬ気になればやってやれねぇことはねぇ。だから、おれは重蔵に左手を鍛えろって言ったんだ。左手一本でもできる仕事がありゃあ、使ってやると。だが、二年近くが経つのにあいつは変わらねぇ。いや、変わろうとしねぇ。いいか、直。そうさせてんのはおめぇだ。おめぇが甘やかすからあいつはなかなか今の暮らしを抜け出せねぇんだ。よく考えてみろ。おめぇだってあいつの面倒を一生見られるわけじゃねぇだろう。

もちろん、千兵衛の言うことはわかる。わかりすぎるほどにわかっている。だが、頭の中でわかることと腹に呑み込むこととは違う。

こんな調子で半刻ほど前のやり取りを頭の中でなぞるうちに、仙台堀の近くまで来ていた。泥の混じったような潮の臭いが鼻をつくと、こらえきれずに直次郎は道端に屈んだ。悪酔いしたのは酒のせいではなく話題のせいだ。胃の腑《ふ》のものを吐き出してしまうと胸の辺りは楽になったが、こめかみがずきずきと脈打ち、涙で目が霞《かす》んだ。ふらつく足で立ち上がり、堀沿いの道を我が家へ向かう。

通りに面した表店の一番角、お楽の煮売屋を右に曲がったときである。

月明かりにぼんやりと女の影が浮かび上がっていた。ひとつに束ねた髪は艶《つや》やかに濡れ、空へすんなりと伸びた首は向こう側が透けて見えるほど白い。畏《おそ》れのようなものが身を貫いた瞬間。

「お絹か！」

体の奥底から叫びが迸《ほとばし》り、地面を蹴っていた。だが、酔った足は無様《ぶざま》に絡まり、直次郎は前のめりになったかと思うと勢いよく転んでしまった。

やっとの思いで起き上がったときには、影は煙のように消え失せていた。前にあるのはがらんとした月明かりだけだ。すると、今度は井戸の辺りで光が瞬《またた》いたような気がした。銀色の魚が身をくねらせたかのような一瞬のきらめきだ。考える間もなく直次郎は駆け出していた。

だが、これも近づいてみれば人影はおろか猫一匹いない。井戸の中を覗いてみると、暗い水の底にひび割れたような月が落ちているだけだった。

あれはお絹の幽霊だ。不甲斐《ふがい》ない亭主を見かねてこの世に戻ってきやがった。

おまえさんったら、お綾にずいぶんと手を焼いているみたいね。

なぁんてな、と息を喘《あえ》がせながら苦笑を洩らしたときだった。

「おとっつぁん?」

油障子が静かに開いて、そのお綾が顔を出した。寝巻きに袖無しの薄い綿入れを引っ掛けている。淡い紫の花柄がお絹のお古だと気づくと、ふっと現《うつつ》に戻された。

「おう、どうしたい?」

「そろそろ帰ってくるんじゃないかと思ってたところに足音がしたから。おとっつぁんこそ、そんなところで何やってんの」

「ああ。この辺りに青っぽい光が見えたからよ。何かいるのかな、と思ってさ」

お絹の幽霊を見たとは言えなかった。

「もしかしたら酔っぱらってるの。おとっつぁんの顔こそ青白いわよ」

「月明かりのせいだろうよ。それより中に入ろうぜ。風邪引いちまう」

一歩近づいた途端、お綾が形のよい鼻に思い切り皺を寄せた。

「くっさい。おとっつぁん、ものすごくお酒くさいよ」

「しょうがあるめぇ。滅多《めった》に飲めねぇ、いい酒だったんだ」

そのいい酒を全部吐いちまったけどな、と胸の中でひとりごちながら直次郎は土間へ入って雪駄を脱いだ。部屋の隅では正太がすやすやと寝息を立てている。

「それにその膝は何? 泥だらけじゃないの。まさか酔って喧嘩でもしたんじゃないでしょうね」

お綾がいっそう顔をしかめる。お絹にそっくりじゃねえかと思ったら、笑いたいような泣きたいような不思議な心持ちになった。やっぱり酔っ払ってるのかもしれねぇな。

「まさか。そこで転んだんだ。それより、水をくれ、水を」

正太を起こさぬように声をひそめる。お綾は土瓶の湯冷ましを湯飲みに注ぎ、直次郎に向かってぞんざいに突き出した。

「ったく、女らしさの欠片《かけら》もねぇな。そんなんじゃ嫁にいけねぇぞ」

湯飲みを受け取ると一気に飲み干した。生ぬるい水がいがらっぽい喉をすべり落ち、胃の腑に沁《し》みていく。

「もう一杯くれるか」

もう、と言いながらも愛娘《まなむすめ》は二杯目を注いでくれる。ちと気は強いが、お絹に似て美人だし気立てもいい。おれには過ぎた娘だ。

「はい。いくら美味しいお酒でも飲みすぎちゃ駄目よ」

今度は優しく湯飲みを差し出すと、お綾は下駄を脱いで土間から上がった。後ろ向きになってきちんと下駄を揃《そろ》える仕草が娘らしい。濃紫の鼻緒の下駄は十三歳の娘には少し大人びて見えた。

直次郎は二杯目の水をゆっくり飲み干すと目の前の娘に向き直った。

「なあ、お綾。もし新しいおっかさんが来るとしたらどうだ。おめぇは嫌か」

お綾が大きな目を瞠った。小さな丸い唇は次の言葉を忘れてしまったかのように半開きになっている。

「おい。おれの言ってる意味がわかるか」

問い直すと、娘はようやくこくりと頷いた。

「新しいおっかさんって、もう決まったことなの」

「いや。棟梁に後添えをもらったらどうだと勧められただけだ」

束の間の沈黙の後、小さく息を吸い込む音がした。

「おとっつぁんはどうしたいの」

「わからねぇ。今日聞いたばっかりの話だからな。ただ、これから先、そういうことがあるかもしれねぇってことだ」

お綾は顎に手を当て、じっと考え込んでいたが、

「おとっつぁんの好きなようにしてちょうだい。けど、あたしのおっかさんは死んだおっかさんだけだから」

もう寝るね、と正太の傍らに横になった。

好きなようにして、と言いながら、思いっきり嫌がってるじゃねぇか。

だが、確かに親子三人が川の字で寝ているこの部屋に、お絹以外の女が入るのは難しいかもしれない。

——お綾と正太をよろしくお願いします。

そうだ。やはりこの川の字を無理に壊すことはない。直次郎は娘の前に膝を揃えて座ると、きっぱりと告げた。

「おめぇがおっかさんがいらねぇってんなら、この話は断る。それに、おめぇと同じでおれの女房は死んだ女房だけだ」

だがお綾は何も言わずに夜着を引っかぶると直次郎に背を向けてしまった。これ以上はその話をしたくないということだろう。

直次郎は寝巻きに着替えると行灯《あんどん》の火を消し、酔った身を横たえた。障子紙を透かした朧《おぼろ》な月明かりで、土間のへっついや鍋釜がぼんやりと浮かび上がっている。そのせいか、見知らぬ部屋で寝ているような妙な心持ちになった。

お絹の幽霊も月明かりが見せたのかもしれねぇな。

そんなことを思ったとき、不意に背後でお綾が身じろぐ気配がした。

「おとっつぁん」

直次郎の背に小さな手が触れる。何だ、と返す前に娘の声が先んじた。

「正太は、おっかさんが欲しいかもしれないわよ」

それは、どこか遠いところから聞こえてくるような幽《かす》かな響きだった。

第二話 鬼

一

土手の桜が散るのを惜しんでいるうち、いつの間にか青葉が目にしみる頃になっていた。

やっぱり季節は巡ってるんだな、と直次郎はしみじみ思う。

青葉と言えば、初鰹《はつがつお》の季節である。役者の誰それが三両だか五両だかで鰹を買ったなどと仄《そく》聞《ぶん》すれば、馬鹿らしいと思う反面、ほんの少しだけ羨《うらや》ましい。幸いにして、お綾も正太も鰹のことなど念頭になく、日々楽しそうに過ごしている。姉弟で気のいい侍のところに通い始めてそろそろひと月が経つだろうか。

昨日は雨が降ってきたので、久方ぶりに早く帰ったら、おはるも含めた子どもらが手習帳を前にして、『つきのうらがわ』がどうとかこうとか話していた。何でも、侍の書いた絵双紙の続きを考えているらしい。お綾までもが頰を紅潮させて語っているのを見ると、何だ、まだまだガキじゃねぇかと拍子抜けした。

その後、正太を連れて湯屋に行ったら、

――おとっつぁん。月の裏側にはどうやったら行けるのかな。

流し場でそんな問いを投げてきた。

そんなもん、わかるわけがねぇじゃねぇかと、直次郎が即答すれば、

――なんだい。それじゃ、〈おとう〉と同じじゃないか。

正太は濡れ手拭いで体をこすりながら丸い口を尖らせた。

お話の中の〈おとう〉は倅《せがれ》にこう言うのだそうだ。

『そんなむつかしいことは、おらにはわかんねぇ。いや、だれにもわかんねぇ。だれにもわかんねぇことを、むりにほじくったらいけねぇんだ』

うん、〈おとう〉の言う通りだ、と直次郎は妙に感心してしまった。大体、誰にもわかんねぇことを無理にほじくろうとするから物事はこじれるんだ。

で、月の裏側には何があるんだ、と直次郎が問うと、

――死んだ〈おっかあ〉がいるんだ。

正太は体をこする手を止め、神妙な顔をして答えた。

それを聞いた直次郎は少し心配になってしまった。ひょっとすると、正太は亡くなった母親に会いたいと思っているのではないか。その懸念を直次郎が口にすると、会いたくないわけじゃないけど、と前置きをした後に正太は言ったのだ。

――おいらは月の裏側になんて行きたくないな。新兵衛長屋でおとっつぁんと姉ちゃんと一緒にいるのがいい。

直次郎は息子を力いっぱい抱きしめた。なんだい、おとっつぁん、やめろよ、と正太は嫌がったけれど、うるせぇ、男と男の裸の付き合いだ、とわけのわからないことを言ってごまかした。

嬉しかったし、心から安堵《あんど》もしたのである。

女房の幽霊に会って狼狽《うろた》えている父親より、七歳の息子のほうがよほどしっかりしている。ま

あ、お綾だって月の裏側に行ったら母親に会えるなどと本気で思っているわけではないだろう。手習いの延長で他愛のない作り話に興じているだけに違いない。とにもかくにも姉弟で楽しそうにしているのは父親としても嬉しい。侍さまさまだ。

そんなふうに思っていた矢先のことであった。

朝、表通りへ出ると、

「あら、直次郎さん、早いじゃないか」

煮売屋の前で掃き掃除をしているお楽に会った。空は鈍色《にび》の雲で覆われ、せっかくの青葉も光がないとくすんで見える。

「おう。お楽さんこそ、早《はえ》ぇじゃねえか」

「早いのはいつものことさ。うちの人が朝早いからね。朝飯くらいちゃんと食わしてやんなきゃ、それこそお天道《てんと》さまの罰が当たるってなもんよ」

お楽は腰に手を当て、胸を張ってみせた。色黒でえらの張った面立ちはお世辞にも美人とは言い難いが、豪快な笑顔は見ているこちらの気分まで爽快になる。ふと、挨拶もろくにしなかったお美代の辛気《しんき》くさい顔が思い浮かんだ。お絹のような器量も気立てもいい女というのは、そうそういないものだと思えば、病の神に連れ去られたのがなお惜しまれる。鼻の奥がつんとするのをくしゃみでごまかすと、

「なんだい。風邪でも引いたのかい」

お楽が眉をひそめる。いや、そんなことはねぇよ、と鼻をこすりながら、

「そうそう。いつも煮しめをすまねぇな。助かってるぜ」

心をこめて礼を言う。長屋のかみさんたちがいなかったら、子どもたちは大きくなっていない。

「いいんだよ。どうせ残りものなんだからさ。そういや、ちょっと前に、お綾ちゃんが芋を安く譲って欲しいって来たけどさ、煮っころがしは上手くできたかい？」

煮っころがしか。そういや、食ったかな。そんな程度の記憶ではあるが、

「ああ、美味かったぜ、ありがとよ」

再び礼を述べておく。

「何だか張り切ってたくさん持っていったけどねぇ」

「ああ。隣の侍に持っていったんじゃねぇかな。ただで手習いを見てもらってるからな」

すると、お楽の案じ顔が直次郎に近づいた。眉をひそめ、あのさ、と意味ありげに声をひそめる。

「隣のお侍のことだけど、大丈夫かい」

「大丈夫って何がだよ」

「お綾ちゃんのことだよ。朝は正坊とおはるちゃんもいるから心配ないだろうけどさ。午過ぎは狭い部屋で二人っきりだろう」

「二人っきりってどういうことだ」

「あんた、知らないのかい。手習いが終わった後も、お綾ちゃんはあの侍の部屋にいるんだよ。

夕方近くにお綾ちゃんが隣から出てくるのを、近所の女房連中がしょっちゅう見かけるっていうもの」

「何言ってんだい。お綾はまだ十三だぜ。笑わせんなよ」

鼻で笑うと、お楽は呆れ顔で肩をすくめる。

「これだから男親は駄目なのさ。あんたはお綾ちゃんに、月のものがいつ来たのかも知らないだろう。もう一年も前の話だよ。おっかさんがいないからってあたしのところに聞きに来たんだけどね。あの子はね、身も心も立派な女だよ」

土間に脱いだ下駄をきちんと揃える後ろ姿が脳裏をよぎった。あの下駄を大事にしているのはわかっていたが、そこに男を慕《した》う娘の気持ちがあるなどとは考えてもみなかった。直次郎が黙り込んでしまったからか、お楽は声の調子を少し和らげる。

「あんたは父親だからそういうふうには見てないかもしれないけど、お綾ちゃんは相当な器量よしだよ。気立てだっていいしさ。あのお侍だって、せいぜい二十五、六歳だろう。男と女がひとつ部屋にいるんだもの。何が起きたって不思議じゃないよ」

頭から冷たい水をぶっかけられたような気がした。

「そんなことがあるかい。坂崎って男は誠実そうな顔をしてるぜ」

それでもなお心の隅には娘と隣人を信じる思いがある。

「ったく、まだそんなことを言ってんのかい。見た目じゃ人はわからないだろうよ。虫も殺さぬような顔をしてるけどさ、こんな長屋に流れ着いてきたお侍だよ。昔に何があったかわかるもんか。うちのお初が言ってたんだけどさ」

——おっかさん、あの坂崎ってお侍さん、ちょっと変だよ。

花見の日に〈子をとろ子とろ〉で遊んでいて、三太が派手に転んだのだという。ところが、仰向けになったままの三太に声を掛けるでもなく助け起こすでもなく、ただ突っ立っていたそうだ。

——そのときの顔がね、ちょっと怖かったんだ。

「そんなふうに言ってたんだよ。子どもの目は案外、鋭いからね。最初はいい人かと思って花見に誘ったんだけどさ。実はああいう優しげな男に限って裏があるんだよ。まあ、信じすぎないことだね。あたしも気をつけて見ておくけどさ」

ああ、煮物の塩梅《あんばい》を見なくっちゃ、とお楽は下駄を鳴らして慌《あわただ》しく店の中へと入っていった。

堀で何かが跳ねる音がした。それを合図にお楽の店の前を離れ、ゆるゆると海辺橋のほうへ歩き出す。男と女がひとつ部屋にいる——

そんなはずはない。呟いた拍子に、紫の下駄をきちんと揃えるお綾の後ろ姿が再び浮かんだ。

そんなわけで、その日の仕事ぶりは散々だった。高直《こうじき》な檜《ひのき》に危うく鉋《かんな》を掛けすぎてしまいそうになったかと思えば、墨壺《すみつぼ》で引いた線は無様に曲がり、挙句には足元の木っ端《こぱ》につまずいてこけてしまった。

「兄さん、恋わずらいですかい」

若い衆の軽口で、「男と女がひとつ部屋にいる」というお楽の言が蘇り、さらに不快な気分になった。そのせいか昼九ツ（正午頃）の鐘が鳴る頃になってもいっこうに腹は減らない。朋輩《ほうばい》の誘いも断り、普請場に残って足元の木屑《きくず》をぼんやりと掃いていると、

「兄ぃ」

辺りを憚《はばか》るような低い声がした。箒を使う手を止めて視線を上げると、通り沿いに建つ仮小屋の傍に重蔵が立っていた。顔の右側だけが面でもかぶせたように平板に見える。以前の屈託《くったく》のない面差しを知っているだけに胸がどんよりと重たくなったが、笑顔を繕い、重蔵へ近づいた。

「おう、どうしたんだい。棟梁に用かい」

いや、と重蔵は小さくかぶりを振った後、

「棟梁じゃなく、兄ぃに用があって」

唇の左端だけを引き上げた。笑ったのだとわかるまでに、しばし刻を要した。まともに笑うこともできなくなっちまったのか。重苦しい胸の内側で後ろめたさが頭をもたげる。

重蔵が紅千に入ってきたのは十一歳のときだった。五歳で両親と死に別れた後は親戚の家で厄介になっていたという。血縁に薄い子どもにありがちな暗さがなかったので、千兵衛やお内儀《かみ》さんにも気に入られ、手先の器用さも相俟《あいま》ってすぐに紅千に馴染んだ。

だが、その明るさは孤独の裏返しだったと直次郎はすぐに気づいた。湯屋に行き、裸になると華奢《きやしや》な背中には叩かれたと思われる古傷がたくさんあったのだ。直次郎の家は子沢山で貧しかっ

たが、両親は明るく常に笑いが絶えなかったから、その古傷を見るたびに胸がちくちくと痛んだ。この痛みの分、「兄ぃ、兄ぃ」と三歳上の己を慕ってくれる弟分を可愛がってやろう、と少年の直次郎は心に決めたのだった。

それは今も変わらない――

「兄ぃ、聞いてますかい」

重蔵が掬《すく》うようにこちらを見上げていた。

「ああ、聞いてるぜ。で、用ってのはなんだい」

「それが――」

中途で言葉を仕舞い、重蔵は普請場の隅へ一瞥《いちべつ》を投げた。若い衆が弁当を広げ、談笑している。いや、談笑するふりをして直次郎と重蔵のやり取りに耳をそばだてている。ここじゃ、言えねぇってことか。

「ちょうど時分時だ。飯でも食いながら話すか」

直次郎の言葉に重蔵はほっとしたように頷いた。

普請場のある永代寺門前山本町から八幡宮前の表通りに出て、向かいの門前仲町の裏へ歩を進めると、すぐに馴染みの一膳飯屋が目に入った。しわくちゃの婆さんとその息子が営んでいる店で、客は木場の男衆や猪牙船《ちょきぶね》の船頭などが多く、夜は息子の情婦《いろ》が手伝いに来て酒も出しているようだった。

手垢《てあか》で汚れた縄暖簾《なわのれん》をくぐると、直次郎は狭い板間に上がった。品書きはなく、その日の膳は婆さんが安く手に入ったもので決めているという。値は二十文だ。蕎麦より少し高いくらいである。

早速、膳が置かれ、おっ、と声を上げそうになった。炙《あぶ》った鰹に千切りの青紫蘇《あおじそ》と針生姜《はりしょうが》がたっぷり載っている。もちろん大盛りの飯と味噌汁付きだ。今日だけ百文なんてことはねぇよな、婆さん。

「近所の料理屋が安く譲ってくれたんだよ。長く店をやってると、いいこともあるんだねぇ。これで最後だよ」

皺んだ顔をくしゃくしゃに丸めた。近くで箸を動かしていた男らがくすりと笑う。恐らく、来る客来る客に同じことを言っているのだろう。

「そりゃ、婆さんの人徳だ。さすがだねぇ」

これも同じようなことを言われているのだろう。婆さんは、そうかねぇ、と嬉しそうに声を立てて笑った。

初物というだけで大して美味くもないだろうと高《たか》を括《くく》っていたが、鰹はなかなか美味だった。薬味の助けもあってか、重苦しかったはずの胃の腑に飯はするりと納まった。

「で、話っていうのは何だい?」

金の無心か。現場復帰の相談か。後者だといい、と重蔵が覚束《おぼつか》ない左手で飯を食っているのを見ながら直次郎は訊ねた。

「すみませんが、また金を貸して欲しいんです」

重蔵は箸を置くと目を伏せたままぼそりと言った。失望が胸に広がるのを感じながら、

「こないだ持っていった分じゃ足りねぇか。おれのところもかつかつでよ。ほら、死んだ女房の薬礼がまだ返し終わってねぇんだ」

無理やり声に明るさをまとわせる。

「それはわかってるんですが」

「だったら、あれで何とかしてくれねぇか。食うもんが足りなきゃ、お綾に持っていかせるからよ」

直次郎が言い終えると、重蔵がついと顔を上げた。窪んだ眼窩《がんか》の中で眸だけが黒く底光りしていた。夜の沼が月を丸ごと吞んだような、奇妙な暗さだった。

施してやる。

そんなふうに聞こえたのかもしれない。慌てて繕う言葉を探したが見つからず、焦れば焦るほどに直次郎の頭は空っぽになっていく。

すると、険《けん》のあった重蔵の目元がふっと緩んだ。

「すみません、いつも。おはるの昼飯だってお綾ちゃんに世話をかけっぱなしで」

どこか投げやりな口吻《こうふん》だった。

「いや、こっちこそ遊んでもらって助かってるぜ。正太はおはるちゃんが大好きだからさ」

言いながら唇が寒くなる。後ろ暗さがあるせいか、何を言っても噓くさい気がした。

ふと見れば、働いていた頃はがっしりしていた肩は肉が落ち、老人のように薄くなっている。

変わり果てたその姿に胸を衝かれ、金は貸さないと決めた心を知らぬ間に舌が裏切っていた。

「で、いくら貸せばいいんだい」

重蔵がはっとしたように顔を上げた。「いいんですかい」

直次郎が頷きを返すと、重蔵は再び視線を下げた。麻痺《まひ》した右手を左手でさすりながら、しばらく逡巡《しゅんじゅん》していたが、

「できれば三両ほど貸してもらえると有り難《がて》ぇんですが」

俯いたまま小さな声で告げた。

「三両だと」

つい上げた大声に、近くの客が訝るような視線を投げる。直次郎はひと膝前へ進めると声をひそめた。

「重蔵よ、そりゃ、無理だ。それにしたって、どうしてそんな大金がいるんだ。滞った店賃だって四月分としても千二百文だろう。一両だって充分釣りがくるぜ」

「すみません。実は女房の具合が悪ぃんです。何とか医者に診《み》せてやりたくて。あいつに死なれたら、おれも死ぬしかねぇんです」

死なれたら——という言葉に背中がひやりとした。

死は存外に近くにある。そう感じたのはお絹を亡くしてからだ。そいつは足音もなく近づき、知らぬ間にお絹の身の内に忍び込んでいた。やがて乾いた咳《せき》が出るようになり、医者にかかったほうがいいんじゃないか、軽い風邪だから大丈夫、そんなやり取りをしているうちに、少し歩い

ただけで息が上がるようになってしまった。咳が出始めた頃に医者に診せていれば、首に縄をつけてでも引っ張っていけば、と今でも思う。恐らく死ぬまで思い続けるのだろう。

重蔵の女房、おつなに至ってはもともと蒲柳《ほりゅう》の質だ。人よりずっと病を招きやすいのかもしれないと思えば畳の下の一両が脳裏をよぎった。お綾には告げていないが、いざというときのための金だ。三両は無理だが――そう考えたとき、

――お人よしも過ぎると毒になるんだぜ。

千兵衛の叱咤《しった》が頭の中に割り込み、直次郎を制止した。

そうだ。何より、その一両はお綾と正太に何かがあったときのためのものだ。お絹に病魔が忍び寄ったのと同じく、正太やお綾にもいつ災いが降りかからないとも限らない。もしも子どもらを救うことができなかったら、お絹に申し訳が立たぬではないか。

「悪いが、ない袖は振れねぇ。店賃くらいなら何とかするが、三両なんて無理だ。他を当たってくれ」

おめぇはゆっくり食いな、と腰を浮かせた――そのときだった。薄く笑みを浮かべた重蔵の顔が目の端をよぎった。何がおかしいんだ。怒鳴りつけたいような衝動が胸を突き上げたが、辛《かろ》うじて呑み込むと、

「婆さん、勘定してくれ」

二人分の飯代を払い、直次郎は一膳飯屋を出て足早に普請場へ歩き始めた。朝からの雲はいっそう厚みを増して、午過ぎなのに黄昏《たそがれ》のような暗さが通りを覆っている。肌にまとわりつく湿っ

た空気から逃れるように直次郎は駆け出していた。

表通りに出てからほっと息をつく。曇天のせいか、いつもより人の少ない道を横切り、山本町の普請場へ戻ると若い衆が数名いるだけでやけにがらんとしていた。手近な木っ端の上に腰を下ろして深々と溜息をつく。

重蔵の薄笑い——あれは何だったのだろう。

落ち着いて考えれば、直次郎への嘲笑などではないとわかった。あれは、恃《たの》みにしていた者にはねつけられた末の虚《むな》しい笑いだ。今の境遇を自力ではどうにもできないあきらめの笑みだ。

あきらめ、ていいのか。重蔵、いや、直次郎——

湿った土のにおいが不意に強くなった。雨が来たか。空を見上げたとき。

雷鳴が頭の中で轟《とどろ》いた。


二年前の五月——

「おい、雨が来るぞ。そろそろ上がれ!」

二階の足場に向かって棟梁の千兵衛が下から怒鳴った。見上げれば、それごと落ちてきそうな厚い雲がものすごい勢いで走っていく。西空で稲光が閃いた瞬間、申し合わせたように大粒の雨が降ってきた。ここ半月ほど雨続きで普請が遅れ、遠雷が鳴っているのが気になりながら、ぎりぎりまで作業をしていたのだ。

雨はあっという間に土砂降りとなり、普請場は上を下への大騒ぎになった。

「兄ぃ。早くしないとびしょ濡れになっちまうぞ」

下から重蔵が大きな声を投げ上げる。ばたばたと足場を打つ雨音に急かされるようにして、直次郎は梯子をひと息に降りた。

激しい雨は地面を抉《えぐ》り、辺りは土のむせ返るようなにおいが立ち上っている。仮小屋へと戻りかけたとき、頭の奥をこつんと衝かれ、直次郎の足は止まった。

「兄ぃ。どうした？」

重蔵の訝り顔を大粒の雨が伝い落ちていく。印半纏の肩は雨で黒く濡れていた。

「悪《わり》ぃ。先行っててくれ。板図を置いてきちまった」

板図は全体の普請図だ。二階の間取りを確かめるために足場に持っていったのだった。

「そりゃ、大変だ。こんな雨だ。兄ぃよりおれが行ったほうが早ぇ」

言うが早いが、重蔵は梯子をほとんど飛ぶようにして駆け上がり、最前まで直次郎がいた辺りまで辿《たど》りついた。さすがに〈前世は猿〉と棟梁に言われるだけのことはある。

だが、足場に着いたのは早かったが、肝心の板図がなかなか探せなかった。背中の〈紅〉の字が高所でうろうろと迷っている。落ちないようにと直次郎がわざわざ明かり採りの窓の内側に置いたのだった。それが仇《あだ》になった。

「重蔵！　外側じゃない。内側だ。二つ目の窓の向こうだ！」

大声で叫んだが、地を打つ雨音が直次郎の邪魔をした。

雷鳴が近くなる。生ぬるい風が吹く。背中を嫌な汗が伝う。

「もういい！　降りてこい！」

大声で叫んだときだった。

耳を聾《ろう》する凄《すさ》まじい轟音《ごうおん》がすぐ傍で鳴り響いた。落ちたのか。そう思ったときには、隣の商家の庭に立つ柿の木が真っ二つに裂け、赤い火を噴いていた。

重蔵は――

水煙の向こうにあったはずの〈紅〉の背中は跡形もなく消えていた。

まさか。あの重蔵が、棟梁から〈前世は猿〉だと絶賛されるほどの男が、雷くらいで足場から落ちるなんてあり得ない。そんな思念とは裏腹に、直次郎の視線は泥濘《ぬかる》んだ地面へと引き寄せられていた。その目が黒い塊《かたまり》を捉えた瞬間、めちゃくちゃに叫びながら直次郎は駆け出していた。

慌てて泥濘《ぬかるみ》の中から抱き起こしたが、重蔵は固く目を閉じている。青ざめた顔は半分だけ泥にまみれていた。その泥を袂で拭う。

おい！　重蔵！

大声で呼んだが身じろぎひとつしない。雷鳴が鳴り響く。雨が重蔵の頬を打つ。流れる水粒が直次郎の目前を霞ませる。このまま、雨の膜に自分たちだけが閉じ込められていくような気がした。雨と泥で重くなった重蔵の身を必死で抱き寄せる。

誰か、誰か、来てくれ！

喉がつぶれるかと思うほどの大声も雷鳴に呑み込まれた。

誰か――

振り向いたとき、ようやく仮小屋から朋輩が出てくるのが見えた――

頬を打つ雨粒で直次郎ははっと我に返った。

飯屋で見た重蔵の目。あれは、沼の縁に立ち、暗い水面を覗き込んでいた目だ。でも、まだ引きずり込まれちゃいない。あいつはぎりぎり沼の縁にとどまっている。だから、おれのところへ来たんだ。

あきらめるな。

直次郎は通りに飛び出すと一膳飯屋へと引き返していた。三両は無理だが畳の下の一両を貸してやろう。おれが板図を忘れなければ、あいつは今も一緒に普請場で働いていたのだから。

だが、縄暖簾の向こうに重蔵の姿はなかった。がらんとした板間には職人らしき男が二人、向かい合って黙々と飯を食っているだけだった。膳に載っているのは鰹のたたきだ。これで最後だというのは嘘だったたか。

すると、婆さんが近づいてきて、

「お連れさんなら、帰ったよ」

たった今、と笑いもせずに表を顎でしゃくった。そうかい、と婆さんに軽く頭を下げると直次郎は再び通りに出て油堀川のほうへと足を速めた。

だが、富岡橋を渡って万年町へ入っても、足を引きずる後ろ姿は見当たらなかった。あの足ではそう遠くへは行かれまい。長屋でないとしたらいったいどこへ向かったのか。誰よりも親しい相手のことなのに、直次郎にはまるで見当がつかなかった。橋を引き返しながらふと水面に目を落とすと、雨の作る小さな輪がまばらに浮かんでいた。

その足で普請場へ戻ると、三々五々職人たちが帰り始めていた。低くなった雲を見ればこれから本降りになるのは明らかだった。重蔵の一件以来、棟梁は空模様には気を遣っている。雨脚が強くならねぇうちに帰るか。直次郎が普請場を出ようとしたときだった。

「おい、直」

低い声に引き止められた。振り返れば千兵衛が渋面を刻んでいる。

「重蔵はまた金の無心か」

図星を指され、答えを返しあぐねていると、

「何でぇ。剣突《けんつく》食らったような顔しやがって」

大きな目が弓形にたわんだ。深い皺が目尻に刻まれるのを見て、棟梁も歳を食ったなと場違いなことが脳裏をよぎる。

「おれの目は節穴じゃねぇよ。二人で飯を食いに行っただろうが」

目皺を浮かべたまま千兵衛は睨《ね》めつけた。

「へえ。すみません」

見ていたのか。あるいは、普請場に残っていた若い衆に聞いたのか。

「おめぇに怒ってるわけじゃねぇよ」

呟くように言い、千兵衛は空を仰いだ。まだ本降りにはなっていないが、空からは細かい雨粒が落ちてくる。針のような細く尖った雨だ。頬に当たると痛《いて》ぇのかな、とガキみたいなことを考える。

「おれが怒ってるのは、重蔵にだ」千兵衛は天に向かって静かに吐き出すと、やおら直次郎へと目を転じた。「きっぱり断っただろうな」

「へえ」

逡巡を見抜かれそうで短く返すと、

「ならいい。このままじゃ、おめぇも奴も駄目になる。いいか。相談事があるんならおれのところに来い、と言っておけ」

わかったな、と千兵衛は先に普請場を出た。

大きな背中が見えなくなってから、直次郎は小雨の降る通りへと足を踏み出した。途端に雨脚が強くなる。

ったく、今日はついてねぇ日だ。

軒沿いを走り抜け、富岡橋を渡って万年町の通りに出ると、寺裏に住んでいる縁談相手の顔が脳裏をよぎった。きちんと断らなきゃ、と思えば、今度は頭の奥からお綾の顔が現れた。ああ、そうだ。あいつのことも考えなきゃいけなかった。

ったく、今日は気忙しい日だ。

駆ける足を速めながら前を見ると、寺の山門前で蛇の目傘を差した女がこちらを見ているような気がした。蕎麦屋の女だろうか。もしそうだったら、ちと面倒だなと思えば歩が鈍《にぶ》る。

軽く会釈をして通り過ぎようとしたとき、女が持っている傘を直次郎へすっと差し出した。はっとして足が止まった。山門前に立っていたのは蕎麦屋の女ではない。

差配の孫娘、お美代であった。山門の庇《ひさし》があるとはいえ、傘を直次郎に差し出しているので、お美代の結髪や藍紬《あいつむぎ》の肩には雨粒が落ちていく。何かを言おうと思うのに、舌が糸で縛られたように動かない。直次郎は声もなく、華奢な肩を雨が黒く濡らしていくのを見つめることしかできなかった。

不意に雨の打ちつける音が高くなった。すると、直次郎の手に傘を押し付けてお美代はきっぱりと背を向けた。そのまま駆けていき、つつじの植え込みの向こうへ姿を消した。

どういうつもりだったのだろう。傘を差し出したときのお美代の顔を思い出そうとしたが、頭の中に浮かぶのは、雨のしずくが伝い落ちていく艶やかな黒髪ばかりであった。

あれは――本当にお美代だったのだろうか。

息をひとつ吐いてから歩きだすと、傘を打つ雨音と共に仄《ほの》かな甘い香りが直次郎の後を追ってきた。思わず振り返ったが、山門前にあるのは白く煙る雨の帳だけだった。

二

昨日のおとっつぁんは何だかおかしかった。

いつもより早く帰ってきたのは雨が降ったせいだろうが、出迎えたお綾の顔を見ると何かを言いかけて、やっぱりいいや、と押し黙ってしまった。何なの、と問うても何でもないと首を振るだけで、その日は寝るまでむすっとしていたのである。

で、今朝のことだ。

――悪ぃけど、陽に当ててから差配さんに返しておいてくれ。

雪駄に足を入れながら壁に立て掛けた傘を指し示した。どこで差配さんに会ったのだろう、とお綾が訝っているうちにさっさと出かけてしまった。

普請場で嫌なことでもあったのかな。まあ、大人の世界も色々あるんだろうな、とお綾は正太の肌着や自分の二布《ふたの》を丸めてたらいに放り込んだ。昨日は朝から雨模様だったので洗濯物が山のようにあるのだ。とっとと終わらせないと手習いの刻が消えてしまう。何しろ四人分の握り飯もこさえなきゃいけないんだから。

下駄を突っかけて表に出ると、井戸端にいた女房二人が一斉に顔を上げ、口を噤んだ。お常とおくめだ。物問いたげな二人の視線をやり過ごし、会釈だけしてお綾は空いている場所にたらいを置いた。

「お綾ちゃんは今日も手習いなのかい」

声を掛けてきたのはお常のほうだ。子どもの寝巻きを骨ばった手で絞っている。

「そうですけど」

その物言いに違和を覚えながら返すと、

「お常さんったら、およしよ」

おくめがお常の袂を引いて止めた。

「何を習ってるんだい」

それには構わずお常はなおも問いかけた。唇には薄い笑みが浮かんでいる。何でそんなことを聞くのだろう。何で笑っているのだろう。わけがわからぬまま、

「字を習ってます。あたし、仮名しか読めないから」

お綾は答えた。お常から目を逸《そ》らして井戸の水を汲み、たらいに入れる。二布の紐《ひも》が水の中でゆらゆらと泳ぐ。

「それにしちゃ、ずいぶん長いこと隣にいるようだけど」

見なくとも声で笑っているのがわかった。嫌な笑いだ。そう、はしたない笑い。

「やめなよ。お常さん」

おくめがまた止めた。お常は何を言いたいのだろう。あたしが何か恥じることでもしているかのような――と考えたところで、ああ、そうか、と思い当たった。坂崎から束脩《そくしゅう》なしで手習いをさせてもらっているのが気に入らないのかもしれない。でも、笑われるようなことはしていない。

「束修が払えない代わりに本の整理や、片づけをさせてもらってるんです」

顔を上げ、お綾は胸を張って答えた。お常は一瞬ひるんだ面持ちになったが、

「そうかい。まあ、楽しそうでいいけどね。痛い目に遭わないようにおしよ。あんたはまだ十三

なんだからさ」

　神妙な口ぶりで言った。

　痛い目に遭う、とはどういうことだ。坂崎が越してきたばかりの頃は、〈人殺し〉〈女敵討ち〉などと騒いでいたお常だったが、坂崎の人となりを知るや、

　――あのお侍は虫一匹殺せないよ。よかったね。お綾ちゃん。

　そんなふうに言っていたのだ。それが、なぜ、また警戒するような物言いをするのか。

　怪訝《けげん》な思いでお綾がお常の細い目を見つめたときだ。

　隣の障子ががたぴしと音を立て、坂崎が現れた。ひとつに結わいた髪は乱れ、頬には畳の跡がついているのが見て取れる。手拭いと桶《おけ》を手にしているということは、今起きたのかもしれなかった。

　お常たちの姿を認めると、坂崎はねじの巻かれたからくり人形のようにぴんと背筋を伸ばして
「おはようございます」と頭を下げた。

「坂崎さんたら、また畳の上で寝ちゃったんですか」

　井戸端の淀《よど》んだ空気から逃れるように坂崎に近づいた。

「面目ない。つい仕事に夢中になり、いつの間にやら寝てしまったようですな」

　ぼさぼさの頭を掻きながら言い訳をする。

「そんなことばっかりしていると、風邪引いちゃいますよ」

　いつもの調子で叱ると、

「あら、お綾ちゃんたら、まるで女房みたいじゃないか」

粘ついた声が背中に投げつけられた。振り向くとお常が口の端を曲げて笑みを浮かべていた。

「女房みたいって――」

「さあ」とお常が勢いよくお綾の言を遮《さえぎ》った。「天気がいいから早く干さなきゃ」

足元のたらいを抱えて立ち上がる。おくめもまだ絞り切っていない洗濯物の入ったたらいを抱え、長屋の裏にある物干し場へとそそくさと去っていった。

何なの、あの人たちは。もやもやとした心持ちでお綾がその場に突っ立っていると、

「お綾ちゃん、どうした？」

坂崎の声が驚くほど近くで聞こえた。寝起きの顔がこちらを覗き込んでいる。右頬にくっきりとついた畳の跡は半刻ほど消えてくれまい。よく見ると凹凸《おうとつ》はこめかみの辺りまで続いており、お綾はつい噴き出してしまった。それでもやもやは少し吹き飛んだ。

「もう。とんでもなく情けない顔してますよ。早く、顔を洗ってらっしゃい」

「まことに面目ない」

坂崎は頬に手を触れながら困じ顔になった。

「四ツになったら伺いますから。よろしくお願いしますね」

お師匠さま、とお綾はにっと笑った。

「承知致した。お待ちしておりますぞ。お綾殿」

白い歯がこぼれる。その背後では、朝の光が家々の屋根で自在に跳ねていた。

顔を洗い終えた坂崎が部屋の中に入った後、お綾は井戸端で洗濯を始めた。父の股引に正太の肌着はともかく、自分の二布を洗っているのを坂崎に見られなくてよかった。

正太とおはるも加わって、昼までの一刻を坂崎は手習いに充ててくれる。それから四人で昼飯を食べ、お綾だけが部屋に残って片づけをしたり、坂崎が貸本屋から借りてきた本を読んだりして過ごすのだった。

坂崎が仕事を請けている貸本屋は佐賀町の稲荷屋という店だ。貸本屋なのにどうして稲荷屋なんて屋号なんだろう。不思議に思って訊ねてみると、そこのお内儀さんが稲荷ずしをこしらえて店先で売っているからだそうだ。

——本よりお稲荷さんのほうが儲《もう》かっているらしいよ。

坂崎はくすりと笑った。

昔の黄表紙や話題の滑稽本やお綾には少し難解そうな読本《よみほん》。毛色の変わったところでは家系図のようなものまで。様々なものを坂崎は写している。本を写す作業は繊細だから、坂崎の仕事が詰まっているときは、邪魔をしてはいけないとお綾はこっそり自分の家に帰るようにしている。けれど、写本の手が空いているとき、坂崎はお綾に種々《くさぐさ》の本について語ってくれる。

——八頭の犬が出てくるお話って知ってますか。

八頭の犬？　最初はきょとんとしていたけれど、こんなのを差配さんの家で見たんですよ、とお綾が手習帳に「八犬」と書いてみせると、ああ、『南総里見八犬伝《なんそうさとみはっけんでん》』のことだね、と坂崎は相好を崩した。

何でも、曲亭馬琴《きよくていばきん》という人が文化《ぶんか》十一年（一八一四）から書き始めて、文政《ぶんせい》八年（一八二五）の今になっても完結していないらしい。

――どんなお話なんですか。

今と違って戦《いくさ》をしていた頃の話だよ、と坂崎は言う。安房《あわ》の国に里見家《さとみけ》という領主がいた。その領主が、戯言《ざれごと》で敵将の首を取ってきたら娘の伏姫《ふせひめ》を与えると飼い犬の八房《やつふさ》に言ってしまったそうだ。ところが八房は見事に首を取ってきてしまい、仕方なく領主は八房に伏姫を与える。やがて、八房の気を受け、伏姫の胎内に宿った白い気が姫の数珠《じゆず》に乗り移って八つの玉になる。玉には仁義八行の文字が記されていたのだが、

――それが後に八犬士となって活躍するみたいだね。

みたいだね、というのは話がまだ完結していないからだ。

仁義八行というのは、〈仁義礼智忠信孝悌〉のことだそうだ。〈綾〉と同じく、それぞれの文字にきちんと意味があるのだと、坂崎はこれもまたひとつひとつ教えてくれた。

玉の話も八犬士の話も先を思い描いただけでわくわくする。そんなとき、見知らぬ遠国の風景を見たり、何百年も時を遡《さかのぼ》ったりしたような気分になり、もっと字を学んで書物の世界に触れたいと願うのだ。

そして、後で必ず母のことを考える。おっかさんは八犬士の話をどう思うのかなとか。仁義八行の文字を一緒に書いてみたいなとか。

そうだ。おっかさんだったら、『つきのうらがわ』をどんなお話にするだろう。

母はお話を作るのも大好きで、お綾によく自作の物語を聞かせてくれた。猫が深川一帯を縄張《しま》にする岡《おか》っ引《ぴ》きを手伝う話とか、お姫さまが打掛《うちかけ》を使って空を飛ぶ話とか、弱そうなお侍が、強くて可愛らしいお姫さまを助ける話とか。

物語の中でおっかさんの手に引かれ、お綾はどこにでも行けたし、何にでもなれた。

ねえ、おっかさん。おっかさんならどうやって月の裏側へ行く？

そうねえ。屋根の上はどう？　ほら、今日みたいな晴れた日は屋根に登ってお昼寝したくなるじゃない。ごろんと寝転がって思い切り手足を伸ばして。

そうだね。でも、昼間じゃ月は見えないからやっぱり夜のほうがいいかな。

満天の星に大きなまん丸の月。屋根の上で手を伸ばしたら、月に触れられるかもしれない。月は温かいのかな、それとも冷たいのかな。〈おっかあ〉がいるのなら、温かいほうがいいかもしれない。本当に屋根に登りたいって正太にせがまれたらどうしよう。でも、長屋の屋根じゃ低いからつまらないって文句を言うかも。あの子はおとっつぁんに似て高いところが好きだから。

ねえ、おっかさん。どう？

声に出して呼びかけると母の笑顔がくっきりと思い浮かんだ。桜色の頬に棗《なつめ》の種の形をした綺麗な目。そして優しい言葉を紡ぎだす艶やかな唇。

――お綾、今日はおとっつぁんをお見送りしよう。仙台堀のところまで。

母はお綾と正太を連れて表通りまで父を見送りに出ることがあった。父の背中が見えなくなるまで堀沿いに立って親子三人で手を振り、見送られる父も名残惜しそうに何遍も振り返っていた。つないでいた母の手の温もりと父の背中は、季節ごとに変わる仙台堀の水のにおいと共にお綾の胸の抽斗《ひきだし》に大切に仕舞われている。何よりも幸せな記憶だ。

でも、その幸せはある日突然途切れてしまった。母は日に日に弱って布団から起き上がれなくなって——

——何を習ってるんだい。

母がいればあんなことを言われなくて済んだのだろうか。いや、束脩なしの手習いに後ろめたさを感じなくても済んだのだろうか。

母さえいれば——思わず泣き出しそうになったとき。

お綾。空を見てごらん。こんな晴れた日にめそめそしてたらもったいないよ。

胸の中で母の叱り声が響いた。

お綾は正太の肌着をぎゅっと絞ると、たらいを抱えて立ち上がった。

ゆっくりと空を見る。

昨日の雨が余計なものを流してくれたのか、空は驚くほど透明な青色をしていた。

でも、その美しい空のどこにも月はなかった。

＊

部屋に濃い西陽が差し込んでいるのに気づき、お綾は我に返った。

手習い後、本を読むのについ夢中になって、時の経つのを忘れてしまったようだ。坂崎が厠《かわや》に立ったのも気づかないなんて。お綾は苦笑しながら本を部屋の隅に戻した。

すると、本の山の横に『つきのうらがわ』が置かれているのが目に入った。手習いがてら写させてもらったので、その内容はすべて頭に入っている。だが、いつかのように本に呼ばれているような気がしてお綾は知らずしらず手に取っていた。

そっと開くと文字の書かれた一枚の紙が挟まれていた。坂崎の手蹟だ。

『静夜思』
牀前看月光
疑是地上霜
挙頭望山月
低頭思故郷

読めるのは「夜」「月」「山」「上」くらいだ。しかも仮名が一文字もないのでお綾にはまったく意味がわからない。けれど、どこか切々とした寂しさだけは伝わってくる。そのせいか、見てはならぬものを見てしまったような気がして、お綾は紙を『つきのうらがわ』に挟んで元に戻した。

その直後、坂崎の下駄の足音がした。心の中を覗き見したような気まずさに蓋をして、

「そろそろ戻りますね。ありがとうございました」

お綾は辞儀をして土間へ下りる。

「こちらこそ、ありがとう」

にこりと笑って坂崎は下駄を脱ぐとすぐに文机に向かった。今日は忙しそうだ。後で夕餉のお菜を持ってこようと思いつつ、お綾が表に出て油障子を閉めたとき、

「おい」

と背後で低い声がした。

振り向くと父の直次郎が立っていた。夕刻前の黄色みを帯びた陽が広い肩の向こうに見える。いつもより少し早い帰宅だ。

「やだ、おとっつぁんじゃない。びっくりさせないでよ」

「びっくりしてんのは、おめぇが後ろ暗いことをしているからか」

苦虫を嚙み潰したような顔で言い放つ。

「何よ。後ろ暗いって。あたしが何をしたって言うの」

「どうしてこんな遅くまで隣にいるんだ。手習いは昼で終わるはずだろうが」

「何って。部屋の片づけや本の整理をしてたのよ。おとっつぁんだっていいって言ったじゃない。束脩を払う代わりに身の回りのことを手伝ってやれって」

わけのわからぬまま、お綾は父に言い返した。

「片づけにこんなにかかるのか。それとも何かい。侍野郎と二人でおれには言えねぇようなこと

をしてたのか」

　――何を習ってるんだい。

　はしたない笑いと共に、今朝のお常の言が蘇った。触れたらぬるっとするようなぬめりを持ったもの。目を背けたくなるようなもの。そんなもので胸が覆われると、お常の言わんとしていたことも父の不機嫌なわけも腑に落ちた。

　お綾は父をきっと睨みつけた。

「おとっつぁんに言えないようなことって何？　どうして大人はそんな回りくどい物言いをするの。まるで汚いものに触れるみたいに。あたしは坂崎さんが字を教えてくれる代わりに、お部屋を片づけてるだけよ。そのついでに本を読ませてもらってるだけよ。坂崎さんの楽しい話を聞かせてもらってるだけよ」

　言い始めたら止まらなくなった。自分と坂崎がそんなふうに見られていることがたまらなく嫌だった。胸を覆うぬめったものを引き剝《は》がして、お綾は父に思い切りぶつけていた。

　あたしたちの何がいけないの。何が汚いの。大人のほうが、おとっつぁんのほうが汚いじゃないか。ずっとずっと汚いじゃないか。

　汚い、汚い、汚い。

　おとっつぁんなんか嫌いだ。大っ嫌いだ。

「おい、お綾、落ち着け。おれは何も汚いなんて言ってねぇ。人に後ろ指を差されるような軽々しい真似をするなと言ってるだけだ」

父が半歩近づく。近づかないで、とお綾は後じさった。

「後ろ指を差されることなんて何もしてないから。ただあたしは字を覚えて、本が読みたいだけ。それのどこがいけないの」

「おめぇはまだ子どもだからわからねぇだろうが、世の中には色んな人間がいるんだ。あの侍のことだって、よく知ってるわけじゃねぇだろう。こんな長屋でくすぶってるような侍だ。昔、何をしていたか知れたもんじゃゃ――」

背後でがたぴしと障子を開ける音がした。

あんなに教えてあげたじゃない。少し浮かせてから開けると上手く開きますよって。それなのにまだ上手に開けられないんだ。本当に不器用なんだから。

胸の中は怒りと悲しさでいっぱいなのに、どうしてそんなことを考えているのかわからなかった。恐る恐る振り向くと、神妙な顔をした坂崎が立っていた。だが、その目はお綾には向いていない。ただ、直次郎を真っ直ぐに見据え、

「まことに申し訳ない」

深々と頭を垂れた。

今の話を聞かれたのだ。あんなはしたないものを。ぬるっとしたものを。あたしは坂崎にもしこたまぶつけてしまったのだ。知らずしらず、お綾はその場から表通りに向かって駆け出していた。

「おい、お綾。どこに行くんだ」

父の声に襟髪を摑まれたが振り返らなかった。

みんな嫌いだ。大嫌いだ。おとっつぁんも、長屋のおかみさんたちも。そして、おとっつぁんに頭を下げた坂崎も。悪いことなんか、何ひとつしていないのにどうして謝る必要がある。流れる涙が初夏の夕風に引き剝がされて飛び散っていく。そのたびに目も頰も心も千切れそうなほどに痛かった。

駆けて駆けて気づいたときには、仙台堀と大川が合流する場所まで来ていた。

お綾は上《かみ》ノ橋《はし》の欄干《らんかん》にもたれかかると深々と溜息をついた。昨日の雨で水量の増えた水面を荷《に》足船《たりぶね》がすべるように走っていく。大きな荷は武家屋敷にでも向かっているのだろうか。お武家さまの暮らしなぞ、お綾にはまるで思い浮かばない。

でも、坂崎はお侍なんだ。刀は差していないけれど確かにお武家さまなんだ。

ひと月ほど一緒に過ごしてみてお綾なりに感じたのは、坂崎はそれほど身分の低いお侍ではないかもしれない、ということだ。以前に通っていた手習所のお師匠さま以上に達筆だし色々なことを知っている。最初は頼りないと思った風貌も、仕事をしているときは凜と見えるし、奥二重の澄んだ目や秀でた額、通った鼻筋はいかにも品がある。

でも、そんな人がどうして――

――こんな長屋でくすぶってるような侍だ。昔、何をしていたか知れたもんじゃ――

おとっつぁんの言う通りなんだろうか。あたしの目が曇っているんだろうか。

坂崎のことも。お美代のことも。ちゃんと見ているつもりなのに。おっかさんの言う通り、あたし自身の目で真っ直ぐに見ているつもりなのに。あたしには正しいことが見抜けないんだろうか。

　俯くと、色鮮やかな下駄の鼻緒が目を打った。びろうどの深い紫色がどこかよそよそしいのは、それを履くお綾の藍縞の着物が色褪《いろあ》せているからかもしれなかった。あたしにはこの下駄は似合わない。笑い出したいくらいに似合っていない。

　そもそも、この下駄は――誰のものだったのだろう。もしかしたら、坂崎にはどこかに妻がいるのかもしれない。丸髷《まるまげ》を結った女人のたおやかな後ろ姿が思い浮かぶと、なぜだか胸がしくりと痛んだ。

「お綾ちゃんじゃないか。こんなところでどうしたんだい」

　振り向くと、佐賀町の方角から杖《つえ》をつきつつ、ゆっくりと歩いてくる新兵衛の姿が見えた。お綾は慌てて袂で頰を拭い、

「差配さん、腰の具合はもう大丈夫ですか」

　にこやかに笑みを繕う。

「ああ。だいぶよくなったんだ。家で寝てばっかりじゃ、動けなくなってしまうからね」

　新兵衛はちんまりした丸顔をほころばせると、お綾の左横に立った。

「こんなところで何してるんだね」

　小粒だが黒々とした目に覗き込まれて咄嗟にお綾は俯いた。あれだけ泣いたのだ。目も鼻も真っ赤に違いない。

「まあ、たまには家のことをほっぽらかして、そぞろ歩きをするのもいいもんだ。それにしても今日はいい塩梅だねぇ」

川面に視線を転じると新兵衛はしみじみと言った。夕刻の大川は蜜柑色の光を抱きながらゆたりゆたりと流れていく。それを眺めているうち、お綾の波立っていた心も少しずつ平らかになっていく。

思い切って顔を上げた。

「差配さん、坂崎さんは何をしていた人なんですか」

新兵衛は一瞬だけ小さな目を瞠ったが、

「どうしてそんなことを訊くんだね」

穏やかな声で問い返した。

「だって、みんなが言うんです。あの人は得体《えたい》の知れない人だって」

おとっつぁんも、お常さんも。もしかしたらお楽さんだって——陽に焼けた四角い顔を思い出し、ああ、そうかと思い至った。

——あのお侍は虫一匹殺せないよ。よかったね。お綾ちゃん。

そんなふうに言っていたお常がどうして「痛い目に遭わないようにおしよ」などと脅すような物言いをしたのか。お楽が花見の日のこと——坂崎が三太を助け起こさなかったことをお常たちに言ったのではないか。優しげに見えるけどあの侍は案外冷たいかもしれないよ、とか何とか。

不意に大きな笑い声が川面に響き渡った。天秤棒《てんびんぼう》を担いだ若い青物売りが訝しげに一瞥《いちべつ》を投げる。

「どうして笑うんですか」

むっとしてつい声が高くなった。

「いや、すまん、すまん。あのお侍のどこを見て、そんなふうに言うんだろうと思ってね。あの穏やかな風貌はどう見ても害がないだろうに」

喉に笑いを残したまま新兵衛は言った。

「そうですけど――」

花見の日のことは言えなかった。あのときの坂崎の面持ちをなんと言い表したらいいのかわからなかったからだ。

「女敵討ち、のことを気にしてるのかい」

新兵衛の声が不意に真面目になった。

「知ってたんですか」

「そりゃ、知ってるさ。曲がりなりにも差配人だからね」

「でも、それって――」

「根も葉もない噂だ」きっぱりと断じた。「よく考えてごらん。女敵討ちで江戸へ来てるのなら、長屋で写本ばっかりしてないだろう」

その通りだ。でも、やはり新兵衛の口から聞くとほっとする。

「ともあれ、稲荷屋の主人が信の置ける人間だって言うんだから間違いないよ」

稲荷屋の主人もお武家さまだったという。生国は上州。八万石ほどの中藩のお侍だったが三男なので継ぐ家がない。そこで、一年発起して江戸へ来た。まだ十八かそこらの青年だった。こちらで働かせてくださいと、新兵衛が番頭を務めていた店にいきなり飛び込んできたそうだ。その目のひたむきさに惹《ひ》かれて雇ったところ、これがまたくるくるとよく働いた。新兵衛が一番気に入ったのは、若い侍が書を心から大事にする姿勢だった。だから、ほどなくして蔵番《くらばん》をさせたのだという。

「蔵番ってのは、本をただ整理するだけじゃない。これこれこんな本が欲しいと客に言われたら、すぐに出せないといけないからね。若いのに本のことをよく知っていたよ。お侍だからと言うんじゃない。ただ、一途《いちず》に本が好きなんだ」

一途に本が好き。それは坂崎にも当てはまるように思う。お綾に本のことを語る坂崎の目は輝いていた。亡き母がそうだったみたいに。

「もう二十年近くも前の話だけどな」

わたしももうちょっとしゃきっとしてたな、と新兵衛はほりほりと鼻の頭を掻いた。

「坂崎さんも上州が生国なんですか」

「そうだろうね」

「どうしてお国を捨てて江戸へ来たんでしょう」

「そんなことは無理に知る必要はないんじゃないかね」

穏やかな声はそのままに、けれど、新兵衛はきっぱりと言った。

でも、とお綾が言いかけるのを制すると、

「人間、誰にだって心に傷のひとつやふたつあるだろうよ。歳を重ねれば重ねるほど、傷の数も増えていく。その傷を人に触れられるのは嫌だろう。わたしなんて満身創痍《そうい》でふらふらだよ。それでもこうして生きていかなきゃならん。ほら」

こうして杖をついてさ、と新兵衛は杖を軽く掲げて笑ってみせた。

確かにそうだ。十三歳の自分の心でさえ大きな傷がついている。母親との大切な思い出を誰かに無造作に触れられたら痛みを伴う。

「わたしはね、お綾ちゃんよりも長く生きてる分、たくさんの人を見てきたけど、あのお侍は、見た目はひょろひょろとしている割に、中には太い幹がびしっと一本入ったみたいな人だよ。何より温かい。お綾ちゃんだってそう思って、あの人と仲良くなったんじゃないのかね」

新兵衛の言葉に、胸の柔らかな部分を刺し貫かれた。

俯けば、最前はよそよそしかった濃紫がほんの少しだけ柔らかく見える。今は似合わないけれど、いつか似合うようになりなさい、と言っているように思える。

あたしは、この下駄をもらっただけじゃない。あの人から〈綾〉という美しい名をもらった
――いや、そうじゃない。おっかさんとのつながりに気づかせてもらったんだ。だから、あたしは坂崎と親しくなった。差配さんの言う通りだ。

「ただ――」

「ただ、どうしたい？」

「おとっつぁんに叱られたんです。二人きりで坂崎さんの部屋にいるな、人から後ろ指を差されるようなことをするなって」

途端に新兵衛は苦いものでも無理やり口に押し込まれたような顔になった。そういうことかい、と口の中で呟くと、

「直次郎さんは誰かに何かを吹き込まれたんだろう。まあ、おおよそ見当はつくけどな」

堀の水面にちんまりした目を当てた。陽の当たらぬところは藍色に翳《かげ》り始めている。もしも新兵衛に出会わなければ今頃どうしていたのだろう、と俄に心細くなった。

「あたしはお常さんに今朝言われました。気をつけなよって」

ふう、と新兵衛は息をひとつ吐くと、

「長屋雀の姦《かしま》しいのは今日日《きょうび》に始まったことじゃねぇけどな」

日頃は穏やかな物言いが幾分伝法《でんぽう》になったが、それきり黙り込んでしまった。思案する新兵衛の横顔を見ているうちにむらむらと恥ずかしくなってきた。坂崎をよく知らぬ人間の言うことに心が惑わされたり、坂崎の過去を知りたがったり、自分だって長屋雀と変わらないじゃないか。あたし自身の目でちゃんと見たことや、あたし自身の耳でちゃんと聞いたことを信じられなかった。おっかさんの言う、いっとう大事なことができなかった。

なあ、お綾ちゃん、と新兵衛が川面から視線を転じ、こちらへ向き直った。

「お綾ちゃんはどうしたいのかな」

「あたしは字を覚えたい、もっともっと本が読みたい」

稲荷屋さんみたいに。坂崎さんみたいに。

何よりも、おっかさんみたいに。

一途に本が好き。

この思いだけは、奪われたくない。

お綾は真っ直ぐに新兵衛の目を見つめ返した。

「だったら、それを一番に考えようじゃないか」

「一番に？」

「お綾ちゃんが手習いを続けられるようにするんだよ。そうさな、新兵衛手習所とでも銘打つか。指南役は」

坂崎清之介ってことでさ、と新兵衛は艶のいい丸顔をほころばせた。

新兵衛手習所——

「さ、そろそろ日が暮れる。一緒におとっつぁんの誤解を解きに行くかね」

こつんと杖をついて前を向いた。軽快なその音に促されるようにお綾も歩き始めたときだった。

堀沿いの道を坂崎が駆けてくるのが見えた。ぼさぼさの総髪《そうはつ》を揺らしながら、背筋を伸ばしながら、ただひたすらに駆けてくる。斜陽に縁取られた、その姿がみるみるうちにぼやけてきた。

どうしてあんなに必死に走ってくるの。

おとっつぁんにひどい言われ方をしたのに。

あたしにあんな汚いものをぶつけられたのに。

馬鹿みたい。あたしなんかのために本当に馬鹿みたいだ。

「ああ、お綾ちゃん、ほら見てごらん。お師匠さまが迎えに——」

新兵衛が振り返ったときにはもう無理だった。お綾は両手で顔を覆って泣いていた。

二

ったく、お楽の野郎、いらぬ世話を焼きやがって。

直次郎は朝餉の支度をするお綾の背を見つめながら胸の中で毒づいた。

——男と女がひとつ部屋にいるんだもの。

信じすぎないことだね、と言われたのが一昨日の朝だった。だが、その日は普請場に現れた重蔵のことで頭がいっぱいだったし、帰宅した直次郎を出迎えたお綾はどこから見ても十三歳の娘で、お楽が案じるようなことはなさそうに思えた。だからとりあえず、お綾のことはもう少し見守ろうと決めたのだ。

ところが——昨日の夕方、またぞろ煮売屋の前でお楽に会ってしまったのである。

——お綾ちゃんに言って聞かせたかい。

新兵衛長屋のご意見番は案じ顔で近づいてきた。まるで直次郎が帰ってくるのを待ち構えていたみたいに。まだだ、と直次郎が答えると、これだから男親は、と渋い顔をして前日と同じ言葉を撒《ま》き散らした。

――午過ぎにお常さんが店に来て、こう言うんだよ。お綾ちゃんは、あのお侍に〈ほの字〉だよって。

今朝、部屋から出てきた坂崎の世話をいそいそと焼いていたそうだ。その面持ちはどこから見ても、

――恋する女の顔だったんだって。

芝居がかった顔つきで、お楽は声をひそめた。

まさかそんなことはあるまい、と思いつつ慌てて家へ戻ると、ちょうど坂崎の部屋の前でお綾に出くわしたというわけだ。

坂崎を気遣ってか、そっと障子を閉めるその手つきも、仄かに桜色に染まった横顔も、直次郎の知らないものだった。それで頭に血が上り〈後ろ暗いことをしている〉などと言ってしまった。かてて加えて、売り言葉に買い言葉とばかりに、

――侍野郎と二人でおれには言えねぇようなことをしてたのか。

あんなことまで口走ってしまったのだ。

果たしてお綾は激昂《げっこう》した。気の強い娘ではあるが、あれほどまでに感情を剝き出しにしたことはない。娘から次々と投げつけられた言葉のつぶては、直次郎の胸の一番柔らかいところにめり込んだ。

――おとっつぁんのほうが汚いじゃないか。ずっとずっと汚いじゃないか。

痛かった。本当に痛かった。いや、今もまだずきずきとしている。

重蔵に金を渡しているのは怪我をさせた後ろめたさのなせる業《わざ》で、薄っぺらな偽善なのだとお綾に見抜かれているのではないかとさえ思った。

泣きながらお綾が去った後、坂崎は直次郎に詫《わ》びを重ね、長屋の木戸へ向かって駆けていった。後半刻もすれば辺りには夕闇が迫ってくる。お綾を案じて追っていったに違いなかった。その背を見て直次郎は悟ったのだ。

あれは、真っ直ぐに生きてきた男の背中だと。

ほどなくして、お綾は坂崎と、なぜか差配の新兵衛と共に戻ってきたが、真っ赤に泣きはらした目をしていた。

お綾の気持ちが落ち着いた頃、新兵衛が訪ねてきた。

お綾にも坂崎にも何ら恥じるところはないが、人の目もあることだし手習いを新兵衛の家でおこなってはどうか、という提案だった。それなら新兵衛やお美代の目があるから長屋の女房たちにあれこれ詮索《せんさく》される懸念もない。長屋の誰もが来ていいことにすれば、やっかみもなくなる。もしも、ただで指南してもらうのが憚られるのであれば、時々夕飯のお菜でも持っていってやったらどうだ。

そう新兵衛は語った。直次郎に異存はなかった。もちろん当のお綾にも。

そんなわけでお綾は朝から鼻歌が出るくらい、機嫌がいいのである。だが、直次郎の胸はずきずきと痛むだけでなくどこか晴れない。それは男一人で娘を育てることの難しさに改めて気づいたからだろう。お楽に対しては余計なお節介と思う一方で、お綾がもう子どもではないと教えてくれた感謝の念もあった。

やはり、お綾は坂崎を慕っているのだろう。それはまだ恋とも言えないような淡い気持ち、むしろ尊敬に近いようなものだとは思うけれど。

だが、近い将来、本当に男に惚《ほ》れる日が来る。必ず来る。そのとき、おれはまた無様にまごついてしまうかもしれない。となれば、洗濯や飯の面だけでなく心の面で女親がいたほうが安心なのではと思う。すると、断ろうと心に決めたはずの後添えの話がまたぞろ頭をもたげてくるのだった。

それに——もうひとつのわだかまりが胸の底に重く沈んでいる。

結局、直次郎は重蔵に虎の子の一両を貸していない。

——このままじゃ、おめぇも奴も駄目になる。

千兵衛にそう言われたことが引っ掛かっているからだ。頭の中では、一両で奴を救えるのなら安いもんだと煽《あお》る声がある一方で、一両なんかで救えるものかと冷たく突き放す声がする。どちらが本心なのか、己でも判じかねた。

「おとっつぁん、早く食べて行かないと遅れるわよ」

急かす声で我に返ると朝飯の膳が支度されていた。正太はまだ眠いのか、寝起きの目をしきりにこすっている。

「ああ。すまねぇな。お、今日は浅蜊《あさり》の佃煮《つくだに》があるじゃねぇか。どうしたんだい」

「煮しめと一緒に差配さんからいただいたの」

そんなこんなで昨夜はごたごたしたので、新兵衛は夕餉の心配りまでしてくれたのである。煮しめはお美代の手によるものだろうがなかなか美味かった。

「差配さんには色々と感謝しなくちゃいけねぇな」

直次郎の言葉に、うん、とお綾は頷いた後、

「でもね、おとっつぁん、煮しめも佃煮もお美代さんの心遣いだよ」

妙に大人びた表情でこちらを見上げた。直次郎は意外の感に打たれ、娘の顔をまじまじと見つめた。まるでお美代の肩を持っているかのように聞こえたからだ。

すると、甘い香りと傘を打つ雨音が蘇った。重蔵のことや坂崎のことなどがあって忘れていたが、雨の日に山門前にいたのは確かにお美代だった。以前に見かけたときとはまるで別の女のようだったが――

「そりゃ、差配さんにそうしろと言われたからじゃねぇか」

雨の中の甘い記憶を押しやりながら直次郎は返した。

「違うよ、おとっつぁん。お美代さんはね、いつも優しくしてくれるんだよ」

今度は正太だ。眠たげだったどんぐり眼《まなこ》を見開き、やたらとむきになっている。

「あら、正太、あんたまた何かをもらったの？」

直次郎に先んじて、お綾が訊ねれば、

「うん。この間はね、おはるちゃんとおいらに蒸し饅頭《まんじゅう》をこさえてくれたんだよ。それにね、

仲良く遊びなさい、って千代紙もくれた」

正太は飯を頬張《ほおば》りながら答える。こら、いただきますは、とお綾に叱られると、口をもごもごさせて「いらきます」と手を合わせた。

「何だ。朝早くから姿を見ない日があると思ったら、差配さんちに行ってたんだね」

お綾がどこか責めるような物言いをすれば、

「だってさ、おはるちゃんが行きたいって言うんだよ」

正太は飯粒をつけた口を尖らせる。

「けど、あんまり早くからお邪魔したら悪いんじゃない」

「お美代さんも差配さんもいつ来てもいいよって言うよ」

「ほんとに？」

「ほんとだよ。それに、今日から差配さんのところが手習所になるんだろう。おはるちゃん、きっと喜ぶな」

「おい、正太。おめぇはいつから差配さんちに行くようになったんだ」

姉弟の話にようよう直次郎が割り込むと、口の中の飯を飲み込んでから正太が答えた。

「ざらめのお煎餅をもらってからだよ」

重蔵さんの店賃を届けにいったときよ、とお綾が何だかしんみりした口調で言い足した。

なるほど。このふた月ほどで子どもたち、ことに正太はお美代と親しくなったようだ。すると、寺の山門で直次郎に傘を差し出したのは、お綾や正太への親しみゆえかもしれなかった。だが、一方で腑に落ちぬこともある。子どもたちに慕われるような女が、店賃を払えぬ重蔵夫婦に「出て行け」と冷たい仕打ちに出たのはどういうことか。直次郎の頭の中でお美代の輪郭が水に浸したようにぼやぼやとにじんでいく。

そんな直次郎の胸中に呼応するかのように正太が告げた。

「あのね、お美代さんはね、大人が怖いんだって」

大人が怖いって、どういうことだ。

直次郎の無言の問いかけに、正太はしばらく考えていたが、

「よくわかんないけど、大人は曲がってるからだって言ってたよ」

またぞろ唇を尖らせた。まあ、確かにねじ曲がってる大人は多いな。

「だが、大人でも真っ直ぐな人もいるぞ」

お楽、と言いかけた言葉を仕舞った。お楽は決して悪い人間ではないが、真っ直ぐなのとは少し違うように思えたのだ。

「うん。坂崎さんは真っ直ぐだね」

口の端に飯粒をつけたまま正太が頷いた。赤ん坊に毛が生えたくらいのもの、と思っていたが、子どもなりに色々と考えているようだ。そういや、いつだったか湯屋でも殊勝なことを言っていたな。月の裏側に行くより、おとっつぁんといるほうがいいとか――

「あ、そろそろ行かないと、おとっつぁん、遅くなっちゃうよ」

お綾が立ち上がり、お美代の話を打ち切った。ともあれ、直次郎の思い描いていたお美代の像

と子どもたちとのそれは大きく食い違うようだ。

「はい、手拭い」

お綾が差し出した手拭いを受け取り、直次郎は雪駄を履くと油障子を開けた。初夏の風が頬をかすめる。部屋の中の淀んだ空気が入れ替わるのがわかった。

「おとっつぁん、いってらっしゃい」

狭い上がり框《がまち》に立ち、正太が手を振る。飯粒はそのままだ。

「おう、そいじゃ行ってくるからな」

すると、そこまで送るね、とお綾がすかさず土間に下りる。

「いいぞ」

「大丈夫、すぐそこまでだから」

お綾は直次郎を押すようにして自らもさっさと外に出た。透明な朝の陽が真っ直ぐに目を射貫く。今日は普請が捗《はかど》りそうだ。

「通りまで行こうかな」

独り言のような娘の声に背中を押され、

「昨日はすまなかったな。つい、かっとしちまって」

昨夜から胸につかえていた言葉が転がり落ちた。

「手習いを続けられることになったから、気にしてないよ。あたしもおとっつぁんにちゃんと伝えておけばよかった。午過ぎも坂崎さんのところにいるって」

神妙な面持ちで告げた後、お綾は黙ってついてきた。もうここでいいぞ、と直次郎は何遍《なんべん》も言いかけたのだが、結局言えぬうちに表通りまで出てしまった。

「じゃあ、行ってくるから」

「うん。行ってらっしゃい」

煮売屋の前でお綾は小さな手を振った。

少し歩いてから振り返ると、娘はまだ同じ場所に立っている。不意に温かく塩辛いものがこみ上げてきた。

お絹みたいじゃねぇか。

独りごちて、前を向いてゆっくりと歩き始めた。お綾は直次郎に詫びの言葉を言わせるために、わざわざ見送りに立ったのだろう。死んだお絹もそうだった。前の晩に些細《ささい》なことで言い合いをすると、

――お綾、おとっつぁんを見送ろう。

正太を抱いてお綾と一緒に表まで見送りに出た。そんなお絹の顔を見ると、さっきと同じように詫びの言葉がするりとこぼれ落ちたものだ。そんなところがお絹の賢く、優しいところだった。その賢く優しいものは、ちゃんとお綾の中に生きている。やはり、後添えの話を考え直してみよう。正太がお美代を慕うのも母親を望んでのことだろうから。

なあ、お絹。いいかな。

再び振り返ると、お綾の姿は既になかったが、そこだけ初夏の陽がひときわ明るく見えた。凪

が吹き、透き通った光が揺れる。

あたしじゃなく、お綾に訊かなきゃ。

お絹の笑い声が聞こえるような気がした。

――あたしのおっかさんは死んだおっかさんだけだから。

確かに、おめぇよりお綾のほうが手強《てごわ》そうだな。

苦笑を洩らしながら橋を渡り、寺が建ち並ぶ通りに入った。心行寺《しんぎょうじ》の前を通りかかったとき、不意に傘を打つ雨の音が耳奥から蘇った。

――大人が怖いんだって。

だとしたら、おれに傘を渡すのは相当勇気が要《い》っただろう。

頭の中でお美代の細面がぼんやりと像を結ぶ。ずいぶんと張り詰めた、どこか怯えたような表情だったかもしれない。世の中には人の皮をかぶった鬼もいるが、その逆もあるのかもな。鬼の面をかぶった女か。

山門の脇には白い蕾《つぼみ》をつけた夏椿《なつつばき》が慎ましやかに佇《たたず》んでいる。青葉のにおいを肺腑いっぱいに吸い込むと、直次郎は普請場に向かって足を速めた。

四

近頃の正太は楽しくてたまらない。

差配さんの家で手習いを始めてから半月ほどが経ったが、坂崎さんから字を習うのはもちろん、お美代さんや差配さんが優しくしてくれるのが嬉しいのだ。

正太が覚えたばかりの「大」という字を書き終えたとき、ちょうど昼九ツの鐘が鳴った。申し合わせたように腹の虫がぐううと鳴いて、隣で手習帳に「いろは」をさらっていたおはるが顔を上げてくすりと笑った。

「正坊はお腹の中に時の鐘を持ってるみたい」

「おいらのせいじゃないよ。腹の虫が勝手に鳴いてるんだい」

「私も今鳴りましたぞ。なあ、正坊」

すかさず坂崎さんが助け舟を出してくれる。

「ちょうど、塩むすびができたところですよ」

やり取りが聞こえたのか、お美代さんが盆に載った昼飯を持ってきた。

やった！　冷たい汁もある！

正太はお美代さんの拵える冷たい汁が大好きだ。煮干をゴリゴリすって味噌となじませたものを白湯で溶き、薄く切って塩もみした瓜《うり》と青紫蘇《あおじそ》、それからたっぷりのすりゴマを入れるのだそうだ。これが、もう美味しくて美味しくて、ご飯が何杯でも食べられる。

結局、正太は塩むすびを三つも食べ、冷やし汁を二杯もおかわりした。ふと見ると、お腹がいっぱいになったからか、差配さんが奥の六畳間でこっくりこっくり舟を漕《こ》いでいる。

「お祖父ちゃん、布団を敷いてあげましょうか」

お美代さんが声を掛けると、むにゃむにゃ言いながら差配さんは座布団の上に横になってしまった。

「もう、しょうがないわね」

そう言いながらもお美代さんは丸い背中に薄手の夜着を掛けている。

「あたしね。お話の続きを考えたんだ」

食べ終えた膳を重ねながら、お綾姉ちゃんが思い出したように言った。

「お話の続きって？」

台所へ行きかけた足を止めてお美代さんが訊く。

あのね、とおはるが腰を浮かせて真っ先に口を開いた。

「坂崎さんの本の続きなの。子どもが死んだおっかさんに会いに月に行こうとするんだけど、どうやったら行けるか考えてたの」

頬を赤くして懸命に説明するおはるは可愛らしかった。その横で坂崎さんは困じ顔で頭を掻いている。大人が怖いと言っていたお美代さんだけれど、坂崎さんのことは大丈夫らしい。まあ、坂崎さんを怖がる人はいないだろうけどさ。

「そうなのね。で、お綾ちゃんはどんなことを思いついたの」

座り直したお美代さんが柔らかく目をたわめると、

「あのね、昼間に月が見えることがあるでしょ」

お綾姉ちゃんは布巾を手にしたまま夢見るような表情になった。

『おら、やっぱり月に行きてぇな』

子は井戸のそばで空を見上げます。

空はどこまでも青く、どこまでも広がっています。

あっ。

子は大きな声を上げていました。

目のしみるような青い空には、白い月がぽっかりとうかんでいたのです。

真昼の月でした。

それは、紙でできたような、うすくてすきとおるような月でした。

月が消えてしまう。

どうしよう。早くしないと。

子はあわてて納屋《なや》に行くとはしごをかついできました――


それからしばらくして、正太は差配さんの家の屋根に登っていた。もちろんひとりではない。

姉ちゃんに坂崎さん、お美代さんにおはるも一緒だ。

じゃあ、みんなで屋根に登っちゃおうか。

言いだしっぺは何とお美代さんだ。

ですが、もしものことがあったら……

渋ったのは坂崎さん。

大丈夫だよ、おいらは木登りが上手だし、おはるちゃんも高いところは大丈夫だよ。そうそう、姉ちゃんも木登りが得意だったんだって。だって、おいらたちのおとっつぁんは大工だもん。

えっへん、と正太が胸を張ると、
そうそう、わたしも木登りが上手だったんですよ。まだまだ子どもたちには負けません。

お美代さんも張り合うように胸を反らした後、
そうだ！

いいことを思いついたかのように手を叩いた。

お綾ちゃんにはあたしのたっつけ袴を貸してあげる。ああ、心配しなくても大丈夫、おはるちゃんには子ども用の股引があるから。正坊はそのままでいいわね。大きな梯子もあるし。差配の家には何でもござれよ。

おたおたする坂崎さんを煙に巻き、晴れて五人で新兵衛長屋のいっとう高い場所にいるのだ。

大きな梯子を使えば板葺《いたぶ》きの屋根に登るのは案外容易《たやす》かった。そもそも正太は高い場所が好きだから、怖いというより気持ちいい。

折よく今日は雲ひとつない晴天。空はどこまでも澄み渡っている──

「ああ、気持ちいい」

言おうとした言葉をおはるに横取りされた。でも、いいや。おはるが気持ちいいなら。おはるが嬉しそうにしていると、正太の頰もひとりでに緩む。そのおはるは坂崎さんの膝の上だ。

——おはるちゃんは私から離れないこと。

坂崎さんはそれを条件に首を縦に振ったのだった。本当に優しいお侍さんだ。

なのに、お初っちゃんは坂崎さんを悪く言う。

——あのお侍は本当は怖い人だよ。だって、お花見の日、うちの三太が転んだのに助け起こすこともしなかったじゃないか。おっかさんも、あのお侍には近づくなって、言ってるもん。

そんなことないよ。坂崎さんはいい人だよ。今度から、差配さんちで手習い指南をしてくれるんだ。新兵衛長屋の誰でも来ていいんだって。だからお初っちゃんもおいでよ。いっちゃんや次坊も連れてさ。

正太がいくら誘っても、首を縦に振らなかった。

——それに、差配さんちには〈鬼〉がいるしね。

お美代さんのことらしい。それにしても、どうしてお楽小母ちゃんもお初っちゃんも、坂崎さんを〈怖い人〉って言ったり、お美代さんを〈鬼〉だなんて言ったりするんだろう。

そんなことをもやもやと考えていると。

「そう言えば」

正太の左側でお美代さんが思い出したように口を開いた。その横にはおはるを抱いた坂崎さん。お綾姉ちゃんは正太の右側、つまり梯子からいっとう奥に座っているのだが、正太にぴたりとくっついている。やけに張り切って先頭で梯子を上っていったけれど、本当は少し怖いのかもしれない。

「月の裏側に行けば、亡くなった人に会えるっていうのは、坂崎さんが考えたんですか」

「いや、私の祖母から聞いた話でして」

眩しいのか、坂崎さんが目をしばたたきながら、お美代さんの問いに答えている。

「お祖母さまはどなたから聞いたのかしら」

「たぶん、祖母の母でしょうな。そのお話の元となる湖があるんです。私の国は――」

山が綺麗なのだという。江戸の町からも富士の山と筑波《つくば》の山が見えるけれど、もっと近くにある。夜になると黒々とした山影がすぐそこまで迫ってくるそうだ。

山はいい。

春にはほころび、桜や萌黄《もえぎ》の色が優しく膨らむ。夏には光を透かして緑が滴《したた》り落ちる。秋はまさしく錦《にしき》の装い、冬は白ひといろの中にしんと眠る。

山は人々にとって祈りでもあり、生きる糧《かて》でもある。

山に人は生かされているんだ。

大人だけでなく子どもたちも山を敬い、心から慕う。赤城《あかぎ》と榛名《はるな》と妙義《みょうぎ》と浅間《あさま》。だから、男子が合戦ごっこをするときは山の名をつけるのだ。赤城軍と榛名軍と妙義軍と浅間軍。

「私の生国は榛名の山がいっとう近かった」

その山が大きな湖を懐に抱いていて、青く美しい湖面には月の道ができるのだと、坂崎さんは遠くを見るように目を細めた。

「月の道、ですか」

　お綾姉ちゃんが訊ねた。興味深そうに坂崎さんのほうへと身を乗り出している。落ちるなよ、姉ちゃん。側杖《そばづえ》を食うのはごめんだからな。

「うむ。何年かに一度、月が大きくなるんだよ。もちろん望月《もちづき》だ。その望月が水面に光の道を作る。そこを辿っていけば、月の裏側に行けるらしい」

「でも、お話の中の子どもは何年かに一度が待てなかった。だから、自分なりの月の道を探そうとしたんですね」

　お美代さんが深々と頷いた。

「でも、ここからじゃ、月には届かないよ」

　おはるが坂崎さんの膝の上で右手を伸ばす。慌てた様子で坂崎さんがおはるを抱きかかえる。

「そうだね。ここじゃ、届かないね」

　苦笑しながらお綾姉ちゃんが首をもたげ、眩《まぶ》しげに目を細めた。

「ねえ、坂崎さん」

　不意にお綾姉ちゃんが坂崎さんに向き直った。その眸は夏の陽を映したように輝いている。

「月の道は榛名の湖にしかできないのかな」

　輝いた目をしたままお綾姉ちゃんは訊いた。おはるも首をひねって坂崎さんを見上げている。

　その目も姉ちゃんに負けないくらい、きらきらと光を放っていた。

「そうだねぇ」

坂崎さんもまた空を見上げる。妙だけれど、まるでお綾姉ちゃんとおはるの眸から逃げたように正太には見えた。それくらい二人の眸の色は眩しかったから。

「私にもわからないんだ。だから、この物語を考えているのかもしれないね」

坂崎さんは空を見上げたまま呟くように言った。それはお綾姉ちゃんではなく、空に向かって答えているようだった。陽の当たったその顔は、いつかの月の晩と同じく寂しそうに、いや悲しそうに見えた。

「川べりに行くのなら気をつけるのよ」

お綾姉ちゃんが湯飲みを片づけながら正太に声を掛けた。お美代さんが井戸で冷やした麦湯をご馳走《ちそう》してくれたのだ。屋根の上は暑かったから、ほんのりと甘い麦湯はすごく美味しかった。

「じゃあ、私はこれで。ご馳走さまでした」

坂崎さんが腰を上げ、正太とおはるも土間に下りると、下駄をつっかけた。

屋根の上は気持ちよかったものの、すぐに暑くなってしまったので、結局、四半刻ほどで下りてきた。月には手が届かなかったけれど（そもそも月は出ていなかった）あれだけ暑かったってことは空には近くなったのだろう。もしかしたら、月が大きくなった夜に屋根に登れば手が届くかもしれない。でも、月が大きくなるのは何年かに一度だけ。それっていつなんだろう。大きくなるってどれくらい大きくなるんだろう。

そんなことを考えているうちに、正太とおはるは川沿いの道まで出ていた。

　土手の斜面をすべり降りると草の青いにおいが立ち上った。子どもだけで川岸に近づいてはいけないと言われているから、もっぱらこの辺りで草笛や笹舟《ささぶね》を拵える。笹舟はおとっつぁんが帰ってきたら堀に浮かべて遊ぶんだ。

　早速おはるが草笛を拵えて吹いた。乾いた音が風に乗って川面を渡り、向こう岸で消えていく。正太は笹舟を作る。帆をたっぷり取るのがコツだ、とおとっつぁんが教えてくれたけれど、なかなか上手くいかない。ああでもないこうでもないとやっているうち、草の葉で指を切ってしまった。いてっ、と叫ぶと、見せて、とおはるが正太の手を取った。心の臓がとくんと小さく飛び跳ねる。

「こんなの、へっちゃらだい」

　おはるの手を振り払うと正太は指をぺろりと舐めた。草と血の味が口の中で混じり合う。しょっぱくて苦い。

「変なの」

　つまらなそうに言うと、おはるは草の上に仰向けに寝転がった。その横に正太も汗ばんだ体を投げ出して目を閉じる。陽をたっぷり吸った青草と土のにおいが正太の鼻を心地よくくすぐる。手足を思い切り伸ばして目を開けると、西の空に薄く白い雲がたなびいているだけで、あとは何もない青空が広がっていた。

「あたしね。この頃差配さんちの子になりたいなって思うの」

　寝転がったままおはるが正太を見ていた。汗で濡れた前髪からつやつやのおでこが覗いてい

る。おはるは髪を結わず、顎の辺りで揃えた切り髪にしているのだが、

——本当は髪を伸ばしてお綾ちゃんみたいに結いたいんだ。でも、おっかさんに切られちゃうの。

そんなふうにいつも嘆《なげ》いている。けれど、正太はおはるの切り髪が好きだ。風が吹くと揺れる黒髪は油などつけないほうが綺麗だし、眉の辺りで切り揃えた前髪の下で黒い眸がくるくると動くのが可愛らしい。そんなことを考えていたら返事が少し遅れた。

「何で差配さんちの子になりたいのさ」

慌てたせいで少し舌がもつれる。

「だっておうちも広いし、差配さんもお美代さんも優しいもの。大人はみんなお美代さんを悪く言うけど、あたしはお美代さんが好き。お美代さんがおっかさんだったらいいのに」

おはるの言い分は、半分はわかるが半分はわからない。お美代さんに優しくされると、あんな人がおっかさんになってくれればいいのに、と正太も思うことがある。でも、差配さんの家の子になりたいとは思わない。

正太はおとっつぁんとお綾姉ちゃんが大好きだからだ。おとっつぁんは腕のいい大工だし、何より膝の上に乗るとあったかくて気持ちいい。お綾姉ちゃんは気短で少し口うるさいところもあるけれど、いざというときは頼りになるのだ。

「おはるちゃんには、おとっつぁんもおっかさんもいるじゃないか」

正太はおはるの汗ばんだ額を見ながらそう言った。

「あんなおとっつぁん、いらないっ」

切って捨てるような物言いだった。唇をきゅっと噛んでいる。

重蔵さんは正太のおとっつぁんと同じ大工だ。怪我をする前はよく遊びにきて、正坊、正坊と可愛がってくれた。明るく優しい人だ。それなのに。

「どうしてそんなことを言うんだい」

「だって、おっかさんに優しくないんだもん」

「優しくないって？」

「いつも怒ってばかりなんだ。ことに、夜遅く帰ってきたときなんかはひどいんだよ。おっかさんを殴ったり蹴ったりするの」

殴ったり蹴ったりって。右手と右足が動かなくて大工の仕事ができなくなったと聞いたけれど、左手や左足を使うんだろうか。でも、それが本当だとしたらおはるが可哀相だ。もし、おとっつぁんがお綾姉ちゃんを殴ったら正太はすごく悲しい。そして、絶対におとっつぁんを止めてやる。

「夜遅くって、おとっつぁんは仕事に行ってるのかい」

重蔵さんは大工以外の仕事を始めたのだろうか。

「よくわかんないけど、おとっつぁんはそう言ってる。稼ぎにいってるんだって。でも、おあしがもらえないこともあるみたいで、おっかさんにきつく当たるの。そんなときのおとっつぁんは」

鬼に見える、とおはるは言ったきり押し黙った。そんなおはるの横顔を正太は不思議な思いで眺めた。すべすべのおでこも長く黒いまつげもきゅっと閉じられた唇も、三つも四つも歳上のようで正太の知らない子に見える。いつからおはるはこんな顔をするようになったのだろう。

「だからね。あたし差配さんの家の子になりたいの」

おはるが半身を正太のほうへとひねった。今まで見たこともないほど思いつめたような目の色だった。青みを帯びた色。悲しい色だ。そうか。悲しいから三つも四つも歳上に見えるんだ。そうだよな。おとっつぁんがおっかさんを殴るなんて、考えただけで正太の胸はぎゅっと縮こまって泣きそうになってしまうもの。

おはるから視線を逸らし、正太は空を見上げる。目の中にあった悲しい青色が明るい青で塗りかえられていくと、縮こまった胸が少しだけ楽になった。

おはるの悲しそうな顔を見るのはつらいけれど、正太には何もできない。いや、何をしたらいいのかわからない。〈子をとろ子とろ〉で近所の子どもたちと遊ぶとき、正太はいつもおはるの前に立つ。そうして大好きなおはるを〈鬼〉から守ってやるのだ。でも、今、おはるが対しているものが正太にはわからない。

おとっつぁんが鬼に見えるとおはるは言う。もしかしたら、重蔵さんの心は鬼に乗っ取られてしまったんだろうか。何かの拍子にひょいと顔を覗かせる鬼。もしかしたらおはるの目にしか見えないかもしれない鬼。そんな鬼が重蔵さんを動かして暴れさせる。

でも、そんな鬼からどうやっておはるを守ればいいのか。どうすればおはるの眸から悲しい青色を消せるのか。正太には皆目わからない。

どうしてこんなに細っこいんだろう。おいらの腕も心も。

正太が思い悩んでいるのを知ってか知らずか、

「あたし、のどがからから」

おはるは勢いよく半身を起こし、空を見上げた。

「あ、月」

おはるが小さく叫んだ。正太も跳ね起きる。

「どこ？」

青空の真ん中に、雲の切れ端かと思うような白い月がぽつんと浮かんでいる。

「遠いね」

おはるがぽつりと言う。

「うん、あれじゃ、屋根に登っても届かないな」

正太の声が聞こえているのかいないのか、おはるは長いこと真昼の月を見上げていた。


「姉ちゃん、お話をして」

その晩、床の支度をするお綾姉ちゃんに正太は言った。

昼間の頼りなげな白い月とおはるの横顔がいつまでも心に残り、暗くなるにつれ寂しさが増した。胸の中がすうすうするような寂しさは、おっかさんが死んだばかりの頃の晩を思い出させ、姉ちゃんに甘えたくなってしまったのだ。その頃、お綾姉ちゃんは『桃太郎』や『一寸法師《いっすんぼうし》』の他に自らが拵えた物語をよく話してくれたのだが、夜着の中で姉ちゃんの手は必ず正太の手を握っていた。あの頃はわからなかったけれど今ならわかる。きっとお綾姉ちゃんも寂しかったのだろう。寂しくて仕方なかったから、正太の手を握っていたのだ。

「あら、いきなりどうしたの？」

「どうもしないよ。何でもいいから話してよ」

正太はわざと口を尖らせた。寂しいからだなんて七歳にもなって言えるはずがない。

「はいはい。じゃ、何にしようか」

「『つきのうらがわ』がいい」

「けど、あれはまだできてないよ」

「できてるところまででいいよ。姉ちゃんはその場ででたらめなお話をこさえるのが、上手じゃないか」

例えば、猫が深川一帯を縄張にする岡っ引きを手伝う話とか、お姫さまが打掛を使って空を飛ぶ話とか、弱っちいお侍が、強くて可愛らしいお姫さまを助ける話とか。

でたらめもでたらめ。けど、めちゃくちゃ面白いんだ。

「でたらめ、とは聞き捨てならぬ。だが、ご所望ならばやむを得まい。本日、思案したのをお話し進ぜよう」

へんてこな侍言葉を使いながら、姉ちゃんは部屋の隅からお針の道具を持ってくる。

近頃の姉ちゃんは忙しい。昼間は手習いや本を読んで過ごしているから、針仕事を夜にまとめてやっているのだ。角行灯《かくあんどん》の窓を開け、頼りない灯りひとつで針を動かしている姿が真剣で、えらいなと正太はいつも感心する。本当は昼間にやったほうが捗るし、油の節約になるのだろうけれど、おとっつぁんもそれに対しては何も言わない。

「おれも聞いてるぞ」

そのおとっつぁんが上機嫌で言った。酒を飲んでいるからだ。何でも棟梁にもらった〝滅法界《めっぽうかい》うめぇ〟酒だそうだ。

「じゃあ。布団じゃなくておとっつぁんの膝がいい」

正太はおとっつぁんの膝の上に飛び乗った。

「馬鹿野郎！　勢いをつける奴があるかい。せっかくの酒がこぼれるじゃねぇか」

右手に持っていた猪口《ちょこ》を左手で庇《かば》うようにすると、おとっつぁんは正太を怒鳴りつけた。だが、目尻が下がっているから怒っているわけではない。姉ちゃんもくすくす笑っている。

「じゃあ、いくよ」

おとっつぁんの傍に腰を下ろすと、姉ちゃんは縫いかけの浴衣《ゆかた》を手に取った。

「子は屋根に登りましたが、昼間の月ははるか遠くにありました――」

姉ちゃんの優しい声が仄明るい部屋に響く。ちくちくちくちく。姉ちゃんは正太の浴衣を縫いながらお話を紡いでいく。ああ、いい気持ちだ。


「おとう、月はいつでっかくなるんだ」

子はおとうにききました。
「ばかだな。月がでかくなるわけはねぇべ」
「けど、おばあは言ってたぞ」
何年かにいちど、月がでかくなるんだ。
そしたら、みずうみにきれいな月の道ができる。
そんなふうに子に教えてくれたのです。
月の道をたどったら、きっと月にいけるのでしょう。
だから、いつ月が大きくなるのか、子は知りたいのです。
「そりゃ、初耳だ」
おとうはとりあってくれません。
だから、子はひとりでみずうみに出かけることにしました。
山道をえっさ、ほいさ、とひとりで歩きつづけ。
とちゅうでクマやヘビに会ってもこわがらず。
おなかがすいたら、木の実を食べて。
えっさ、ほいさ、と山をのぼりつづけたのです。
さて、みずうみは山のちゅうふくより、さらに先にありました。
子がそこにたどりつくと——

「寝ちまったな」

父の声でお綾は我に返った。見れば正太は目を閉じてすうすうと寝息を立てている。重くなったな、とぼやきながら父は正太を床まで運び、そっと夜着をかぶせた。続けて大きな欠伸《あくび》をひとつする。

「おとっつぁんも寝なさいよ。明日はまた早いんでしょ」

「ああ。おめぇこそ早く寝ろよ」

言いながら正太を抱くようにしてごろりと横になる。疲れているのか、すぐに低い鼾《いびき》が聞こえ始めた。

途中で正太が寝てくれてよかった、とお綾はほっと息をついた。子が湖に行った先は考えていない。いや、考えるのが怖くなってしまったのだ。『つきのうらがわ』という話の舞台が実際にあるのだと知ったら、物語が俄にずしりと重みを増してしまった。

上州の榛名山。そこにある湖には何年か一度、月への道が開く。

青く深い湖に浮かび上がった金色に輝く月の道。それは、きっと身震いするほどの美しさなのだろう。けれど、その美しい道を辿っていったら、その先に何が待っているのか。

死んだ人に会いにいくということは。

すなわち、自ら死を選ぶことを意味するのではないか。

もしも、本当に母が月の裏側にいるとしたら、自分は湖に開いた月への道を辿るだろうか。たとえ、その道を引き返すことができなかったとしても。

そして、もうひとつ、お綾の胸に引っ掛かっていることがある。

――それは私の本だから。

坂崎の言を受けて、お綾は『つきのうらがわ』を坂崎自身が書いたものだと解した。表紙の絵と坂崎の優しそうな風貌を勝手に結びつけたのだ。だが、今になって思えば、坂崎の手蹟と本の手蹟は違うように思う。坂崎は達筆だ。流麗《りゅうれい》でなおかつ力強い。そして、あの本の仮名文字も同じように達筆で美しいけれど、もう少し線が細くて柔らかかった。恐らくあれは女人の手によるもの。きっと、その女人は――

それ以上先へと思案が進むのをお綾は止めた。

――そんなことは無理に知る必要はないんじゃないかね。

無理に知ったら、きっと坂崎も自分もつらくなる。お綾はきりのいいところで手を止め、針を針山に戻すと縫いかけの浴衣をそっと畳んだ。

*

その晩、おはるはいつもと違う気配で目が覚めた。

ことりと音がしたような。誰かがすすり泣く声が聞こえたような。

そんな微《かす》かな気配だった。

何だか、背中もお腹もすうすうする。ああ、そうか。おっかさんがいないからだ。

朝が来たからおっかさんは起きたんだ。でも、煮炊きの音がしないのは何でだろう。

おはるはまだ眠い目をこすりこすりして半身を起こした。

すると、背中に氷を当てられたように総身が粟立《あわだ》った。

いや、そんなもんじゃない。背後から大きな手で皮膚を剝ぎ取られるような恐ろしさがあった。

身震いしながらおはるは「おっかさん」と小さな声で呼んだ。返事はない。でも、背後には確かに何かがいる。無言でおはるを睨みつけている。

もしかしたら〈鬼〉かもしれない。

おとっつぁんの中に隠れていた〈鬼〉が出てきて、すぐそこにいるのかもしれない。

だったら、おっかさんを助けなきゃ。〈鬼〉に蹴られたり殴られたりする前におっかさんを助けなきゃ。

恐怖ですくむ心を奮い立たせながら、おはるは恐る恐る半身をひねった。

薄闇に、何かが朧《おぼろ》げに見える。白っぽく長いものだ。

あれは、何だろう。

おはるは夜具から這《は》い出すと、四つん這《ば》いになったまま上がり框まで近づいた。

厠のにおいがぷんと鼻をついた。おかしいな。いくらうちが厠の近くだからと言って家の中までこんなにおいはしない。

怪訝《けげん》に思いながら目を凝《こ》らしてみると、白くて長いものがだんだんと見えてきた。

それは、絶対にそんなところにあるはずのないものだった。

宙に浮いた人の足。四本の足。

それもおはるのよく知っている、おっかさんとおとっつぁんの足だった。

その下には小さな水溜《みずたま》りがあって、そこから厠のにおいがするのだ。

めくれた着物の裾からだらりと下がった四本の足はぴくりとも動かず、まるで巨大な蠟《ろう》の塊のようだった。

ああ、そうか。こんなところにおっかさんとおとっつぁんの足があるはずがないもの。

これは、大きな蠟だ。大きな蠟が吊るされているのだ。よかった。鬼はいない。

おはるはゆっくりと天井を見る。

鬼は、そこにいた。

青白く膨れた顔でおはるをじっと見下ろしていた。

突然、おはるの胸は地鳴りのような音を立ててひび割れた。その割れ目から出るはずの叫び声はおはるの中だけでこだまし、外に洩れることはなかった。

叫び声は、気が狂ったようにおはるの内側をひたすらに駆け回った。

おはるの柔らかな心を踏みつけながら、ずたずたにしながら駆け続けた。

――おとっつぁん、おっかさん、おとっつぁん、おっかさん、おとっつぁん、おっかさん――

そうして、おはるの気が遠くなるまで。

叫び声は、いつまでもいつまでも駆け回った。

第三話

願

一

直次郎は土間に下りた。水瓶から柄杓《ひしゃく》で水を掬《すく》い、一気に喉に流し込む。生ぬるい水が渇いて狭くなった喉を伝い落ちていく。一旦寝ついたはずなのに、夢を見て飛び起きたのだ。背中にはじっとりと汗をかいていた。

長屋の細い梁《はり》に麻縄を通し、重蔵夫婦は首を括って死んだ。五日前のことだった。戸板で担ぎ出された二人の首には、巨大な蚯蚓《みみず》が巻きついたような縄の痕《あと》がくっきりとつき、顔は人相もわからなくなるほど青黒く膨れていた。その顔で夢の中の重蔵は直次郎にこう言うのだ。

兄ぃ、金を貸してくれ、と。

三両の金を貸してやれば重蔵は死ななかったかもしれない。いや、それ以前に己が足場に板図を置き忘れなければ、こんな悲惨なことにはならなかったのだ。後悔が日に日に積もり、どろりとした澱《おり》となって直次郎の胸を塞いでいた。

「おっかさん」

暗闇にか細い声が響き、直次郎は飛び上がりそうになった。おはるの声だ。だが起きてはいない。おはるがこうして夢の中で母を呼ぶのは毎夜のことだった。

両親の亡骸《なきがら》の下でおはるは気を失っていたという。見つけたのはお楽だ。

――虫の知らせと言うのかね。何だか朝から胸がざわついちまってさ。

売れ残った煮しめを朝餉の足しにと持っていったのだという。内側から心張り棒は支《か》っていなかったので油障子はすぐに開いたというが、いくら豪胆なお楽であっても、目の前にいきなり首を括った重蔵夫婦が現れたとあっては、さぞ肝を冷やしたことだろう。

何より、そこで倒れていたおはるが不憫《ふびん》でならない。両親の変わり果てた姿を見て、幼い心はどれほど深い傷を負ったことか。

溜息を吐き、上がり框に腰を下ろした途端、胴震いした。汗が冷え切ったからなのか、それとも夢の余韻《よいん》なのかはわからなかった。寝床に戻る気にはなれず、冷たい框に座したまま直次郎はおはるの行く末を思った。

遺書はなかった。ただ、金に困っていたことや重蔵の不自在な身を考え合わせると、将来に絶望した末での自死と思われた。幼いおはるを手にかけることは、どうしてもできなかったのだろう。

重蔵には親しい身内はいなかったが、おつなにはお紺《こん》という姉がいた。新兵衛が報《しら》せるとすぐに駆けつけては来たものの、おはるを引き取るのはしばらく待って欲しいと訴えたそうだ。お紺の亭主は回向院《えこういん》に近い元町《もとまち》で古着屋を営んでいるのだが、商いがあまり上手くいっていないのだという。

――あたしにとっちゃ、妹の娘でも、亭主にとっては他人ですからねぇ。それに、借金があるんでしょう。

お紺はあからさまに眉をひそめた。

確かに借金はある。少なくとも店賃は半年分、溜《た》まっている。新兵衛は一応それを伝えた。

——でも、それ以外にもあるかもしれませんよね。だって、首を括ったんだから。とりあえずひと月ほど待ってください。亭主を説得しますから。

情を欠いた言葉をつらつらと並べたて、お紺はおはるに形だけ会い、そそくさと去っていったそうだ。

それを聞いた直次郎は、

——だったら、あっしがおはるちゃんを預かりましょう。

新兵衛に向かって啖呵《たんか》を切った。そのときは義憤に駆られ、ひと月でも一年でも、いや一生でも預かってやると思ったのだった。だが、情けないことにたったの五日でもう参っている。

「おっかさん」

また、闇の中でか細い声がした。声は見えない細縄となって直次郎の胸に絡みつき、ぎりぎりと締め上げた。

翌朝、直次郎は寝不足の目をこすりながら、飯の残ったお椀を膳の上に置いた。眠れないばかりか、ここ数日食欲もなかった。

「小父ちゃん、ちゃんとおまんまを食べないと駄目よ。残したら目が潰れるんだからね」

直次郎の飯椀を見ておはるが言う。大きな目を瞠って、口を尖らせる表情は屈託がない。

「ああ。そうだな。すまんすまん」

お綾に頼み、味噌汁をかけてもらうと飯を無理やり喉に流し込んだ。

「これでいいか？　おはるちゃん」

直次郎が空の飯椀を見せると、

「うん。いいよ」

おはるはにっこりと笑った。それを見ていたお綾がさり気無く袂で目元を拭う。

「じゃあ、おれは行くから。正太とおはるちゃんは手習いをしっかりやるんだぜ」

直次郎が立ち上がるのを見て、すかさずお綾も腰を浮かせた。

「見送りはいいぞ」

直次郎が手で制すると、

「そこまでだから」

正太とおはるには気づかれぬよう目配せをする。

「正太はおはるちゃんと一緒にいてね」

弟に声を掛けると、お綾は直次郎より先に土間に下りた。

表に出た途端、梅雨《つゆ》も明けていないというのに真夏のような陽光に目を射貫かれた。寝不足のせいか、眉間の辺りが鉛でも詰め込まれたように重い。

通りまで送るから、とお綾は手庇《てびさし》を作り、ゆっくりと歩き出した。

「話があるんだろう」

娘の横に立つと直次郎は小声で訊ねた。

「おはるちゃんのことだけど、大丈夫かしら」

手庇を外し、形のよい眉をひそめる。

「大丈夫って何がだ」

案じることがたくさんありすぎて、ひとつに絞れない。

「おとっつぁんとおっかさんが死んだのに涙も流さないでしょう。さっきだってそう。おとっつぁんをたしなめたときの口ぶりなんて明るかったもの」

直次郎も気にはなっていた。夜中に母を呼ぶ切ない声を聞いているだけに、あの明るさは却《かえ》って危うい気がする。表に出せぬ大きな悲しみは、いつかおはる自身を内側から蝕《むしば》んでしまうのではないか。

「だからと言って、どうしろって言うんだ。おはるに無理に泣けとでもいうのか」

「そうじゃないわ。でも怖いのよ。あの子がどうにかなっちゃうんじゃないかって。いつか心がねじ曲がっちゃうんじゃないかって」

子どもは泣かなきゃ駄目なんだよ、とお綾は痛みをこらえるように顔を歪めた。

その面持ちを見て、はっと胸を衝かれた。お絹が死んだときにお綾はどうだっただろうか、と思ったのだ。泣いたには違いないが、思う存分泣いたかというと違うような気がする。正太がまだ幼かったからだ。正太のために泣くのをこらえ、必死で崩れそうな心を支えようとしていたのではーーもしかしたら、お綾は今のおはるに昔の自らを重ねているのかもしれない。直次郎はあまりの情けなさに自分自身を殴りつけたくなった。

「わかった。また何かあったら教えてくれ」

己への怒りを呑み込み、ここでいいぞ、と娘に帰るように促す。

「うん。でも――」

お綾は通りに出たところで立ち止まった。ちょうどお楽の店の手前である。がっしりした姿は見えないが、煮しめのにおいは漂ってきた。

「何だ、言いかけて」

「あたしは、おとっつぁんも心配なの」澄んだ眸が不安そうに揺れていた。「だって、夜眠れないんでしょう。食も進まないみたいだし」

まさかお綾に気づかれているとは思わなかった。本当にこいつは立派な娘だ。立派すぎて涙が出るじゃねぇか。なあ、お絹。こういうのを、とんびが鷹《たか》を産んだっていうのか。

「おれは大丈夫だ。まあ、重蔵とは長い付き合いだったからな。色々と思うところもあるわな」

「そうね。でもちゃんと寝て、しっかりご飯を食べてね。じゃないと体を壊しちゃうもの」

十三歳の娘とは思えぬ大人びた面持ちに胸が痛む。

おい、あんまり急いで大人になるな。

言えぬ言葉を呑み込んで、

「じゃあ、行ってくる」

後を頼むぜ、と直次郎は娘に背を向けた。海辺橋を右に折れるところで振り返ると、お綾はまだお楽の店前に佇んでいた。

とりあえず後添えの話は先送りだ。直次郎は娘へ手を上げると、前を向いて歩き出した。

普請場に行けばしゃきっとせざるを得なかった。心が留守になれば大怪我につながることもある。今、己に何かがあればお綾がつぶれてしまいかねない。ここは何としてでも踏ん張らねばならなかった。

幸い、普請は予定よりも早く進んでおり、梅雨が長引かなければ本格的な秋を迎える前、七夕《たなばた》の節句前には嵯峨屋に引き渡せそうである。完成の目処《めど》が立ち、朝から千兵衛の機嫌はよかった。

「おい、直。飯でも食いにいかねぇか」

その千兵衛から声を掛けられた。

「へえ。ですが、蕎麦屋は勘弁して下せぇ。おれは――」

「安心しな。後添えの話はもう消えちまったよ。おめぇがはっきりしねぇから先方から断ってきやがった。こぶつきなんかじゃなく、もっといい嫁の口があるってよ」

苦笑いを洩らし、おめぇも婆さんの一膳飯屋ばっかりじゃ飽きるだろう、と千兵衛は先に普請場を出た。

連れていかれたのは普請場の裏路地にある、昼は飯屋で夜は居酒屋を営む「千鳥屋《ちどりや》」という店だった。つい見落としてしまいそうな小ぢんまりした構えだが、なかなか美味《うま》いらしい。

「何でも好きなものを食え。今日は奢《おご》りだ。おめえのお蔭で山本町の普請は上手くいってるからな」

「とんでもねぇ。あっしは、単にてめぇの仕事をやっただけで」

　壁にかかった品書きを目で指すと、千兵衛はいかつい顔をほころばせた。

「馬鹿、てめぇの仕事をきちんとできる奴がどれだけいると思ってるんだ。今度の普請は大掛かりだから外からずいぶんと大工を雇ったが、いっぱしの職人面《づら》してるくせにおれから見りゃあ、まともに鉋もかけられねぇ、鑿《のみ》も打てねぇ。そんな中でおめぇの仕事ぶりは安心して見てられる」

　千兵衛が己を買ってくれるのはわかっていたが、面と向かって言われるとやはり嬉しかった。

「すみません。そいじゃ、親方とおんなじもんを」

「へっ。欲のねぇやつだ。そいじゃ、蕎麦にしちまうぞ」

　蕎麦をふたつくれ、と千兵衛は近くを通った店の女を呼び止めた。垂れた目が愛嬌《あいきょう》のある、肉置《ししお》きのたくましい女だった。「いつもの蕎麦ですね」と女は心得たように頷き、店の奥へと姿を消した。

「よく来るんですか」

「ああ。ここは飯屋だが蕎麦がいっち美味《うめ》ぇんだ。ただし熱い蕎麦だぜ。おれは、夏の暑い日に熱々の蕎麦を食うのが好きでな」

嬉しそうに笑った後に千兵衛は胡坐《あぐら》を組み直し、言葉を継いだ。

「どうだい。ちったぁ落ち着いたか」

重蔵のことだとはわかったが、訊かれているのが自分のことなのか、それともおはるのことなのか判じかねた。直次郎が答えあぐねていると、

「おめぇのせいじゃねぇよ」

胴間声が店内に響いた。周囲の視線が一斉に集まる。

「おれのせいです」

つい下を向く。

「直、顔をちゃんと上げろ」

子どもを叱るような声だった。恐る恐る顔を上げると、語気の厳しさとは裏腹に、目に柔和な光をたたえた優しい表情があった。その表情のまま、

「あいつが弱かったんだ」

千兵衛は呟くように言った。

「ですが、あの日、おれが金を貸してやればあいつは死なずにすんだかもしれません」

それもたった三両で死なせたかと思うと、悔やんでも悔やみきれぬことだった。畳の下には一両しかなかったが、かき集めれば三両くらい何とかなったのではないか。

「おめえが金を貸しても、あいつは死んじまったろうよ」

柔らかな眼差しに暗い影がよぎった。

「どうしてですか」

　思いがけぬ言葉に、我知らず声が高くなる。

「金じゃ、どだい無理だったんだよ、直」

「金じゃ無理って――」

「実はな、重蔵はおれのところにも来たんだ。普請場じゃなく黒江町の店にだ。金を貸してくれってな」

　それほどまでに金が入り用だったのか。

「で、棟梁はどうしたんですか」

「貸してもいいが、何に使う金か、教えろと言った。直が金を渡しているのも知っているし、女房も働いていると聞いている。だから金の使い道を聞かなきゃ、五両なんて大金を貸すことはとてもできねぇと」

「重蔵は五両を貸してくれと言ったんですか」

「ああ。そうだ」

「おれには三両と言いました。女房の医者代だと」

「おめえに五両の金は無理だと思ったんだろう。最初はおれにも同じことを言ったよ。女房の具合が悪いから医者に診せたいとな。だが、嘘だとすぐに気づいた。奴の目を見てな」

　目――窪んだ眼窩《がんか》の奥には夜の沼のような暗い色があった。

「手慰《てなぐさ》みよ」

千兵衛は賽《さい》を振る手真似をしてみせた。

まさか、と言いながらあの目の色に腑に落ちる思いもあった。

「すみません。気づきませんでした」

「そうか。おれは、前からそうじゃねぇかと思ってた」

女房が働き、直が助けてやっているのに、たった三百文かそこらの店賃が払えないはずがない。で、あの目を見て間違いないと確信した。

「こいつはまともに生きちゃいねぇ。半分亡者《もうじゃ》になった目をしてるってな」

あんな目をした奴を昔に見てるんだ、と千兵衛は淡々と続ける。

博打で借金をし、その金が滞って殺されそうになるたびに他所《よそ》から金を借りる。金を返しに賭《と》場《ば》に行ったつもりが、その借りた金でまた博打に現《うつつ》を抜かす。気づけば懐がスッカラカンになっているだけじゃない。下手をすれば前よりも借金が増えている。で、また金を借りる、その繰り返しだ。あがいてもあがいても底なしの泥沼に引きずり込まれる。

「で、そいつは命を絶ったんだ。そうするしか他に術《すべ》がなかった」

二人の間に深い沈黙が落ちた。代わりに、周囲の喧騒《けんそう》が直次郎の耳にどっとなだれ込んでくる。

女房が。ガキが。親父が。おっかさんが。惚れた女が。

その中身はありきたりの言葉ばかりだ。大なり小なり悩みは抱えていても、ほとんどの人間はありきたりの、言い換えれば平穏な日常を生きている。だが、その日常のすぐ下には真っ暗な泥沼があり、そうと気づいたときには、既に足が泥に取られているのかもしれない。すると、この喧騒の中に己がいることが、ひどく稀有《けう》でひどく有り難いことのように思えた。

　直次郎はひとつ息を吐いてから訊いた。

「結局、棟梁は金を貸したんですかい」

「ああ。貸したよ。それで博打とは縁を切るっていう約束で五両を貸してやった」

「じゃあ、何で――」

　答えをわかっていながら直次郎はその先を訊いた。訊かずにはいられなかった。

　千兵衛は太息をつくと、

「今言った通りだ。奴はその五両をまた博打に使ったんだろうよ。大方五両が倍になるとでも言われたんだろう。そうすれば、賭場への借金もおれへの借金もちゃらにできると思ったんだ。そこがあいつの真面目なところよ。おれに義理立てるくれぇなら」

　女房と娘のために生きろってんだい。

　最後の言葉を叩きつけるように吐きだした。折悪《おりあ》しく蕎麦が来たところだった。千兵衛の剣幕に店の女は一瞬だけ目を丸くしたが、ごゆっくりと言い置いて立ち去った。

「おれの後悔はな、直」

　千兵衛は黒々とした目を真っ直ぐに向ける。

「一緒に賭場までついて行かなかったことだ。たった五両の金であいつを救えると思ったおれは大馬鹿もんだ。今さら悔やんでも詮無《せんな》いが、これだけは悔やんでも悔やみ切れねぇ」

濡れた手で頰を思い切り叩かれた気がした。

この一年半、己は重蔵に何をしてきたのだろう。金を渡して重蔵を助けているつもりが何の助けにもなっていないどころか、却って重蔵を泥沼に沈めていたのではないか。もっと奴にできることがあったのではないか。

――金じゃ、どだい無理だったんだよ、直。

棟梁の言う通りだ。

重蔵を死に追いやったのは、一両の金を貸さなかったことじゃない。

金で助けようとしたことだ。あいつの手をじかに摑まなかったことだ。

なぜ、そんなことに気づかなかったのか。直次郎は拳をきつく握りしめた。

「だからな、直。おめぇひとりで奴の死を背負い込むんじゃねぇぞ」

さ、冷めねぇうちに食うぞ、と千兵衛は湯気の立った蕎麦をすすった。直次郎もそれに倣《なら》って箸を持つ。

どんなに悔やんだところで重蔵もおつなも戻ってこない。二人は暗く冷たい沼の底に沈んでしまった。だが、まだ間に合うものがある。あきらめてはいけないものがある。

すすった蕎麦は、喉と胃の腑を灼《や》くほどに熱かった。

その日の仕事帰り、直次郎は山本町の青物屋で枇杷《びわ》を六つ買った。少々値は張るが持ち重りのする房州《ぼうしゅう》ものである。大奮発だ。

普請が上手くいきそうだからと、千兵衛が給金に色をつけてくれたのだった。だが、その〈色〉にはもちろん意味がある。両親を亡くしたおはるに美味いもんでも食わしてやってくれ。そんな心遣《こころづか》いだ。

そして、千兵衛に言われたことがいつまでも頭から離れない。

——おめぇひとりで奴の死を背負い込むんじゃねぇぞ。

背負っているのは己だけじゃない。お美代もだ。重蔵夫婦の死以来、俄に具合が悪くなり、臥《ふ》せっているという。お綾の話によれば、手習いのときも二階の自室にこもったきりで顔を見せぬらしい。背負い込んで、背負い込んで、ついにその重みに耐え切れぬようになってしまったのだ。

重蔵夫婦の弔《とむら》いの一切合切は差配の新兵衛が粛々と行った。檀那寺《だんなでら》の僧を呼んだのも、早桶屋《はやおけや》に頼んで夫婦の座桶を作らせたのも新兵衛だ。亡骸を送り出すための仮門もいつの間にか新兵衛の指図で誰かがやってくれていた。亡き人の魂が戻ってこないため、普段店子が出入りしている木戸とは別に、葦《あし》で覆った仮の門を作るのである。その仮門に夫婦の亡骸が差し掛かったときだった。

——重蔵さんも可哀相にねぇ。お美代さんに殺されたようなもんだよ。

聞こえよがしに呟いたのはお楽だった。

春先にお美代が重蔵夫婦に部屋を出ていけと迫ったことを指しているのだろう。お楽からすれば義憤に駆られてつい口にしてしまったのかもしれない。だが、義憤もいきすぎれば凶器になろう。お楽の囁《ささや》き声《ごえ》が鋭い刃となり、お美代の心目掛けて斬りつけたのが直次郎の目にはっきりと見えた。お美代はみるみる蒼白になり、今にもその場に倒れそうになったのだった。

それればかりか、お楽の声は直次郎の耳にはこうも聞こえた。

――重蔵さんも可哀想にねぇ。直次郎さんに殺されたようなもんだよ。

直次郎が金を貸さなかったから。いや、直次郎が雨の日に板図を忘れたから。

お楽の投げつけた刃はお美代だけでなく、直次郎の心をも苛《さいな》んだのだ。

店子たちが野辺送《のべおく》りに出た後も、お美代は仮門の辺りに立っていた。死者の魂を送るために焚《た》かれた藁火《わらび》の傍に、青天へと立ち上る灰白の煙の向こうに、たったひとりで頼りなげに立っていた。いっそこのまま煙と一緒に天へと消えてしまいたい。あたかもそう願っているかのように、お美代はいつまでも同じ場所に立ち尽くしていた。

お美代をひとりで置いていくのは案じられたが、かと言って声を掛けることもできずに、直次郎は葬列の後を追った。重蔵はもう戻ってこない。金を貸すことも詫びることも二度とできない。だったら、自らの死を以《もっ》て贖《あがな》うしかないのではないか。まるでお美代の心の中を写し取ったかのように、直次郎の胸にそんな考えがよぎった。

だが、死んではいけない。重蔵の死をそんな形で背負ってはいけない。

直次郎は胸の中で叫びながら、葬列の最後を歩いていたのだった。

葬式の日のことを手繰り寄せているうち、寺の建ち並ぶ通りへと差し掛かっていた。心行寺の山門前を通ると、ふと甘い香りが胸をよぎる。

――お美代さんはね、大人が怖いんだって。

離縁されたと聞いているが、その際も色々とあったのだろう。曲がった大人にまた傷つけられちまったか。

だが、こんなもので、子どもだましのようなもので、お美代の傷を癒《いや》すことができるのだろうか。直次郎は立ち止まって袋の中を見下ろした。夏の斜陽が照り映え、枇杷の実は店で見たよりもずっと明るい橙《だいだい》色をしている。正太やおはるはきっと喜ぶだろう。

子どもだましかもしれない。だが、子どもだましがいいこともある。

――おとっつぁん。お美代さんの拵える冷やし汁は美味しいんだよ。ご飯が何杯だって食えるんだ。

――屋根に登るのに、たっつけ袴をお美代さんに借りたの。おはるちゃんには股引を貸してくれたのよ。お美代さんは色々と気がつく人なのね。

親の欲目かもしれないが、お綾も正太もちゃんと人を見ている。曇りのない目で真っ直ぐに人の心を見ようとしている。そんな二人が心から慕っている女が、失意のどん底にいるのなら、何とかして救ってやりたい。

美しい楕円《だえん》の実から目を離すと、直次郎は海辺橋のほうへと足早に歩き出した。差配の家に正太やおはるがいるといいなと思いながら。

さて、そんなふうに勢い込んできたものの、いざとなると門口で逡巡している直次郎であった。丸々した枇杷を見れば〈大奮発〉したことは新兵衛にはすぐにわかるだろう。それが恥ずかしいのだ。そもそも、枇杷を持参して人を見舞うなんてまったく直次郎らしくない。そんなところに気が回るような男ではないと自ら認めている。それに、お綾と坂崎の仲を勝手に早とちりし、新兵衛には実に面目ないところを見せている。世間知のある差配人からすれば、直次郎なんぞ、まだケツの青いガキのようなものだ。そんなガキが、

――子どもらが日頃から世話になりまして恐れ入ります。ほんのお口汚しですがお納めください。

などと言いながら枇杷を差し出すなんざ白々しくて、いやや、滅法界、恰好悪くてしょうがねぇや。

という次第で、この期《ご》に及んでいじいじと決心がつかずにいるのだった。枇杷の入った袋を抱えたまま、人さまの家の前で立ちっぱなしの間抜けさに、そろそろ嫌気が差した頃である。

戸障子ががらりと開いた。

「何だ。おとっつぁんじゃないか。いきなり現れたからびっくりしちまったよ」

正太が目を丸くして勢いよく言った。もちろんおはるも一緒だ。ぐるぐるいじいじしていた直次郎にとっては、まさしく救いの神である。

「おめぇこそ、何だ。こんな遅くまで差配さんちにお邪魔してたのか」

内心では喜びつつ、だが、声には父親の威厳をたっぷりまとわせて息子を叱る。

「違うよ。差配さんちにお菜を届けに来たんだい。お美代さんの具合が悪いから持って行けって

姉ちゃんに言われたんだ」正太の目が袋に留まった。「おとっつぁん、どうしたんだい。それ」

直次郎が何と答えようか迷っているところへ、

「どうしたい？　正坊」

差配の新兵衛がのっそりと現れた。

「ああ、すみません。こいつの声がでかいもんで」

「おう。今帰ったのかい」

世間知はあるが、決して策士ではない。丸っこい顔で笑うと、まるでちんまりした恵比寿《えびす》さまだ。

「へえ、普請場の近くでこいつを見つけたんでさ」

直次郎は枇杷の袋を掲げてみせた。恵比寿顔のお蔭でするりと言葉が出た。何だ、存外に簡単じゃねぇか。

「ほう。美味そうな枇杷だねえ。こりゃ房州もんだね」

「へえ。よかったら」

どうぞ、と袋を両手で差し出した。

「ありがとうよ。けど、何でまた急に」

袋を受け取りながら、不思議そうな顔でこちらを見上げている。恵比寿さまのつぶらな目で見つめられ、直次郎は言葉に詰まってしまった。

――何でまた急に。

高かっただろうに。言外にそんな含みがこめられている。

「いや、その、こいつらが――」

こっぱずかしくて〈お見舞い〉と言えずにいると、

「わかった。お美代さんへのお見舞いだね」

正太が嬉しそうに大声を上げた。

「馬鹿、そんな大声を出すな」

慌てて息子の頭をぺしりと叩いたが、本当は、よしよし、と撫でてやりたかった。

「けどさ、お美代さんはね、なかなかよくならないんだってさ」

ね、差配さん、と叩かれた頭を片手で押さえながら正太が新兵衛を見上げている。

「ああ。そうだねえ。どうやら心に重い風邪を引いちまったらしくてね。これが初めてじゃないんだが。今度のは重そうだねえ」

「心も風邪を引くの」

それまで黙って話を聞いていたおはるがぽつりと訊いた。こちらは大きな目で心細げに新兵衛を見つめている。

「ああ。けど、大丈夫さ。正坊のおとっつぁんから、こうして枇杷をもらったからな。これを食べればよくなるだろうよ」

袋から枇杷をひとつ取り出して掲げてみせた。

「枇杷を食べれば心の風邪はよくなるの？」

おはるがなおも新兵衛に問う。

「ただの枇杷じゃ駄目かもな。けど、この枇杷はよく効くのさ。あったかい気持ちが詰まってるからな。それに、これはお美代のためだけでなく、おはるちゃんのために買ってきてくれたもんだ」

なあ、そうだろう、と新兵衛はこちらを真っ直ぐに見た。直次郎が黙って頷きを返すと、

「よかったな、おはるちゃん」

新兵衛は手の中の枇杷をおはるに渡した。さらに、正坊とお綾ちゃんの分、と袋の中からふたつ取り出して正太へ差し出す。

「後はわたしとお美代がいただくことにするよ」

ありがとうよ、直次郎さん、と新兵衛はにっこり笑んだ。

いえ、と直次郎は短く返した後、実は、と思い切って切り出した。

「差配さんに折入って相談したいことがありまして。後で伺ってもいいですかね」

見舞いも大事だがもっと大事なことがある。重蔵を三途の川の向こう岸から呼び戻すことはできない代わりに、奴が遺していった小さな命を守らねばと思っている。まだまだケツの青いガキだが、これだけはどんなに重くても背負おうと決めた。ただ、ひとりでは難しい。まずは差配人の世間知を拝借せねばならない。恐らく拝借するのは世間知だけでは済まぬだろうが。

福々しい顔が少し引き締まった。

「ああ、もちろんだ。急ぎの話かな」

「へえ、できれば今晩にでも」

「うむ。じゃあ、待ってるよ」

「なんだい、急ぎの用ってのは」

正太に袂を引っ張られた。

「差配さんと、滅法界うめぇ酒を飲むのさ」

息子の頭をくしゃりと撫でる。

「なんだ。そいじゃ、おいらは」

滅法界うめぇ枇杷を食ってもいいかい、と目を輝かせて枇杷を掲げる。橙色の実は正太の手の中にあるといっそう鮮やかに見えた。

「ああ。みんなで食おう。おはるちゃんもな」

直次郎の言におはるは笑顔でこくりと頷いた。その拍子に少し伸びた切り髪がさらりと顔にかかった。髪は切ったほうがいいのか、あるいは——そこまで考えてやめた。こういうことはお綾に任せよう。

「そいじゃ、あっしはこれで」

どうぞお大事に、と言いかけてこれもやめた。こちらは枇杷に任せよう。

「差配さん、明日も来るね」「来るね」

正太とおはるが同時に手を振った。

「おう、待ってるからな」

またぞろ福々しい笑みを浮かべ、新兵衛も子どもたちに手を振り返した。丸っこい手まで恵比寿さまみたいじゃねぇかと、直次郎は去り際にもういっぺん深々と頭を下げた。

二

昨日、父は枇杷を土産に持って帰ってきた。色鮮やかで大ぶりの実は見たこともないほど立派であった。正太によれば、お美代さんへのお見舞いらしい。さぞ高かっただろうにと思っていると、

――普請が上手くいってるからって親方が小遣いをくれたんだ。

これで娘らしいものでも買いなと上機嫌で金を渡してくれた。

だが、下駄は坂崎にもらったものがあるし、着物や櫛《くし》は母の遺してくれたものがある。娘らしいものより本が読みたいな、と思っていた矢先に坂崎が稲荷屋へ行くという。で、お綾は坂崎に同道することになった。正太とおはるも一緒である。せっかくだから八幡宮まで足を延ばし、二人に菓子でも買ってやろう、と話がするするまとまった。

稲荷屋は堀沿いの道から一本奥に入った路地にある、間口が二間ほどの小ぢんまりとした店だった。六軒が居並ぶ表店の三軒目だ。

山吹色の軒暖簾には可愛らしい狐《きつね》の絵が染め抜かれており、売台には古い黄表紙や分厚い合巻本《ごうかんぼん》、子どもの好きそうな絵双紙などが並んでいる。そして、他の本屋や貸本屋と違うのは、本

の売台とは別に脚の長い小さな売台があることで、そこには大皿に積まれた稲荷ずしがあった。いや、正しくは稲荷ずしが積まれていたと思われる皿があった。まだ午《うま》の刻（午前十一時〜午後一時頃）前だというのに売り切れてしまったようだ。

店前には立ち読みならぬ座り読みができるような床几《しょうぎ》、土間からすぐは二畳ほどの板間、さらにその奥は小さな帳場格子になっており、四十がらみの大柄な男が窮屈そうに座していた――

あっ、と思わず声を上げそうになってしまったのは、越してきたばかりの坂崎を訪ねてきた〈熊のような男〉だったからである。

――あれは、きっとお仲間だよ。

お常の言ったように〝お仲間〟には違いない。でも、同じ本の虫でも見た目は坂崎と正反対で、眉も目も黒々とした押し出しの強い面立ちをしている。

「おお、清さん。今日はずいぶん早いね」

親しげに呼ぶと、男は造作《ぞうさ》の大きい顔をくしゃくしゃにして土間に下りてきた。

「ええ、今日は連れがいるので」

坂崎はお綾たちを振り返った。

「いきなり三人の子持ちになっちまったか」

男は腰を屈めてお綾たちの顔を順繰りに覗きこむ。相手が強面《こわもて》の大男だからか、正太もおはるも頬の辺りを強張らせている。

「まさか。この子らは新兵衛店に住む子どもたちですよ」

冗談だろうに、まともに返しているのが坂崎らしい。

「言われなくとも見りゃ、わかるよ」

ほら、やっぱり冗談だ。お綾は内心で笑いをこらえながら、

「綾と申します。こっちは弟の正太とおはるちゃんです」

丁寧に挨拶をした。正太とおはるもぺこりと頭を下げる。

「お利口さんだな。おれは月蔵《つきぞう》ってんだ。よろしくな」

正太の頭を撫でると男はにっと笑った。ぎょろりとした大きな目もたわむと優しげになる。

「月蔵なのに、何で稲荷屋なんだい。うさぎ屋のほうがいいのに」

その笑顔に安堵したのか、正太がずけずけと月蔵に訊いた。

「こりゃ、一本取られた」月蔵が大仰《おおぎょう》に目を見開き、大笑する。「確かに坊の言う通りだ。お月さんには兎がいるもんな。けど、うちにはお狐さまもいるんだよ。それにな、日の本からは兎が見えるが、異国じゃ、狐が見えるらしいぜ」

「本当かい、坂崎さん」

正太が目を丸くして坂崎に訊いた。稲荷屋のお狐さまについてか、それとも日の本と異国の違いか。どちらを問われているのか、坂崎も判じかねているのだろう、口をもごもごさせている。

すると、

「ほほほ、お狐さまならここにおりまするぞ」

涼やかな声がした。奥からひょっこりと顔を出したのは薄縹《うすはなだ》色の絽《ろ》に身を包んだ女人である。

細面に目の吊り上がったところは確かに狐に似ていなくもない。ただ、美しい白狐だ。抜けるような肌にすっとした鼻、形のよい唇はふっくらと赤い。

「月蔵の内儀《ないぎ》でございます。都留《つる》と申します」

女は月蔵の隣にかしこまって座ると手をついて辞儀をした。慌ててお綾も頭を下げる。面立ちだけでなく所作も綺麗だ。この人も、月蔵と同じくお武家の出――いや、上州の出なのだろうか。

「お狐さまで、つるなのかい？」

正太が首を傾げると、

「つるは人の姿になっているときの名なんだよ」

本当に可愛いねぇ、と都留は正太の横に立つおはるを見た。その目にほんの一瞬だけ驚きの色がよぎったような気がした。お綾が怪訝に思っていると、

「まあ、こっちの子はほんに器量よしだこと。名は何というの」

にこりと笑った。なるほど。おはるは、初めて会う人にとっては目を瞠るほどの美貌の持ち主なのか。確かに青みを帯びた肌や輪郭のくっきりした黒眸《くろめ》はお人形のようだ。

「おはるちゃんだよ。おいらは正太」

「そうかえ。二人ともいい名だね」都留は切れ長の目を細めて頷き返した。「あんたたちが来るってわかっていたらお稲荷を取っておいたんだけど、残念ながら売り切れちまってね」

「今度はもっと早く来るよ」

本当に残念なのだろう、勢いこんで正太が言うと、

「そうかえ、楽しみにしてるね」

都留はさらに笑みを深くした。

坂崎が写本を納めている間、お綾は正太とおはるのために絵双紙を一冊ずつと、自分のために読本を借りた。以前から読みたかった『南総里見八犬伝』である。難しい真名は坂崎に教えてもらおう。三冊をまとめて風呂敷に包み、八幡さまの帰りに取りに来るからと稲荷屋に預けることにした。

そう、子どもたちの楽しみは八幡宮前の店でお菓子を買うことだ。だが、稲荷屋を出てしばらく行ったところでおはるが立ち止まった。六軒並ぶ表店の一番奥、小間物屋の前である。

「あら、どうしたの。何か欲しいものがあるの」

お綾の問いにおはるは黙ってかぶりを振った。切り髪がさらさらと揺れるのを見てお綾ははっと気づいた。まだ七歳と言っても、おはるは女子である。伸びてきた髪を結い、簪《かんざし》を挿《さ》してみたいのではないだろうか。

「昨日、小父《おじ》ちゃんにたくさんお金をもらったの。だから、簪を買ってあげる」

おはるは驚いたような表情でお綾を見上げたが、いい、とすぐに首を横に振った。買ってあげるなんて、偉そうな物言いをしたのが悪かった。この子は周囲が思う以上に繊細で大人びているのだ。

「あのね、実はあたしが簪を欲しいの。だからお揃いで買おうか。小父ちゃんにね、もっと娘ら

しくしろって言われちゃったから」

可愛いのを選んでちょうだい、とお綾はおはるの手を引いて店の中に入った。

「いらっしゃい」

出迎えたのは、青蛾《せいが》色の絽に紺の紗献上《しゃけんじょう》をきりりと締めた綺麗な女であった。身なりがいいし堂々としているから、若いけれどどこの店の主人なのかもしれない。

「あら、可愛い姉妹だこと」

腰を屈めておはるの顔を覗き込む。

「あのう、簪を見たいんです」

お綾が言うと、女主人はにっこり笑った。

「どうぞお好きなのを手にとって見てくださいな」

女主人の目利きかどれも洒落《しゃれ》ている。よく磨かれた柘植《つげ》の先に赤い玉をあしらったもの、銀の平打ちの先に縮緬《ちりめん》の花を咲かせたものなど、売台は百花繚乱《りょうらん》である。

すると、お綾の隣で品を眺めていたおはるが「綺麗」と小さな声を洩らした。うっとりとした眼差しの先にあるのは玉簪《たまかんざし》だ。真鍮《しんちゅう》の先に青みを帯びたびいどろの玉があしらわれている。

「さすがお嬢ちゃん、お目が高いね。手にとってごらん」

女主人はおはるの手に簪を載せた。

夏の陽を跳ね返し、透き通ったびいどろ玉は青から紫へと色を変える。まるで――

「虹《にじ》を閉じ込めたみたいですな」

背後から覗き込んでいた坂崎が呟くように言った。

「本当だ。おはるちゃん、これにしなよ。きっと似合うよ」

正太もこくこくと頷いている。確かに綺麗だ。でも、これって幾らするんだろう。お綾は懐の金を頭の中でそっと数えた。稲荷屋で使った金はたいしたことがなかったから、おとっつぁんにもらった二朱銀《にしゅぎん》はまだそのままある。だが、たぶんそれではこの簪を二本買うことはできないだろう。おはるの分だけを買おうかと思ったものの、それではまた気を遣わせてしまう。お綾がどうしようかと逡巡していると、

「それじゃ、これを二本ください」

背後で朗《ほが》らかな声がした。

振り向くと、坂崎が懐から巾着《きんちゃく》を出しているところだった。

「毎度ありがとうございます」

女主人は売台から簪をもう一本手にすると、店の奥で包み始めた。

「坂崎さん、困ります」

お綾が小声で言うと、坂崎は人差し指を唇に当てておはるのほうをちらりと見た。おはるは夢見るような面持ちでまだ売台の簪を見つめている。そう、おはるにとっては生まれて初めての簪なのだ。

「ありがとうございます」

帰ってから改めてお金を持っていけばいい、とお綾は思い直し、坂崎に礼を述べた。

「美人姉妹だからおまけしちゃう。よかったらまたおいで」

店の女主人は簪と一緒に蜻蛉柄《とんぼがら》の可愛らしい巾着袋をつけてくれた。

「すみません。後でお返しします」

通りに出てから、お綾はおはるに聞こえぬようにひそやかな声で告げた。すると、坂崎は目をむいて反論した。

「とんでもない。あれは私が二人に贈ったものだよ」

「手習いだけでも充分過ぎるのに、これ以上何かをしていただくわけにはいきません」

小声になった分だけ、お綾は強くかぶりを振った。

それは違う、と坂崎が珍しく強い語気で言い返す。

「何かをしてもらってるのは私のほうだよ。お綾ちゃんたちのお蔭で毎日が楽しいんだ。もし、お綾ちゃんたちに会えなかったら、ひとりで本とにらめっこしているだけの日々だった。いや、もしかしたら」

そこで坂崎は言葉を切った。唇を嚙み、虚空《こくう》を見つめている。垂れ気味の目がほんの少しだけ吊り上がっていた。こんな顔を以前もどこかで見たような——と思ったとき、お綾の頭の中で桜のひとひらが舞った。薄紅の雪と見紛《みまが》うほどの桜花に埋もれ、ぽかんと青空を眺めていた三太の顔が蘇る。

それにね、と坂崎の目元がふっと緩んだ。

「私の懐は今あったかいんだよ。さっき月蔵さんに手間賃をもらったばかりだろう」

だから任せなさい、とばかりに胸を叩いた拍子にむせてしまった。慌てた様子で咳《せ》き込む姿はいつもの坂崎だ。大丈夫ですか、と背を撫でつつもお綾の心には引っ掛かるものがあった。

――もしかしたら。

坂崎は何かを言いかけて途中でやめた。いったい何を言おうとしたのだろう。なぜ、やめたんだろう。渦巻き始めた頭の中に以前にも考えたことがふっと思い浮かんだ。

死んだ人に会いにいくということは。すなわち、死を選ぶことを意味するのでは。

ざわりと胸が鳴った。

もしそうだとしたら。月の道が死の道なのだとしたら。

――私には、その物語の子どもをどうやって月の裏側に行かせたらいいのかわからないんだ。

坂崎は死ぬ方法を探しているのではあるまいか。さっきは「もしかしたら、死んでいたかもしれない」と言おうとしてやめたのではないか。

死を考えるなんて、いったい何が――

――そんなことは無理に知る必要はないんじゃないかね。

新兵衛の叱り声が、渦巻く頭の中に割り込んだ。

いけない。またぞろ知りたがりの悪い虫が騒ぎ出してしまった。かつては何かがあったかもしれないが、今は、お綾たちのお蔭で日々が楽しいと言っているのだ。それでいいじゃないか。それに、『つきのうらがわ』は単なる作り話だ。夢の世界で子がおっかあに会いに行き、再びおとうのところへ戻ってくる。そんな他愛のない物語になるはずだ。

知りたがりの虫を胸の奥へ押し込むと、

「じゃあ、お昼ご飯はあたしが奢《おご》りますね」

精一杯の笑顔を作ってみせる。

「では遠慮なく。八幡さまの前には美味しいものが並んでいるでしょうからな」

「でも、あまりに高直なものは無理ですからね」

お綾が軽く睨むと、承知仕った、と坂崎は白い歯をこぼした。

「姉ちゃん、何してんだい。早くおいでよ」

見れば、正太とおはるはずいぶんと先を歩いている。小さな二人の周りでは、透明な夏の光が戯《たわむ》れるようにきらめいていた。


「それにしても、どこもかしこも人で溢れているね」

八幡宮でお参りを済ませ、大通りに戻ると、坂崎が感極まったように呟いた。

広い通りには大きな料理茶屋はもちろん、小店や床店までもひしめいて、門前町らしい賑《にぎ》わいを見せている。八幡さまを拝みにきた善男善女、箱屋を従える羽織姿の芸者や、背負い箪笥《たんす》の重そうな小間物売り、天秤棒を担いだ冷や水売りなど、ここを身過ぎ世過ぎの場として生きる人々が闊歩《かっぽ》していた。

「姉ちゃん、棟梁にもらったおあしを使ってもいいかい」

正太が甘えるようにお綾の手を揺らした。お参り前に山本町にある父の普請場に寄った際、棟梁の千兵衛から小遣いをもらったのだ。六尺近い大男だが優しい棟梁に正太はすっかり懐いた。

弟の視線の先には、大勢の子どもが群がる駄菓子屋がある。塩煎餅や黄な粉をまぶしたあんこ玉、豆板などが並んでいるうえに、おまけのくじまで引けるというのだから、この前を素通りしろというほうが無理だろう。

「いいよ。けど、この店だけよ。あっちこっちに行ったら駄目だからね」

お綾の言葉が終わるや否や、正太はおはるの手を取ると、駄菓子屋目指してまっしぐらに駆けていった。

「子どもはいいな。見ているだけでほっとする」

坂崎が懐手をしながらしみじみと言う。

「ええ」

頷きながらもお綾は何となしにもやもやしている。子ども、という言葉が狭い水路で迷った小舟のように、胸の中で行きつ戻りつしているのだ。

家の細々としたことも正太の世話もそれなりにこなすお綾を父は頼っている。その一方で、茶屋勤めをしたいとお綾が言ったときには、子どものくせにと眉を吊り上げたのだ。勝手なものだと思いつつ、当のお綾の心もはっきりしない。

あたしは大人なんだろうか。それとも、子どもなんだろうか。

お綾は隣に立つ人をそっと見上げる。近頃の自分は妙なのだ。どうしてか、坂崎と二人きりになると緊張して舌がもつれそうになったり顔が火照ったりして、ついには胸が苦しくなるときさえある。そんなとき、お綾は一日も早く大人になりたいと思う。ちゃんとした大人になれば、この苦しさがなくなって坂崎に対してもっと堂々としていられるような気がするからだ。ほら、今も。正太やおはるがいなくなった途端に心の臓が早鐘《はやがね》のように鳴り始めてしまう。隣に立つ坂崎に聞こえそうなくらいに。

「ちょっと二人の様子を見てきますね」

息苦しさに耐え切れず、お綾は坂崎の傍を離れた。

駄菓子屋の前には大勢の子どもとそれを見守る大人で人垣ができていた。爪先立ちで中を覗くと、人の間を上手くすり抜けたらしく、正太がちゃっかりと駄菓子を選んでいるのが見えた。だが、おはるの姿は見当たらない。

今日のおはるは鞠柄《まりがら》の赤い着物を身にまとっている。それに切り髪だ。七歳くらいになれば、女の子はふたつに結わいたおたばこぼんにしたり、前髪を残して頭頂部だけお団子にしたりする。だから、切り髪の子は目立つはずだ。

でも、そんな子はいない。赤い着物姿の子はたくさんいるが、切り髪の子はどこにもいない。どこにも――

途端に胸打つ音は別物に変わった。坂崎の隣にいたときよりも、早く強く打ち鳴らされてお綾の頭の中は真っ白になっていく。

「どうした？　お綾ちゃん」

気づくと、すぐ傍に坂崎が案じ顔で立っていた。

「おはるちゃんが見当たらないの」

坂崎の顔色がさっと変わった。

「お綾ちゃんはここにいなさい。私が捜してくるから」

そう言い終わったときだ。

ちょいとあんたたち、その子をどこに連れていくんだい！

女の怒声が辺りに響き渡った。その刹那《せつな》、大通りの喧騒が静まった。衆人の耳目は女の声のするほうへと集まっている。

拐《かどわ》かしだよ、拐かしだ！　そいつを捕まえてっ！

同じ女の声が重たい静寂を切り裂いた。どよめきと共に人のかたまりがぞろりと動く。

坂崎が飛び出した。

かどわかしだ！　かどわかしだったんだ！

やめてっ！　その子はあたしの子だよ！

あたしの子を連れていかないで！

女の絶叫は続く。

赤い着物だったんだ！　金魚柄の赤い着物だったんだ！

女が叫ぶ。連れていかないで、と叫ぶ。殺さないで、と泣き叫ぶ。

人の波がうねり、怒号が飛び交う。坂崎が駆ける。人の波を掻き分け、怒号を跳ね飛ばし、ものすごい勢いで駆けていく。

「姉ちゃん、おはるちゃんがいない――」

いつの間にそこにいたのか、正太がお綾の手を握っていた。

「行こう、正太」

お綾は正太の手を握りしめると、坂崎の背を追った。

あたしの子を連れていかないで、と女は言った。だとしたら、拐かされているのはおはるではない。ただ、変だ。女の言っていることは変だ。

赤い着物だった。金魚柄の赤い着物だった。

何で「だった」なんだ。胸が激しくざわつく。早くしろ、とお綾の心が叫んでいる。それなのに、足がもつれる。人にぶつかりそうになる。坂崎の背は人波に紛れ、もう見えない。お願い。通して。あたしたちを先に行かせて。

大きな人垣が幾重にもできているのは、一ノ鳥居のすぐ手前だった。

どよめき。怒号。歓声。拍手。泣き声。数多《あまた》の音が人いきれの中で入り乱れている。

何なの。何が起きているの。

「ごめんなさい。そこを通して」

お綾は喘《あえ》ぎながら、野次馬たちを必死で押しのけた。

「姉ちゃん――」

湿った手がお綾の手をきつく握りしめる。往来のど真ん中では、着流し姿の若い男が顔を歪めていた。

果たして、男の背後で腕をひねり上げているのは、鬼の形相《ぎょうそう》の坂崎であった。

そして、その傍でおはるを抱きしめているのは、新兵衛店のお杉だ。

お杉は泣いていた。

おゆう、おゆう、と泣きじゃくりながら、切り髪のおはるを両の腕《かいな》でしかと抱きしめていた。

三

「女房がとんだご迷惑をおかけしたようで、すみませんでした」

差配の家で深々と頭を下げたのは、お杉の亭主、鏡職人の伊之助《いのすけ》である。小柄なお杉とは反対にがっしりとした偉丈夫だが、色白で糸のような細い目が優しそうだ。

あの後、大変だったのはおはるよりもお杉のほうであった。おゆう、おゆう、と泣き叫び、錯乱状態にあったのを自身番《じしんばん》に連れていき、落ち着かせてから新兵衛長屋へと戻ってきたのである。そうして、亭主の伊之助が帰宅するまで新兵衛の家で休ませていたのだった。伊之助に付き添われて帰宅するお杉の足取りは頼りなげだった。

で、その三日後、新兵衛の家にいるのは伊之助の他にはお綾と坂崎、それに父の直次郎である。おはると正太はお杉のところだ。おはるがお杉の傍にいてやりたいと自ら申し出たのである。あの一件はおはるの心を動かしたようで、八幡宮から戻った後も、

――お杉小母ちゃんは大丈夫かな。

しきりにお杉を案じていた。

「いえ、ご迷惑だなんて。お杉さんがいなかったら、おはるちゃんがどうなっていたか」

なあ、そうだよな、と父がお綾に視線を送る。

「ええ。お杉さんがあの場にいなかったら、おはるちゃんは連れ去られてしまったんじゃないでしょうか」

実際そうだろう。ずいぶんと支離滅裂《しりめつれつ》なことを叫んでいたが、お杉の声がなかったならば、坂崎もお綾も拐かしそのものに気づかなかっただろう。

小袖で隠れてはいるが坂崎の肩にはさらしが巻かれている。おはるをさらおうとした咎人《とがにん》に匕首《あいくち》で斬られたのである。左肩の辺りがざっくりと切り裂かれ、小袖に鮮血が滲《にじ》んでいるのを見てお綾は動転してしまった。だが、当人は平然としたもので、

——たいしたことはない。それより、おはるちゃんとお杉さんを。

岡っ引きに咎人を引き渡した後も、自らの傷より二人を案じていたほどだ。

「さようですか。だとしたら、おゆうの魂も救われるかもしれません」

おゆうというのは伊之助とお杉の娘である。二年前、八幡宮前の通りで迷子になったのだという。だが、数日後には見つかった。ただし変わり果てた姿で。

川岸にうち捨てられていた亡骸には、首を紐で絞められたような痕と明らかに乱暴されたとわかる痕跡が残っていたという。おゆうを殺《あや》めた咎人は今もまだ見つかっていないそうだ。伊之助もお杉も憤り、愛娘の死を深く悲しんだ。だが、近頃は少しずつ前を向いて歩き出していた。長

屋の子どもたちの明るさに、お杉も伊之助もずいぶんと慰められていたという。

けれど――

「おはるちゃんが拐かされるのを見て、お杉さんはおゆうちゃんのことを思い出してしまったんでしょうな」

新兵衛がいたわりのこもった目で伊之助を見つめる。

「そうなのかもしれません。おゆうが死んだとき、女房は自らをずいぶん責めていましたから」

――おゆうが死んだのはあたしのせいだ。あたしがあの子の手を離さなければ、あんなことにはならなかった。

「その日はおゆうを連れて知り合いの家に遊びに行ったんです。八幡宮の近くだからついでにお参りをしてくると、嬉しそうに出かけたのを憶えています。ですが」

お参りを済ませて帰途に就こうとすると、おゆうが甘え声で引き止めた。

――おっかさん、買ってよ。ねえ、水あめを買ってよ。

小さな駄菓子屋の前だった。子どもが群がっているのを見れば、寄っていきたくなるのも無理はない。だが、お杉は許さなかった。久方ぶりの遠出で疲れているせいもあった。

――手がべたべたになるだろう。家に帰ったら煎餅があるから。

何度も言い聞かせたが、おゆうは頑として首を縦に振らなかった。それどころか駄菓子屋の前に座り込み、ぐずぐずと泣き始めたそうだ。道行く人の目に耐え切れず、

――勝手におし。おっかさんはもう行くからね。

お杉はきっぱりと言い渡し、ぐずるおゆうをそのままにして先に歩き始めた。本気で置いていくつもりはもちろんなかった。そう言えば、あの子もあきらめるだろう。おっかさん、ごめんなさい、と後を追ってくるだろう。軽く懲《こ》らしめるつもりで、お杉はおゆうを置いてずんずん歩いた。ようやくお杉が立ち止まったのは一ノ鳥居の手前まで来たときだった。

振り返ったが、あきらめてついてくると思った娘の姿はどこにもなかった。縦に横に揺れ動く人波の向こうに隠れ、駄菓子屋は見えない。夏の光でゆらゆらと蠢《うごめ》く人の群れを見つめているうちに、胸がざわりと不快な音を立てた。冷たい手で下から上へ心の臓が撫でられるような嫌な気持ちだったという。お杉は急ぎ足で引き返した。人波を押しのけるようにして、おゆうを置いてきた場所まで必死になって駆け戻った。

「ですが、おゆうはどこにもいなかったそうです。血眼《ちまなこ》になって辺りを探し回り、近くの自身番にも駆け込んだようですが、神隠しにでもあったように消えてしまった。亡骸《なきがら》で見つかったのは、それから数日後のことです」

伊之助はそこで言葉を切った。しばらく俯いていたが、ゆっくりと顔を上げた。細い目は真っ赤だった。

「三日前は、おゆうの命日でした」

重い静寂が部屋に落ちた。

――おゆうの魂も救われるかもしれません。

伊之助の言った通り、おゆうの魂はあの場にいたのかもしれない。

――あたしはおっかさんを恨んでなんかいないよ。だから、早く元気になってね。

自らを責める母親の心を救おうとして。

その姿は他の人には見えなくても、お杉の目には確かに映ったのだ。だから、おはるを抱きしめながら娘の名を呼んでいた。おゆう、おゆう、と。

「少しずつ、ですよ」

父の直次郎がゆっくりと静寂を破った。その目は潤《うる》んでいる。父もまた己を責めた時期があったのかもしれない。女房が死ぬ前にもっと言うべきことはなかったかと。もっとやってあげられることはなかったかと。同じ思いはお綾の心の中にももちろんある。やせ細った足をもっとさすってあげればよかった。つらいときはもっと手を握ってあげればよかった。もっともっと、と今でも思う。亡くなった人には二度と会えないからこそ、自らを責めてしまう。

「そうですね。これからは、なるべくあいつの傍に――」

伊之助の言葉が不意に遠くなった。

坂崎の拳が震えているのが目に入ったからだった。袴の膝上に置かれた拳は色が変わるほどに固く握りしめられている。それは、懸命に痛みをこらえているようにお綾には見えた。

＊

「七両？」

驚きのあまり、お綾は針を指に刺すところだった。手元にあるのはお綾の古い着物だ。直しておはるに着せてやろうと考えている。

「しっ！　声がでけぇぞ」

起きちまうじゃねぇか、と父が人差し指を唇に当て、お綾をたしなめる。

慌てて振り返ったが、正太はすやすやと眠っていた。その横におはるはいない。八幡宮の一件以来、お杉とおはるは実の母娘のように近しくなった。子を亡くした母と母を亡くした子、というのもあるだろうが、おはるは幼いなりにお杉の心の傷を感じ取ったのだろう、お杉を懸命にいたわろうとしていた。お杉のほうもおはるの伸びてきた切り髪を結んでやったり浴衣を縫ったりと、何かと世話を焼いている。ともあれ、このひと月ほどはおはるもお杉も平穏に見える。もちろん、お綾や正太の心も平らかだ。

だが、そんな平らかな心に父が途轍《とてつ》もなく大きな石を投げ込んだ。

亡くなった重蔵には、七両の借金があったという。

「何でまたそんな大金を」

針山に針を戻しながらお綾は声をひそめた。胸の中には大きな水紋が立っている。

「賭場に入り浸ってたようだ」

博打の沼か。だから、三百文の店賃ですら払えなかったのだ。

「で、その七両の借金はどうなったの」

「差配さんが立て替えてる」

「差配さんが？」

「そうだ。誰かが立て替えなけりゃ、おはるちゃんが、ひどいところに連れていかれたかもしれねぇ」

ひどいところ、というのは岡場所《おかばしょ》だろう。

「重蔵さんが博打をしてるって、おとっつぁんは知らなかったの」

「ああ、情けねぇことにな」

重蔵が賭場に入り浸っていたことは棟梁の千兵衛から聞いたという。で、新兵衛に相談したところ、さすがに海千山千の差配人、すぐさま手を打ってくれたそうだ。重蔵はがたくり橋の向こうの小さな娼家《しょうか》でサイコロ博打をやっていたらしく、七両の借金は人を介して新兵衛がひとまず清算したという。

でも、そのお金は誰が返すんだろう。おつなにはお紺という姉がいるが、亭主の商いが上手くいかぬことを理由に姪《めい》のおはるに声も掛けずに立ち去ったと聞いている。おはるを預かるのはひと月ほど待ってくれと言ったそうだが、そのひと月が過ぎても音沙汰《おとさた》がないので、端《はな》から引き取るつもりなぞなかったのかもしれない。

だとすれば――

なるほど。そういうことか。

「差配さんが立て替えた七両は、おとっつぁんが返すのね」

お綾の言に父は目を瞠った。まるで言葉を忘れてしまったかのように、黙ってこちらを見つめている。

「何をびっくりしてるのよ。そういうことなんでしょ」

「ああ」

父の表情が一瞬だけほどけたが、すぐに真剣な眼差しになった。

「おれがおはるちゃんの親代わりになって差配さんに少しずつ返そうと思ってる。おめぇにはまたぞろ迷惑をかけるがいいか」

「うん、いいよ」

迷うことなく即答していた。母の薬礼も年内には終わるらしいから何とかなるだろう。

すまねぇな、と父は心底ほっとしたように息をつき、正太の寝顔を見ながらしみじみと告げた。

「重蔵を恨まねぇで欲しいんだ」

その言葉にお綾はどきりとした。重蔵が生きている頃、父が油代や米代と称してお金を渡しているのを恨めしく思ったことがあったからだ。これから先も絶対に思わないと言い切れる自信はなかった。いいよ、と簡単に返答してしまったが、人の心は、いや、自分の心はそれほど強くはない。そんなお綾の胸裏を知ってか知らずか、父は続けた。

「人間ってぇのは弱いもんだ。つらいことがあるとそこから目を背けて、別のところへ逃げ込みたくなっちまう」

おれもそうだ、と父は自らに言い聞かせるように頷いた。

「で、おれみてぇな弱い人間がこんなことを言うのはおこがましいけどな。人が強くなる一番の方法は、誰かのために生きることなんじゃねぇかな」

誰かのために。

「それは、大事な人ってことかな」

あたしだったら、おとっつぁんと正太。

「ああ。けど、大事な人ってぇのは近くにいるとは限らねぇ。遠くにいるかもしれねぇ。滅多に会えねぇかもしれねぇ。けど、その人がいるから、てめぇは懸命に生きなきゃって思える相手だ」

その人がいるから懸命に生きようって思える相手。遠くにいるかもしれない相手。お綾にとってはおっかさんだ。おっかさんがいたからあたしは今ここにいる。だから、あたしは懸命に生きなきゃいけない。そういうことだよね、おとっつぁん。

そう訊きたかったけれど、胸が詰まって言葉にならなかった。

お綾が黙ってしまったからか、

「何だか柄にもねぇことを言っちまったかな」

父は苦い笑いを洩らした。

「そんなことないよ。おとっつぁんの言う通りだよ」

塩辛いものを呑み込み、慌ててお綾は言った。確かに人の生き方について語るなんて父らしくないことだ。でも、その言葉はちゃんとお綾の胸の真ん中に過《あやま》たず届いた。

だから、父の胸の内も少しずつわかってきた。じわりじわりと沁みてきた。

父にとって、遠くにいる相手とは亡き母だけではない。重蔵もなんだと。

重蔵の死はお綾が考える以上に父を打ちのめしたのだろう。かれこれ二十年近くの付き合いになるのだし、重蔵が怪我をしたときに父も近くにいたのだから。

――重蔵を恨まねぇで欲しいんだ。

その言葉はお綾だけでなく、父自身に言い聞かせるつもりだったのだ。

重蔵を恨まない。重蔵のために生きる。口に出すことで、その覚悟を確たるものにしたかったのだ。そして、それをお綾と分かち合いたかったに違いない。

お綾と同じく父も弱いからだ。いや、自分が弱いとわかっているからだ。

これまで、父はお綾と正太のために生きてきた。二度と会えない母のためにも懸命に生きてきた。そこに別の人間が加わる。これからの父は、亡き母とお綾と正太、そして重蔵夫婦とおはるのために生きていこうとしている。だったら、あたしは父を支えよう。父の背負っているものが少しでも軽くなるように、できる限り父を手伝おう。

人は弱い。弱いからこそ、誰かのために生きていく。

父らしくないどころか、やろうとしていることは、まったく父らしい。

本当に不器用なんだから。

「すまねぇな」

同じ言を繰り返すと、もう寝るわ、と父は正太の横に寝転がった。

お綾は針仕事に戻る。あたしも少しだけ大人になったのかな、と面映《おもはゆ》いような嬉しいような気持ちになりつつ針を動かしていく。動かしながらふと坂崎の固く握られた拳を思い出した。優しい坂崎のことだから、娘を亡くしたお杉夫婦のつらさが胸にこたえたのかもしれない。でも、それだけじゃないような気がする。

——その物語の子どもをどうやって月の裏側に行かせたらいいのかわからないんだ。

あの子どもは、やはり坂崎自身のことではあるまいか。お杉の心が「おゆう」を探し求めていたように、坂崎もまた「大事な誰か」を探し求めているのではないだろうか。

そんなことを考えていると、隣で障子を開ける音がした。厠だろうか、と耳を澄ませたが部屋の前を通る気配はない。お綾は繕い物を脇に置き、土間に下りた。

音を立てぬように障子を薄く開けると、坂崎が自らの部屋の前で夜空を見上げていた。

満天の星だ。だが、そこに月はない。それなのに、坂崎は懸命に月を探している。星の隙間に埋もれた月のかけらでもいいからと、必死に掬い取ろうとしている。そんなふうにお綾には見えた。

そっと障子を閉めると、お綾は部屋に戻って再び針を手に取った。

——月はちかいように見えてとおいんだ。どんなにたかい山にのぼってもとどかねぇ。

お話のおとうが言う通り、月は遠い。それでもなお、わたしたちは亡き人に会いたいと思う。その手にもう一度触れ、語りたいと願う。でも、そう願うことは。

——だれにもわかんねぇことを、むりにほじくったらいけねぇんだ。

やはり、いけないことなんだろうか。

仄青い闇の中、たったひとりで月を探す坂崎の横顔をなぞっているうち、端正な手蹟が思い浮かんだ。『つきのうらがわ』に挟んであった詩らしきもの。悲しいかな、お綾が憶えているのは題名だけだ。でも、今ならその意味がわかる。わかるからこそ、坂崎に面と向かって訊くことができなくなってしまった。

『静夜思』――彼はこの静かな夜に何を思っているのだろう。

四

明日はいよいよ七月七日という日。お綾たちは差配の家で短冊《たんざく》に願い事を書いている。

手習い用の小さな天神机《てんじんづくえ》は余った木で父が拵えてくれたものだ。天板には丁寧にやすりを掛けてあるので筆先が紙に引っ掛かることもなく、すこぶる使い勝手がいい。照れくさいので口には出さないけれど父はなかなか腕のいい大工なのだ。

「ねえ、坂崎さん、どうして芋の葉についていた露を墨の中に入れるんだい」

正太が墨を磨《す》りながら訊く。

「芋の葉の露は天水《てんすい》と言われているんだ。だから、それを含んだ墨で願いを書けば叶《かな》う」

「へえ。芋の葉の露が天水なんだ。そいじゃ、芋をたくさん食っても願いが叶うのかな」

無邪気なのか、それとも剽《ひょう》げているのか、よくわからぬ正太の問いにも、

「そうかもしれないね」

坂崎は大真面目な顔で答えている。その横では、おはるが一心に筆を動かしていた。

（おっかさんにあえますように）

丸みを帯びた文字にお綾ははっと胸を衝かれた。お杉と仲睦《なかむつ》まじく見えても、まだおはるの心の中には母親のおつながいるのだ。

――おはるちゃんは、どうして駄菓子屋を離れたの。

八幡宮の件があってから数日後、お綾はおはるに訊ねてみた。おはるは七つにしてはしっかりした子だ。よほどのことがなければ、勝手にあの場を離れるはずがないと思ったのだ。

――おっかさんがね、おっかさんがいたの。

果たしておはるはそんなふうに答えた。おゝかゝさゝんゝに似たゝ人ゝ、ではなく、おゝかゝさゝんゝと言ったのだ。

恐らく、おはるはおつなに似た背格好の女を見かけたのではなかろうか。だが、それはおはるにとっては〈おっかさんに似た人〉ではなく〈おっかさん〉なのだ。怖い怖いと思っていたら、土手の枯《か》れ芒《すすき》が人の手に変わるのと同じように、母親に会いたいと思いつめた心が〈おっかさん〉を作り出してしまった。

母親が死んだことも、二度と自分の元に戻ってこないことも、おはるはわかっているようでわかっていない。だから――重蔵夫婦が死んでから、おはるは一度も泣いていないのだ。もしも、おはるの心がねじ曲がってしまったら――

――少しずつ、ですよ。

伊之助へ向けた父の言を戒めにし、焦ってはいけないと胸に言い聞かせつつ、お綾はおはるの手元からそっと目を離した。

「正太、あんたは何を書くの？」

代わりに弟の手元を覗き込む。

「見るなよ」

正太は必死の形相で短冊を隠している。

「どうして？」

「願い事は人に言ったら、叶わないんだ」

正太の言におはるが慌てた様子で短冊を隠した。

「あら、生意気言って。そんなこと、誰から聞いたの」

「誰って――」

眼差しの先には坂崎の苦笑顔があった。

「ふうん。そいじゃ、あたしも隠して書こうっと」

お綾は自らの天神机を動かし部屋の隅へと移動する。

「坂崎さん、願いはいくつ書いてもいいのかい」

調子のいいことを正太が訊いても、

「いいよ。たくさんお書き」

坂崎は優しい。でも、あたしはやっぱりひとつだけにしよう。正太みたいに欲をかいて、叶わないと困るもの。

（文字をたくさん覚えて、もっと本が読めますように）

それもいいけど――正太と坂崎の快活な笑い声が心地よく耳に響く。

（ずっと今が――）

ううん、やっぱりやめよう。胸の内で呟いた拍子に、星夜に見た坂崎の横顔が思い浮かんだ。

お綾はたっぷり墨に浸した筆先をそっと短冊に下ろした。

（みんなが幸せになれますように）


さて、その日の夜、差配の家の縁先にはお綾と正太とおはる、それに坂崎とお杉夫婦が顔を揃えていた。父の直次郎が不在なのは酒の席に呼ばれているからだ。山本町の普請が終わり、施主の料理屋が振舞い酒を出してくれるとのことだった。

そして、今日はお美代の姿もあった。少し痩せたように見えるが、明るい表情で酒や料理を出している。

「枇杷が効いたんだね」

正太がお綾にそっと囁く。

「そうだね」

小さな声で返しながら、お綾は父が今日いないことを心から残念に思った。

「これでいいかな」

大きなたらいを運んできたのは坂崎と伊之助だ。小柄な坂崎と大柄な伊之助が持っているので、たらいは水平にならずに少し傾いでいる。地面に置くと半分ほど張った水がゆらゆらと揺れていた。

水に星空を映して眺めるのだ。本当なら日付をまたぎ、月が西に沈んだ頃が天の川は一番綺麗だ。暗くなった夜空にくっきりと浮かぶ星の川をお綾も見てみたいが、子《ね》の刻（午後十一時～午前一時頃）を過ぎるまで起きているのを父は許してくれないだろう。それでも、すっきりと晴れた空には、手を触れたらいちどきに降ってきそうなほど、たくさんの星が輝いている。

「水に映すより、じかに空を見たほうが綺麗なのに」

正太がつまらなそうに言うと、

「こうして見るのも風情《ふぜい》があるんだよ。ほら」

おはるちゃんをごらん、と坂崎が、お杉の傍らでお行儀よく座るおはるを目で指した。

白地に大輪の赤い朝顔を配した浴衣はお杉が仕立てたものだ。伸びた髪は頭頂部を玉結びにし、坂崎が買ってくれた簪を挿している。たらいを見つめる大きな眸は星の光を吸い込んだかのように青みを帯びている。

確かに水に映る星空は風情があって美しい。でも、それよりも水面を見つめるおはるの眼差しのほうがお綾は気になって仕方がない。澄んだ目は星空ではなく、違うものを探そうとしているのではないか。お綾がそんなふうに感じたのは、

――おっかさんにあえますように。

短冊に書かれた願いを見てしまったからかもしれない。

お杉夫婦に可愛がられているおはるの様子は穏やかで落ち着いて見える。けれど、小さな心は今も必死に何か重いものを抱え、その重みでつぶれそうになっているのかもしれない。ただ、それをどうやって支えたらいいのか、お綾にはわからない。

「おいらはやっぱり空の星がいいな。だって、広々しているもの」

頰を膨らませると、正太が細い首をもたげる。

「正坊ったら、本当はお団子のほうがいいんでしょ」

水面の星空から視線を移すと、いつもの屈託のないおはるになった。

少し、ずつだね。おとっつぁん。

夜風に笹の葉がさらさらと鳴り、それに合わせるようにたくさんの短冊が舞う。いっとう高い場所に吊るされた一枚、みみずの這ったような悪筆も躍っている。

(みんなのねがいが、もれなくかないますように)

もれなくだって。やっぱり欲張りだね、正太。

ふふ、と笑みを洩らしたとき、ひらりと翻《ひるがえ》った短冊の文字が目に入った。

(つきのうらがわにいけますように)

それは正太よりはずっと達者な、でも、子どもらしい丸みを帯びた手蹟だった。

＊

　その晩、直次郎は山本町の嵯峨屋を出ると万年町へと足を速めた。早くしないと町木戸の閉まる刻限になってしまう。本格的な秋を迎える前に普請が完成し、棟梁も施主の嵯峨屋もご満悦であった。八幡宮の鐘が暮れ六ツ（午後六時頃）を報せる頃に始まった酒宴は、美しい庭を肴《さかな》に酒が進み、五ツ半（午後九時頃）まで続いた。

　見上げれば、満天の星である。上弦の月はそろそろ西空に掛かり、天頂でいよいよ明るさを増した天の川をどこか恨めしそうに眺めている。

　差配の家では楽しく過ごせただろうか。子どもらを思い、お美代を思った。枇杷を持っていったのが五月の半ば頃だったか。既にふた月近くが経っているが、直次郎は一度もその姿を見ていない。今度は菓子でも持っていこうか。焦らずに少しずつだ、と思うそばから苦笑が洩れる。

　どうしてこんなにあの女が気になるのだろう。よく考えれば、直次郎はお美代とほとんど口を利いたことがないのだ。面と向かって喋ったのはお楽と揉めていたのを取り成したときくらいで、心行寺の前で傘を渡されたときは一言も言葉を交わしていない。ただ、重蔵を死に追いやったという同じ負い目がお美代と己をつないでいるような気がする。それも直次郎が勝手に思っているだけのことなのだが。

　あれこれと考えながら、仙台堀にかかる海辺橋に差し掛かったときだった。

星明かりの下、橋の中ほどに濃い藍色の人影が見えた。欄干に身をもたせかけ、水面を覗き込むようにしている。七夕の夜だ。水面に映る星を眺めているのか。風流なこった、と独りごちたとき、その影がゆらりと前へ傾いだ。何かを探しているのか。いや、違う。あれは――

身投げだ。

直次郎は咄嗟に地面を蹴っていた。慌てて背後から抱きとめた身は小柄だが、存外にしっかりとしていた。その顔を覗き込んだ途端、あ、と直次郎は声を上げた。

夜目にもそうとわかるほど蒼白になっていたのは、何と坂崎だった。

「あんた、まさか――」

死ぬつもりだったんじゃ、と言いさした言葉を、

「ああ、直次郎さん。今お帰りですか」

間の抜けた声が遮った。白い顔がくしゃりと笑み崩れる。子どもたちと違ってしょっちゅう会っているわけではない。だが、どこか坂崎らしからぬ笑みに思えるのは、星夜のせいか。

「びっくりさせないでくだせぇよ。今にも落ちそうでしたよ」

体を離し、違和を笑いで包む。

「面目ない。いささか飲みすぎてしまったようです」

坂崎は済まなそうな顔で頭を掻いた。飲みすぎたと言いながら、少しも酒のにおいがしないのは、己が酒くさいからか。

「坂崎さんが、そこまで飲むなんて珍しいですね」

「ええ。まあ。勧められて、つい――」

「ああ。先客がいると思ったら、お二人かね」

こつこつと杖をつくような音と共に聞き慣れた福々しい声がした。青い闇の中に小柄な丸い影とすらりとした女の影が浮かんだ。

ああ、差配さん、と返しながら橋げたを打つ冷たい水音が耳についた。ここは思いのほか深い。もしもおれが通りかからなかったら坂崎は――

その先を想像すると、濡れた着物を羽織らされたかのように背筋がひやりとした。


「元気になってよかったですね」

台所でお美代が茶を淹れているのを気にしながら、直次郎は新兵衛に向かって言った。

「そうだねぇ。枇杷のお蔭だね」

丸顔がますます丸くなる。お美代と二人、海辺橋まで水面に映る星空を観にきたところ、直次郎と坂崎に出くわしたのである。せっかくだから酔い覚ましに茶でも一服、ということになったのだった。坂崎は固辞したのだが、直次郎が半ば強引に連れてきたのである。

「葬式の日に心無い言葉を掛けられたようでね」ひそやかな声で新兵衛がお美代の話を続ける。「本人ははっきりとは言わないけれど、物干し場でもたびたび、誰かに何かを言われていたらしいね。ずいぶんと嫌な夢も見ていたみたいだし」

嫌な夢と言えば、直次郎も重蔵が死んだ直後にうなされた。

――兄ぃ。金を貸してくれ。

重蔵が夢枕に立ち、直次郎の身は麻縄で縛られたように動かない。嫌だともあっちへ行けとも許してくれとも言えず、金を貸してくれと繰り返す重蔵の声を聞いているだけだ。半分だけ覚めた頭の隅でこれは報《むく》いだと直次郎は思う。重蔵に金を貸さなかった報い。死に追いやった報い。そもそも重蔵を動けぬ身にした報い。悪いのはおれだ。おれなんだ。頭の中でただただ繰り返す。

そんな夢が連日続いたが、近頃は落ち着いている。恐らく、重蔵の残した借金とおはるを背負う覚悟ができたからだろう。夢は、己の心の奥底にある弱い部分、光の当たらぬ闇を映し出す鏡だ。では、お美代の心の鏡にはどんな闇が映っていたのだろう。

「お待たせしました」

そこへお美代が戻ってきた。どうぞ、と坂崎と直次郎に熱い番茶を勧める。

「せっかくだから、お二人におまえのことを話してもいいかね、お美代。おはるちゃんの今後のこともあるし」

新兵衛の問いかけにお美代は黙って頷いた。

この子が離縁されたことは知ってるかい、と坂崎と直次郎を交互に見る。

「へえ」

と直次郎が短く返し、坂崎は黙って首を横に振った。女房連の井戸端話など、世捨て人のようなこの男の耳は拾わないいんだろうな、といささか羨ましくもある。

ひとつ息をついて新兵衛は語り始める。

「いいところに縁付いたと思ったんだけどね」

神田にある大きな太物問屋だったそうだ。旦那は優しく舅姑《きゅうこ》も穏やかな人だった。ところが、嫁《か》して三年で、お美代は同じ神田にある実家に帰された。

お美代の両親が嫁ぎ先にわけを訊くと、

――子ができませんから。

その一点張りだったという。

確かに「嫁して三年、子なきは去れ」と言うけれど、たいそう望まれて嫁いだわけだし、舅《しゅうと》も姑《しゅうとめ》も穏やかで、そう意地の悪い人間には見えなかった。それが、どうして手のひらを返したように冷淡になってしまったのか、両親には全く見当がつかなかった。当のお美代に訊ねようとしても、たいそう消沈して部屋に閉じこもったまま何も語ろうとしない。どうしたものかと思い悩んでいるところへ、顔をしかめるような風聞が流れてきた。

お美代が店の金を使い込んだというのである。

そんな馬鹿なことが、と両親は気色《けしき》ばんだ。きちんと育てた娘だ。金の苦労はさせていないが、商人にとって一文がどれほど有り難いものか、とっくりと言い聞かせ、無用な贅沢はさせずに育てたつもりだ。そのお蔭で伸び伸びと、でも、分別のある賢い娘になったと思っている。それは親の欲目にすぎなかったというのか。

――おまえ、本当にそんなことをしたのかい。正直に話してごらん。

何があったってあたしたちはおまえの味方なんだから、と両親が説得すると、お美代は重い口をようやく開いた。

――あたしがやったんじゃない。たぶん、あの人が、旦那さまがやったのよ。

夫は二年ほど前から夜分に家を空けることが多くなった。だからお美代も最初は女の存在を疑ったという。が、夫の顔つきは日に日に険しくなっていく。頬がこけ、目の色が変わっていく。具合でも悪いのかとお美代が問うと、うるさい、と殴られることもあったそうだ。そんなときの夫の目は暗いのにぎらぎらしていた。まるで亡者にでも憑《つ》かれたような、黒く底光りするような、気持ちの悪いものが目の奥に宿っていた。

それからしばらくして、店の売上が消えたという話がお美代の耳にも入ってきた。三十両という大金だ。いったい誰がそんなことを、と思っている間もなくお美代は夫に呼ばれた。母屋《おもや》のいっとう奥の座敷には渋い顔をした舅姑も待ち構えていた。

――おまえが盗んだんだろう。白状おし。

舅にそう切り出された。

それが三十両のことだとわかった途端、怒りと羞恥《しゅうち》で総身が震えた。そんなことをするはずがない。そもそも、三十両なぞという大金をどうやって使うのだ。あたしじゃありません、と必死に抗弁をしたが舅姑は聞く耳を持たなかった。

――おまえがやったという証左はあるんだよ。

居丈高《いたけだか》な物言いで、姑がお美代の眼前に突きつけたのは近所の呉服屋の注文票だった。お美代の名で博多帯《はかたおび》と友禅染《ゆうぜんぞ》めの小紋が二点ずつ。合わせて三十両を超える値が記されていた。先払いするので婚家には内緒にして欲しい、とお美代に頼まれたと呉服屋の手代《てだい》も言っているという。

こんなものは知らない、帯も着物も頼んだ憶えなぞない。手代の言うことは何かの間違いではないか。

どんなに訴えても無駄だった。夫へ眼差しで助けを求めても、おどおどした様子で目を逸らされた。ただ、お美代を殴ったときの気持ちの悪い、ぎらぎらした光は目の奥から消えていた。色白の端整な顔についているのは、ただのぼんやりした暗い目、洞《うろ》のような目だった。その目と三十両がお美代の頭の中で結びつく音が聞こえた。夫は博打にのめり込んでいたのではないか。あのぎらぎらした亡者のような目は負けが込んでいたときのものではないか。

お美代は呉服屋の注文票に目を落とした。こんなものは、裏から手を回せばいくらでも作れる。この高直な小紋は泥の着物だ。泥の着物をあたしにひっかぶせて、この人たちは息子と店を守ろうとしているのだ。ここにあたしの味方はいない。何をどう言ったところで、あたしの冤罪《えんざい》は晴れることはない。

そうして、お美代は失意のまま婚家を後にしたそうだ。

「実家に帰っても、近所の目が刺々《とげとげ》しくてね、針のむしろに座らされているようだった。お美代の話を受けて、両親は嫁ぎ先に文句を言いに行ったけれど、暖簾に腕押しだったそうだ。結局、お美代は泥棒嫁の汚名を今も着せられたままだ」

「で、差配さんのところへ来たんですか」

胸が悪くなるのをこらえながら直次郎は訊いた。それこそ、無理やり泥水を飲まされたような気分だった。

「そうだね。実家と婚家はさほど離れた場所ではなかったからね。川向こうなら人の口もさほど姦《かしま》しくはないだろうと。無論、婚家の言い分を信じる人ばかりじゃなかったんだよ。実家の近所には、お美代に同情してくれる向きもあったようでね。太物屋の若旦那が賭場に入っていくのを見た、と言う人もいたそうだ。だが、他所の家のごたごたに口を挟むほど世間は暇でもないし親切でもない」

新兵衛は太息を吐いた。お美代は祖父の話に口を挟まずに、ただ黙って俯いている。

「でも、どうしてその若旦那は博打にはまっちまったんでしょう」

重蔵とは違う。怪我をして働けなくなって将来に希望が持てず自棄《やけ》になって、でも、金が欲しくて、ついにはどうにもならなくなった。そんな重蔵とは天と地ほども違う。大店の若旦那だ。少なくとも金には困っていない。

「わたしも、ずいぶん長く生きてきたから、色んな人間に会ったけどね。博打の沼に入っちまうのは、大体が洞を抱えた人間だ」

「うろ、ですか」

坂崎が初めて口を開いた。どこかが痛むように顔をしかめている。

「うむ。たとえば、大事なものを喪ったら心にぽっかり穴が開いたみたいになるだろう」

重蔵の場合は仕事を喪《うしな》った。〈前世は猿だ〉と言われるくらいに生き生きと大工の仕事をしていたのに、それをある日突然奪われた。

じゃあ、若旦那は何を喪った。何が原因で心に洞ができた。

「これは、あたしの推測だけどね。隠居した舅が大旦那として店の一切合切を握っていたそうだ。旦那の裁量でできることは少なかったみたいだ。ことに金のことはね」

だが、それが悪かった。旦那とは名ばかりで木偶《でく》のような扱いをされていることへの不満があったのだろう。不満も洞だ。望み通りにいかない。何かが足りない。そんな思いが心にぽっかりと穴を開ける。そうして、偶々《たまたま》入った賭場で心の洞に何かを引き寄せてしまったのかもしれない。

「だがね、誰だって不満はあるし、大事なものを喪うことだってある。そもそも、生きるっていうのはそういうことだよ」

何かを喪ったり、何かを得たり。

その繰り返しだ。

「直次郎さん、あんただってそうだろう。三年前にかけがえのないものを喪った」

お絹のことだ。確かに胸の中に大きな穴がぽっかり開いた。いっとう奥にある、大事に大事に慈《いつく》しんできた、柔らかな部分を丸ごと抉《えぐ》られ、どこかへ持っていかれたような気がした。だが、その洞に心をすべて食い破られることはなかった。

「お綾と正太がいましたから。あいつらが、あっしを今日まで生かしてくれました」

「けど、重蔵さんにもおつなさんがいて、おはるちゃんがいた。それでも博打をやめられずに、借金を抱えてついには生きることを放り投げた。それは、重蔵さんが弱かった。いや、直次郎さん、あんたが強かったんだ」

「いや、そんなことはありませんよ」

強かったんじゃなく、子どもたちに強くしてもらったんだ。

そう思ったとき、頭の中でぱちりと音が鳴った。

もしかしたら。

「お美代さんは、重蔵が博打をしているのを察してたんじゃねぇですか」

きっとそうだ。だから、払えないのなら長屋を出ていけと言ったのだ。店賃の催促をしながら重蔵にそれとなく博打のことをにおわせたかったのかもしれない。このままじゃ身を滅ぼしますよ、と。

「そのようだね」

新兵衛に目で促され、お美代は頷いた。

「あたし、夜空を眺めるのが好きなんです。で、重蔵さんが夜遅く帰ってきたのを見かけたことがあって。月の晩なのにあたしのことも目に入らなかったみたいで、いかさまがどうとかこうとか、ぶつぶつ言ってたんです。こんな言い方をしていいのかどうかわかりませんけど」

そのときの目がものすごく怖かったんです、とお美代は膝上の手を握りしめた。

「ただ、少しやりすぎたようだね。わたしが折悪しく腰を痛めちまったこともあって、この子なりに差配代理をするって張り切っていたんだよ。それが生きる張り合いになるならいいや、って思って一任した。けど、あんまり上手くいかなかったね。お楽さんにも嫌われちゃったしな」

「あたしが悪かったんです。もっと上手くやればよかった」

お美代は泣きそうな顔で祖父の言葉を引き取った。

「いや、お美代さんのせいじゃありません。あっしのせいです。兄貴分のくせして、あいつを救えなかったあっしが悪かったんです」

居間に重たい静寂が落ちた。気の早い邯鄲《かんたん》がどこかで鳴く声が聞こえる。昼間は残暑がとどまっていても、夜闇はとうに秋の気配を孕《はら》んでいるのだ。季節は巡っている。重蔵の死をいつまでも引きずっていてはいけない。考えるべきは遺された者のことだ。

そんな直次郎の思いを感じ取ったのか、

「で、おはるちゃんのことだが」

新兵衛が口元を引きしめた。隣で坂崎が居住まいを正した。直次郎も背筋を伸ばす。

「昨日、おはるちゃんの伯母さんがやってきてね。ほら、お紺さんっていうおつなさんの姉さんだ。亭主が回向院の向かいで椿屋《つばきや》って古着屋をやってるそうだ。遅くなったけど、おはるちゃんを引き取るっていうんだ」

ひと月ほど待ってくれ、と言いながらなかなか顔を見せる気配がなかった。亭主の商いが上手くいってないし、重蔵の借金もあるだろうから、引き取るのは難しそうなことを言っていたが。

「借金のことは伝えたんですか」

直次郎の問いに、新兵衛は深々と頷いた。

「七両はわたしが立て替えていると言った。金額を聞いて引き取るのをやめると思ったんだが、そうはならなかった。今ここでは無理だが、少し待っていただければ必ずお返ししますと」

「それで、差配さんは何と」

「そりゃ、あっちはおはるちゃんの伯母さんに当たるわけだし、借金も肩代わりするって言ってるんだ。駄目とは言えないだろうよ。まあ、わたしらにできるのは、おはるちゃんの幸せを祈ることだけだ」

　新兵衛はそう言って、引き止めてすまなかったね、と半白の頭を下げた。それを潮に直次郎と坂崎は新兵衛宅を辞した。

　表に出れば満天の星だった。弓張月は西空に沈み、星々はいよいよ輝きを増している。なかでも、白銀《しろがね》色の紗《しゃ》を広げたような天の川の美しさは息を呑むほどだった。

「こりゃ、綺麗だ」

　直次郎はつい声を上げた。

「ええ。ですが、どんなに綺麗でも、星でこの空が埋め尽くされることはないんです。この世から夜の闇がなくなることはない」

　思いがけぬ返答に直次郎は言葉の接ぎ穂を失った。妙な間があいた。

「ああ、何を言ってるんだろう」気まずさを拭うように坂崎が明るい声で言った。「本当に今日は酔っぱらったみたいです」

　まことにすみません、と目をたわめた。

ああ、さっきと同じ笑みだ。気のせいじゃない。いつもの坂崎とは違う。作り笑いにしたってやけに不細工だ。

「では、私はここで――」

「ちょいと待ってくだせぇ」

思わず呼び止めていた。坂崎が驚いたように目を瞠っている。

「明日、夕飯を一緒に食いませんか。飯は、ちゃんと食わなきゃ駄目です」

なぜかそんな言葉がこぼれ落ちていた。ああ、と坂崎が我に返ったような声を上げた。

「かたじけない。喜んでご相伴《しょうばん》に与《あずか》ります」

では、と丁寧に頭を下げた後、自らの部屋に帰っていった。

直次郎はしばらくその場に立っていた。坂崎に対し、もっと別のことを言いたかったのだと思う。だが、それをどうやって言葉にしていいのか、わからなかった。

見れば坂崎の部屋は暗いままだ。そのまま横になってしまったのか、それとも暗闇に独りでうずくまっているのか。

何だったのだろう。侍らしくない、あの不細工な笑みは――

不意に、重蔵の笑顔が思い浮かんだ。兄ぃ、兄ぃ、と懐いていた頃の屈託のない笑顔ではなく、最後に見た笑顔だ。婆さんの一膳飯屋に行ったときに見せた、すべてをあきらめたような笑みだ。

坂崎の笑顔はあれに似ていなかったか。薄笑いと作り笑いの違いはあるけれど、その奥に抱えているものは――

――博打の沼に入っちまうのは、大体が洞を抱えた人間だ。

そうか。洞か。あの笑みの裏には洞が見え隠れしていたんだ。

もしかしたら。

海辺橋の上で、坂崎は本当に身投げをしようとしていたのではないか。重蔵と同じく、沼の縁に立って暗い水面を覗き込んでいたのかもしれない。

だが、侍が覗き込んでいたのは何の沼だ――

「ああ、やっぱりおとっつぁんだ、遅いよ」

夜更けの静寂を憚《はばか》るような低い声がして、我に返った。

「すまん、すまん。つい飲みすぎちまった」

大股で娘の近くへと歩いていく。

「木戸が閉まっている時分でしょう」

「ああ、差配さんに開けてもらった」

おはるのことは後でゆっくり話そう。

「ったく、もう」

文句を言う娘の髪で、小さな光がきらめいた。

ああ、簪か。坂崎に貰ってもらったのだと聞いているが、こんな夜更けまで着けているほど気に入っているんだな、簪が。いや、あの優しい侍が。

だが、あの侍は――

「なあ、お綾。明日は坂崎さんを夕飯に誘うか」

「急にどうしたの」

「いや、何、いつも世話になってるからさ」

「そうね。じゃあ、お楽小母さんに安く芋を譲ってもらおう。坂崎さんは煮っころがしが好きだから」

夜目でもそうとわかるほど、お綾の頬が明るく輝いた。その表情を見ると、最前の坂崎の言葉が耳奥から蘇った。

――どんなに綺麗でも、星でこの空が埋め尽くされることはないんです。この世から夜の闇がなくなることはない。

確かにその通りだ。この空が、どれほど澄みきったとしても、星で埋め尽くされることはない。星と星の隙間にはどうしたって暗い闇がある。この世界から夜がなくなることはない。

だが――

「お綾、空を見てみろ」

この空が全き闇に覆い尽くされてしまうこともないんだ。美しい星々が空から消えてなくなることはない。絶対にない。

なあ、坂崎さんよ。そうじゃねぇのか。あんたが何を喪ったのかは知らねぇよ。

ただ、生きていれば、何かを喪うのは当たり前だ。だが、喪うだけじゃない。

喪ったり。得たり。

そうやって生きていくんだ。おれも。あんたも。いや、人はみんな。

娘の髪を飾る簪は、星の光を吸い込んだように青く輝いている。その横顔は驚くほど大人びて見えた。それを見てわかった。おれはさっきこう言いたかったんだ。

おい、侍。お綾を悲しませるんじゃねぇぞ。

その言葉を嚙みしめながら、

「明日は早く帰ってくるからな。うめぇ飯を支度してくんな」

隣人にも聞こえるように、大きな声で直次郎は娘に告げた。

第四話

罪

一

近頃の正太はつまらない。

おはるが新兵衛長屋からいなくなったからだ。七夕の夜から三日後、おはるは伯母《おば》さんの家に連れていかれた。それからもう十日以上が経っている。昼間はまだ少し暑くて、いつまでも夏がとどまっているように思えるけれど、空はすっかり秋になってしまった。どこまでも高く青く澄んでいる。秋は空から降りてくるのだ。

こうなると、早くおはるを連れ戻さなくてはならないと正太は焦る。なぜならおはると約束したからだ。中秋《ちゅうしゅう》の名月には月の裏側に行こうと。

七夕の翌日。おはるは大人には言っちゃ駄目だよと、指きりげんまんをした。

――あたし、月の裏側に行く方法を思いついたの。

でも、夜中にならないと行けない、大人はそんな時分まで起きていると怒るから絶対に言っちゃ駄目だよ、とおはるは何遍も念押しをするのだった。

――姉ちゃんには言ってもいいかな。

正太が問うと、おはるは少し迷った末に、駄目、とかぶりを振った。おはるによれば、お綾姉ちゃんは大人なのだそうだ。

まあ、確かに近頃の姉ちゃんは以前とは違う。上手く言えないけれど、かっかすることが少なくなった。何より、自分から『つきのうらがわ』の続きを考えようと正太やおはるを誘ったくせに、そんなことも忘れちまったみたいだ。

いつだったか、正太が寂しくなったときにお話をねだったけれど、あれも途中だ。正太が眠ってしまったせいもあるが、子がひとりで山を登って、湖に辿りついたところで終わっていたような気がする。

きっと坂崎さんの生国の話を聞いて考えたんだろう。でも、湖は榛名の山にあるから、おはるも正太もそこまで行くことはできない。じゃあ、いったいおはるはどんな方法を思いついたのだろう。

そしてもうひとつ、おはるを伯母さんのところから連れ出さなくてはいけないわけがある。こちらのほうが大事だと正太は思っている。

おはるが新兵衛長屋を去った日の晩、正太は怖い夢を見た。

長屋の路地で「子をとろ子とろ」をしていて、正太の腰にはおはるがしがみついている。

――おはるちゃん、おいらから離れんなよ。

鬼は一太でもお初でも近所のガキ大将でもない。目だけがぽっかりとあいた、黒々とした大きな影だった。おはるの後ろにつながっていた何人もの子どもたちは鬼の太い腕で一人、また一人とさらわれていき、いつの間にか正太はおはると二人きりで鬼から逃げ回っていた。ついに路地の奥まで追いやられ、鬼が正太とおはるをむんずと捕まえようとしたときだ。

――正坊、行こう。

正太の手はおはるに引っ張られた。それはか細い腕からは想像もつかぬほど強い力であった。気づけば、正太はおはると一緒に大きな湖のほとりに立っていた。足元には小さな波が音を立てて打ち寄せ、湖の真ん中にはぎざぎざの赤い月が映っていた。振り仰げば、でっかい月が正太たちを見下ろしている。空の半分くらいを埋め尽くすほどの大きな大きな月は今にも崩れ落ちそうにぐずぐずで、腐った柿みたいな色をしていた。

その月がぐんと近づいたと思ったら、湖面の赤い月がぱっくりと割れて、正太はおはると一緒に見えぬ手で引きずり込まれていた。ひび割れた月の中はどこまでも深く冷たい。ふと見上げると、大きく裂けた月の割れ目から鬼の真っ黒な目が覗いていた。

そのうちにおはるの手は離れ、月の片割れへとあっという間に姿が見えなくなってしまったのだ。

――正坊、助けて。

塗り込められたような闇の中で、助けを求めるおはるの声だけがいつまでも谺《こだま》していた。

そんな夢だった。

けれど、あれは単なる夢ではない、と正太は思っている。

重蔵小父さんたちが生きていた頃、

――おとっつぁんが鬼に見える。

そんなふうにおはるは言った。それを聞いて正太は思った。重蔵小父さんの心は鬼に乗っ取られてしまったのだと。たぶん重蔵小父さんはその鬼に取り殺されてしまったのだろう。おつな小母さんと一緒に。

誰にも言っていないけれど、小父さんと小母さんが死んだ夜に、正太は夢の中でおはるの声を聞いた。

──おとっつぁん、おっかさん、おとっつぁん、おっかさん、おとっつぁん、おっかさん──

おはるは鬼を見てしまったのだ。小父さんと小母さんが鬼に連れていかれるのをその目に焼き付けてしまった。

不思議なことだが、正太とおはるの夢はどこかでつながっている。それなのに、一度目のとき、正太はぐうぐう寝ていておはるを助けることができなかった。でも、今度こそ助けにいかなくてはと思う。手遅れにならないうちに。

そして今日、手習いの後に昼飯を食べ終えると、正太は差配さんの家を出た。坂崎さんは自分の部屋に帰り、お綾姉ちゃんはお美代さんと一緒に片づけをしている。いっちゃんたちが帰ってくるまで空き地で独楽を回しているよ、と姉ちゃんには告げて意気揚々と出たつもりが、表通りで正太の足は止まってしまった。

正太がひとりで行ったことがあるのは、大川の土手までである。そこから左に行けば稲荷屋のある佐賀町。右に行けばおはるの伯父さんの店。何でも椿屋という古着屋で回向院の近くにあるという。回向院にはおとっつぁんといっぺんだけ行ったことがある。勧進相撲を観にいったのだ。よく憶えていないけれど、きっとそこまでは行ける。行けるような気がする。でも、そこから椿屋まで辿りつけるだろうか、と心配になってしまったのだ。

姉ちゃんに頼んで一緒に行ってもらおうか。

いや、駄目だ。これはひとりでやらなくちゃいけないことだ。

おいらの腕はまだ細っこい。けれど、心は太くできるはずだ。

よし、行こうと正太が歩き始めたときである。

「正坊、どこへ行くんだい」

涼やかな声がその足を止めた。振り返ると、坂崎さんが風呂敷包みを抱えて駆けてくるところだった。稲荷屋へ写本を届けにいくのだろう。

空き地に独楽を回しに――

言いかけて喉が詰まってしまった。それどころか、瞼の裏がじわりと熱くなってきた。いけない、いけない。こんなことでは、鬼退治になぞ行けるはずがない。

「どうした？」

坂崎さんが腰を屈め、正太を覗き込むように見る。優しい目の色に、心の奥にあったものが転がり落ちてしまった。

「おいら、鬼退治に行く」

坂崎さんは一瞬だけ目を瞠ったが、

「そうか。じゃあ、私もお供していいかい」

にっこり笑った。正太が驚いていると、笑顔のまま坂崎さんは言った。

「桃太郎は鬼ケ島《おにがしま》に家来を連れていくだろう。私はさほど強くはないけれど、道案内くらいはできるかもしれない」

「道案内？」

「そうだ。けど、その前に支度がいるな」

坂崎さんは顎に手を当ててしばらく考えていた。その顎にはうっすらと髭《ひげ》が生えているから写本の仕事が忙しかったのだろう。お綾姉ちゃんが言っていたことがある。

――無精髭《ぶしょうひげ》が生えているときは、忙しくてあまり寝ていないときよ。

あまり寝ていないのに大丈夫なんだろうか。正太が案じていると、

「ここで待っていてくれるかい。すぐに支度してくるから」

坂崎さんは裏店のほうへ駆けていった。でも、支度って何だろう――ぼんやり考えていると、間もなく坂崎さんは戻ってきた。その恰好を見て、正太はあっと声を上げてしまった。

腰に刀を差していたのだ。大小というのだろうか、長いのと短いのと二本ある。

「坂崎さん、それ――」

「鬼退治に要るかもしれないからね。それと」

きび団子もどこかで手に入れなくちゃいけないね、と真面目な顔で言った。

その〝きび団子〟は稲荷屋の稲荷ずしになった。昼前には売り切れ御免のはずだが、今日来ると言っていた坂崎さんのために取り置いていたそうだ。写本を持っては鬼退治には行けないからと、先に稲荷屋へ寄ってから正太の鬼退治に付き合ってくれることになったのだった。腰に差し

た大小を見て、どこへ行くんだい、と月蔵さんが不思議そうな面持ちで訊いた。

「これから鬼退治に行くんだ」

正太の答えに月蔵さんはなるほどと頷いた後、

「正坊、このお侍さんはなよっとして見えるけど、案外強いんだぜ」

我が事のように大きな鼻を膨らませた。

「知ってるさ。悪い奴を素手《すで》で捕まえたのをおいらは見たもん」

負けじと正太が胸を張ると、そうか、そうか、と月蔵さんは大笑いをし、坊も負けるなよ、と送り出してくれたのだった。

こうして、正太は心強い〈お供〉を連れて川べりの道を大股で歩いている。七月ももうすぐ終わるとあって、川を渡る風はすっかり秋のにおいを含んでいる。春の甘やかなにおいではなく、すっきりとした身の引き締まるようなにおいだ。

坂崎さんは何も言わない。何も訊かない。なのに、その足取りには少しも迷いがない。真っ直ぐに大川沿いの道を進んでいく。刀を差しているからか、その姿はきりりとしていつもよりずっと頼もしい。

万年橋を渡り、御籾蔵《おもみくら》の白壁沿いに進んでいくと左手には御船蔵が見えた。

そこでようやく坂崎さんの足が止まった。

「正坊、綺麗だな」

指差す先には御座船《ござぶね》があった。葵《あおい》の御紋《ごもん》が染め抜かれた幟《のぼり》を風にはためかせ、船は川岸で静かに揺れていた。それほど大きくはないけれど立派に見えるのは、御紋の幟が美しいからかもしれない。坂崎さんは少しの間、眩しげに船を見ていたけれど、

「さ、行こうか」

何かを振り切るように言い、また歩き出した。

一ツ目之橋の袂に差し掛かると、回向院のこんもりとした杜《もり》が視界に入った。そこで、正太の足は不意に止まってしまった。

鬼は強い。重蔵小父さんとおつな小母さんに憑《つ》いて殺してしまうほどに。坂崎さんの刀だって役に立たないかもしれない。不意に背中から取り付いた怖気《おじけ》に正太が戸惑っていると、前を歩いていた坂崎さんが振り向いた。

「どうした、正坊。行くのをやめるかい？」

困ったような顔で訊く。

「やめない」

怖気を振り切るように大きくかぶりを振った。やめるもんか、と坂崎さんを追い抜き、先に立って一気に橋を駆け抜ける。正太の下駄が橋板を打つ音と、背後の坂崎さんの足音が重なり合う。

大丈夫だ。きっと大丈夫だ。だって、坂崎さんがいるもの。

胸に言い聞かせているうち、背中の怖気はどこかへ消し飛んでいた。

橋を渡り切れば、もうそこは回向院の門前町だった。料理屋や蕎麦屋、茶屋などはもちろん、

土産物屋や乾物屋、袋物屋などが軒を連ね、大勢の参拝客が店を覗いている。八幡さまにも負けないくらいの活気だ。

「回向院の向かいって言ってたから、元町のほうかもしれないね」

坂崎さんは呟くように言った。

回向院の向かい？　どうして鬼退治に行くって言っただけで、おはるに会いに行くってわかったんだろう。正太がぽかんとしていると、

「おはるちゃんを救いにいくんだろう」

坂崎さんは正太の頭にぽんと手を置いた。やっぱり坂崎さんはすごい、と感心しきりの正太には構わず、賑やかな大通りを横切り、すたすたと小さな通りに入っていく。

しばらく行くと、半町ほど先に、竹竿に吊るされた着物の裾が風でひらひらと揺れているのが見えた。一緒にいる坂崎さんのことも忘れ、正太は矢も盾もたまらなくなって走り出していた。

店前は色で溢れていた。竹竿に吊るされているのは赤に萌黄に縹《はなだ》に橙と色とりどりの着物、売台の上にあるのは縞《しま》に花に竹に蜻蛉《とんぼ》と様々な紋様の帯だ。土間の奥は広々とした板間になっていて、若い男が着物を丁寧に畳んでいるのが見えた。

「正坊、ここは違うようだよ」

坂崎さんが背後で言う。

「どうしてわかるの」

「おはるちゃんの伯父さんの店は〈椿屋〉だろう。でも、ここは――」

見上げると、入り口には大きな看板が掲げられている。〈大〉という字だけが読めた。

「〈椿〉は〈木〉に〈春〉と書くんだ。ここは〈椿屋〉じゃなくて〈大野屋《おおのや》〉だ。でも、同じ商いだから、椿屋さんの場所を知っているかもしれない。訊ねてみよう」

行きかけた坂崎さんの腕を取り、正太は告げた。

「おいらが訊いてくる。坂崎さんはここにいて」

ひとりで成さねば。そう決めたはずが、坂崎さんを頼ってばかりなのが嫌だった。いや、恥ずかしかったのだ。

「すみません。椿屋さんの場所を教えてください」

店奥で訊ねると、手代の男が顔を上げ、

「椿屋さん、かい。ちょいと待ちな」

そう言って奥へと姿を消した。

ほどなくして現れたのは、お楽さんくらいの歳頃の女であった。四角張った顔にがっしりした体格も、どことなくお楽さんに似ている。

「あんたかえ。椿屋さんを訪ねてきたのは」

女は細い目で正太をまじまじと見つめた。明らかに椿屋さんを知っている口ぶりだ。

「はい。そこにおはるちゃんっていうおいらの知り合いがいるんです。おいらと同じ七つで、おいら、その子に会いに行きたいんです」

もちろん鬼のことは言わなかった。

「なるほど。あの子に会いにねぇ。椿屋さんはこの筋の裏にあるよ。けど、おはるちゃんって子は、もうあそこにはいないかもしれないね」

残念だけど、と女は肉付きのよい肩をすくめた。

「じゃあ、どこにいるんですか」

「滅法界、綺麗な子だって、主人が自慢げに言ってたからねぇ。籠《かご》の鳥になるんじゃないかってもっぱらの噂だよ。あそこは火の車だから」

籠の鳥？　火の車？

正太には何のことやらさっぱりわからない。

「籠の鳥って何ですか」

正太の問いに手代の男がにやにや笑う。

「坊にはまだ早いやね。吉原《なか》だよ。吉原」

「ナカって何――」

「正坊、行こう」

正太の問いを遮ったのは坂崎さんだった。正太の腕を引っ張って、店を出ていく。

「なんだい、おとっつぁんがいたのかえ」

女の舌打ちが背中に投げつけられた。坂崎さんがいると知っていたら、ナカのことを言わなかったのか。何だか馬鹿にされたようで正太は面白くなかった。あの小母さんも手代もいけ好かない奴だ。

正太の手を引いたまま坂崎さんはずんずんと歩いていく。その顔は怒っているように見えた。ああ、あの時もこんな顔をしていた。八幡宮前でおはるを拐かそうとした奴を捕まえたときだ。お綾姉ちゃんは後で〈鬼の形相〉と言っていたけれど、坂崎さんの中にも鬼がひそんでいるんだろうか。でも、その鬼はいい鬼だ。だって、悪い奴からおはるを助けた鬼だもの。だから、今度も大丈夫だ。

もしもおはるがナカに連れていかれたとしても、きっと救いにいってくれる。

古着屋の女と手代の顔を頭の中から追いやると、正太は頼りになるお侍の手をしっかりと握りしめた。

大野屋に比べ、椿屋はずっと小ぢんまりとした店だった。竹竿に通した着物が店前に吊ってあるのは同じだけれど、その数はずっと少ないし色も地味だ。着物からは何だか脂染みたような埃っぽいようなにおいまでする。

「いいか、正坊」

坂崎さんが店の手前で囁いた。〈鬼〉の顔ではなくなっていたけれど、いつものように垂れ気味の目ではない。きりりとした目だ。

「まずはおはるちゃんがここにいるか、確かめることが先だ。だが、それをするのは私より正坊のほうがいい。遊びに誘うふりでどこにいるか訊くんだ。新兵衛店から来たって言っちゃ駄目だぞ」

なるほど。さっきと同じ要領だ。大人は、子ども相手のほうが油断していろんなことを喋ってしまうのだろう。坂崎さんが傍にいたら大野屋でナカのことは聞けなかったかもしれない。

でも――

「もしも、ナカにいるって言われたらどうする?」

正太が訊くと、坂崎さんは言葉に詰まった。束の間、唇を嚙んで遠くを見るような目をしていたが、

「そのときに考える」

さ、行ってこい、と正太の背中をとんと押した。

深呼吸をすると、正太は店の奥へと進んだ。狭い帳場にいた男は怖い顔をしていた。やぶ睨みというのだろうか。右目はこちらを見ているけれど、左目はあさってのほうを向いている。しかも左右の目は大きさが倍ほども違う。そんな目で見られると肝《きも》が縮み上がりそうになったが、勇気を振り絞って訊いた。

「おはるちゃんはいますか」

「おはるに何の用だい」

「遊ぼうと思って」

「ここにはいねぇよ」

心の臓がびくんと跳ね上がった。ナカにいるんだろうか。それがどこにあるのかはわからないが、大野屋の手代のにやにや笑いを思い出すと、そこからおはるを連れ戻すのはひどく難しい気

がした。

「どこにいるんですか」

「裏の空き地かどっかじゃねぇか。ガキどもはいつもそこで遊んでらぁ。おめぇ」

この辺りのもんじゃねぇのかい、と男は正太を掬うように見た。暗い目だった。月も星もない夜の闇みたいに。塗り込められたような深い深い闇だ。夢で見た鬼の目だ。

「ありがとうございました」

頭を下げると、慌てて店を飛び出していた。

裏にいるって、と正太が囁くと、

「でかした」

坂崎さんは正太の頭に手を置いて褒めてくれた。

早速二人で路地の裏手へ回ると、そこはさらに狭い路地になっており、新兵衛店のような長屋が押し合うように建っていた。薄く開いた窓からは、子どもを叱るおっかさんの声や赤ん坊の泣き声がこぼれてくる。その路地の突き当たりから子どもの歌うような声が聞こえてくると、正太の足はいきおい速くなった。足音と心の臓が一緒に鳴り、正太の身を前へ前へと運んでいく。

椿屋にいた男の言った通り、そこは小さな空き地になっていた。

「こーとろことろ」

「どの子をことろ」

屈託のない歌声が小さな空地から広い空へと昇っていく。でも、「子をとろ子とろ」の歌なのに、列にはなっていないし動いてもいない。子どもたちは手をつないで輪になっている。まるで「かごめ」遊びでもしているように。

「こーとろことろ」

「あんな子はいらん」

「さっさとくれてやろ」

「返して」

輪の中から泣きそうな声がした。

「とるならとってみな」

いっとう大きな少女がその声をはねつける。

「返してっ」

泣きそうな声が強くなる。

「返してください、って言いな」

大きな少女が声を立てて笑う。それに合わせて他の子も笑う。

「——返して、ください」

輪の中からくぐもった声がした。

「こんなもんは、捨ててやろ」

大きな少女は手の中のものを地面に捨てる。笑いながら下駄で踏みつける。

「捨ててやろ」「捨ててやろ」

他の子どもらも少女に倣う。地面のものを次々に踏みつける。やがて、子どもらは歓声を上げながら正太の脇を走り抜けていった。

ここにも、小さな夏はとどまっていた。まだ青草の茂った空地の真ん中に少女がぽつんと屈んでいる。地味な紺絣《こんがすり》の着物は古ぼけており、裸足にちびた下駄を履いている。あれはおはるなんだろうか。新兵衛店にいたときには、もっと綺麗な恰好をしていたのに。お綾姉ちゃんのお古の赤いべべや、お杉小母さんが仕立ててくれた朝顔の浴衣を着ていたのに。どうしてあんなみすぼらしい恰好をしているんだろう――

少女が身じろぎをし、這うようにして地面に落ちているものを拾った。そのとき、明るい光が正太の目を打った。

芋の葉からこぼれ落ちた朝露のような、小さな小さな光の玉だ。

願いが叶う、天水だ。

少女は、それを手に取ると胸の辺りで握りしめた。

考える間もなく、正太の足は駆け出していた。

少女は泣いていた。拾った光の玉を抱きしめるようにして、身を震わせて泣いていた。

光の玉は――坂崎さんが買ってくれた姉ちゃんとお揃いの簪だった。赤や青や紫に色を変える、坂崎さんが「虹を閉じ込めたみたいだ」と言ったびいどろ玉だ。けれど、その美しい玉は、

――こんなもんは、捨ててやろ。

鬼の子たちに取り上げられ、踏みつけられた。痛めつけられ、泥にまみれた。それでも、七色

の天水はその泥の隙間から懸命に光っていたのだ。

助けて、と願っているみたいに。

――返して、ください。

くぐもった声が蘇ると、正太の腹の底から熱いものが突き上げてきた。

連れて帰る。誰が何と言おうとも、おはるを新兵衛店に連れて帰る。

「帰ろう」

女の子はびくんと肩を震わせたかと思うと、ゆっくりと顔を上げる。大きな目も、つやつやした赤い唇も、すべすべの広いおでこも、間違いなく正太の知っているおはるのものだ。ただ、おはるは泣いていなかった。声を殺して泣いていたのではなく、小さな身を必死に震わせて泣くのをこらえていたのだ。

おはるが大きな目をいっぱいに見開いて立ち上がる。

「帰ろう」

手を取ってもういっぺん言った。

「正坊――」

その後は続かなかった。大きな目にはみるみる涙が溢れ、重みに耐え切れずにほろりとこぼれ落ちた。その途端、おはるは立ったまま声を上げて泣きだした。

おはるがこんなに泣くのを正太は久方ぶりに、いや、初めて見た。頬を次々と伝い落ちる大粒の涙に誘われて正太も泣きたくなった。でも絶対に泣いてはいけない。泣いたらおはるを守れない。だから懸命に口を引き結び、おはるの手を握って正太は顎を反らした。

「正坊、ここで待てるかい」

気づけば坂崎さんが傍に立っていた。

「どこへ行くの」

不安に駆られて正太が訊ねると、

「鬼退治だ」

坂崎さんはにこりと笑った。優しそうな目がたわむと、とてもお侍には見えない。でも、その腰には確かに大小を差している。

「おいらも行く」

「私ひとりでは頼りないかい」

坂崎さんが微笑みながら訊く。そんなことない、と正太は大きくかぶりを振った。

「私はみんなから勇気をもらった。正坊にもお綾ちゃんにも。そうそう、正坊のお父さんにも」

「おとっつぁんにも？」

「うむ。とりわけ大きな勇気をもらった」

最後は何かを呟いて空を見上げた。はっきりとは聞こえなかったけれど、その唇は「生きる勇気を」と言ったように見えた。

大きく息を吸ってから、坂崎さんは屈んで正太に視線を合わせた。その目は空の青を映し取ったみたいに澄んでいた。悲しい青じゃなく明るい青だ。

「だから大丈夫だ。正坊はおはるちゃんとここにいること。それが鬼退治より大事なことだ。いや、正太にしかできないことだ」

任せたぞ、と坂崎さんは言い、駆けていった。

やっぱり速い。あのときと同じだ。八幡宮前の通りで人波を掻き分けて駆けていったときと同じくらい、ううん、あのとき以上に速くて、そして頼もしい。

でも、おいらだって。

正太にしかできないこと。坂崎さんはそう言ってくれた。

坂崎さん、ここで待ってるからな。おはるちゃんの手を離さないで待ってるからな。

空はどこまでも高く青く澄んでいる。

やっぱり、秋は空から降りてくる。

よかった、間に合った。中秋の名月の前におはるを連れ戻すことができたんだ。

またぞろ涙が出そうになったけれど、正太はおはるの手を握りしめ、その場に踏ん張って立っていた。

二

数日前のことを思い出すと、お綾は今でも泣きそうになる。

手習いが終わった後、正太の姿が見えなくなった。いっちゃんたちが手習所から戻ってくるまで空き地で独楽を回して遊んでいるよ。そんなふうに言っていたのに、空き地にも長屋の路地で追いかけっこをする一太たちの中にも正太はいなかった。

一太や次太に訊いても、今日は姿を見ていないと首を横に振るだけだった。案じたお綾は土手まで捜しにいったが弟はどこにもいなかった。坂崎なら何かを知っているかと思ったが部屋はもぬけの殻だ。で、稲荷屋に慌てて駆けつけたところ、八ツ（午後二時頃）にならぬうちに二人で姿を見せたという。

——どこへ行ったか知りませんか。

——何でも、鬼退治に行くとか言ってたぜ。で、うちのかかあが稲荷ずしをきび団子代わりに持たせたんだ。

月蔵は神妙な顔で答えた。

鬼退治って、どこへ向かったんですか。

問いかけてお綾ははたと気づいた。恐らく、正太はおはるに会いにいったのではないだろうかと。そんな正太に坂崎はついていったのだろうと。でも、おはるを連れ戻すことは難しいのではないかと思った。お紺がどんな人かはよくわからないが、間違いなくおはるの血縁なのだし、何よりもお紺夫婦は重蔵の残した借金を肩代わりしたのだから。

だが、正太はひとりではない。坂崎がついているのだ。どんな結末になろうとも、幼い正太の心だけは守ってくれるだろうと思った。それでも陽の色が濃くなる頃には居ても立ってもいられず、大川沿いの道へ出て二人の帰宅を待っていた。すると——

川べりの道を歩いてくる影が見えた。小さな影を背負った大きな影と、その影に寄り添うもうひとつの小さな影。

西陽で金色に縁取られた三つの影が、お綾にはどんな絵よりも美しく見えた。

お綾は待ちきれず、こちらへ近づいてくる影に向かって駆け出していた。

姉ちゃん、あのね――

弟はそこで言葉を途切れさせた。その顔がくしゃくしゃに崩れたと思ったら、お綾に飛びつき、声を上げて泣き出したのだった。抱きしめてやると、油揚げを煮しめたような甘じょっぱいにおいがした。よかった。〝きび団子〟をちゃんと食べたんだ。そして無事に帰ってきた。

坂崎の背ではおはるがすやすやと眠っている。その頬にも涙の痕《あと》があった。いっぱいあった。

――勝手に連れ出して申し訳なかった。

坂崎は垂れ気味の目をいっそう下げて、お綾に詫びた。

連れ出したんじゃなく、引っ張り出されたんでしょ。

そう言おうと思ったけれど、お綾の手を濡らす弟の涙は温かく、川面を渡ってくる早秋の風は優しすぎた。その温かさと優しさに、声を出したらお綾まで泣きそうになってしまい、ただ黙って首を横に振った。泣きじゃくる正太の背を撫でながら胸に蘇ったのは、いつかお美代に言われた言葉だった。

――子どもなんだから、つらいときは泣かなくちゃ駄目。

でも、子どもだって泣けないときがある。こわばった心を解き放って泣けるのは、傍に頼れる人がいるときだ。両親が亡くなったときも、拐かしに遭ったときも、お紺夫婦に連れていかれるときも、おはるは涙をこぼさなかった。でも、今日、本当につらいときに、泣かなくてはいけないときに、正太と坂崎が傍にいてくれた。そうして、小さな心がねじ曲がってしまう前におはるは泣くことができたのだ。

偉かったね、正太。よくおはるちゃんを連れて帰ってきたね。心の中で弟をねぎらいながらお綾は長屋への道のりを歩いたのだった。

で、正太の言うところの〈鬼退治〉の顚末《てんまつ》である。

後日、差配の新兵衛が椿屋を訪い、話を聞いてきたところ、お紺夫婦はおはるを吉原に売る算段をしていたらしい。既に女衒《ぜげん》から身売り金として十両を渡されていたようだ。つまり、お紺夫婦は十両から七両を新兵衛に返し、残りは懐に入れたというわけだ。

吉原では花魁《おいらん》の下につく禿《かむろ》という童女がいるそうで、将来の花魁を目指して楼主の手元で育てられるのだという。おはるは歳の割には大人びているし、初めて会う人が目を瞠るほどの美貌である。だから、禿で十両という破格の値がついたのだろうと新兵衛は言い、お紺夫婦は端《はな》からそのつもりでおはるを引き取ったのだと、くさいものでもかいだような顔をした。

重蔵が残した借金をお紺夫婦が肩代わりしたことや、もしもお紺夫婦が引き取らなければその金を直次郎が返すつもりだったことは坂崎も耳にしていたようだ。

いずれにしても、おはるの身には金がつきまとう。だから、もしものときのために刀を持参したそうだ。そんなところへ、近所の古着屋からおはるが吉原に売られるのではと聞きつけた。

で、とりあえず大小を質に入れ、十五両を持参してお紺夫婦を訪ねたそうである。当初はにべもなかったが、坂崎が金を見せたところ急に態度を和らげたそうだ。

身売りの話を白紙に戻し、女衒に十両を返したとしても差し引き八両がお紺夫婦の懐に入る。夫婦だけがやけに得をする勘定だ。こんな理不尽なことがあってもいいだろうか。

新兵衛が諭しても、金はおはるを引き取る代わりにあの侍がくれると言ったんだ、今更返す筋合いはない、の一点張りだったという。

そんな経緯の末、おはるはお杉夫婦と共に暮らすことになった。正式に養女にするそうである。

あたしたちが、おはるちゃんを実の娘と思って育てます。あの子に二度と怖い思いはさせません。

お杉がそう啖呵を切ったそうだ。

坂崎はと言えば、実に飄々《ひょうひょう》とした様子で新兵衛に告げたという。

——刀は無用の長物だった。いや、生きるのに不要なものだった。その不要なものが少しでも誰かの役に立てたのならそれでいいのです。

ただ、そのことはおはるちゃんの耳に入れないで欲しい、と念を押したそうだ。

あの子は人よりもずっと重いものを背負って生きていかなければならない。これ以上、何かを背負わせる必要はない。

どこかが痛むような面持ちでそんなことを言ったらしい。

でも、刀を手放すことに本当に逡巡はなかったのだろうか。武士にとって刀は大切なもの。もっと言えば、武士が武士であるためのもの。となれば、刀を手放すということは、身と心がもぎ離されるような痛みがあったのではないか。

そんなふうにお綾が考えたのは、正太に御座船のことを聞いたからだった。鬼退治への道中、お船蔵の近くで、坂崎が足を止めたそうだ。

――正坊、綺麗だな。

視線の先には御座船があった。葵の御紋を染め抜いた幟が風にはためいていたという。坂崎の中の武士たらんとする心が、葵の御紋の前で束の間、歩を止めさせたのかもしれなかった。だからと言って、お綾にはどうすることもできないのだけれど。

ともあれ、刀を持たないお侍は本当に刀を持っていないお侍になってしまった。それでも、お綾には誰よりも強い人に見える。本当に強いからこそ、正太の思いにいち早く気づき、己の痛みと引き換えにおはるを〈鬼〉の手から救いだしたのだ。

そして今日、お綾は久方ぶりにおしま婆さんの店へと向かっている。

――坂崎さんの好物って何ですか。

お綾が問うと、そうだねぇ、と坂崎はしばらく考えた後、

――実は甘いものが好きなんだ。お綾ちゃんのお父さんと違って酒はあまり飲めないんだよ。

これまたいつものように申し訳なさそうに頭を掻いた。

――ここの大福餅、おとっつぁんが好きだから。

そう言った母の気持ちが今のお綾にはよくわかる。あのときのとろけるような顔の意味もよくわかる。何よりも、大好きな人に喜んでもらえることの嬉しさが、心の底から理解できる。たった大福ひとつのことでこんなに胸が弾むなんて。紫の鼻緒がいつもより綺麗に見えるのもそのせいだろうか。からころと地面を打つ下駄の音まで心地よく、お綾が表通りに出たときだった。

「お綾ちゃん。どこへ行くんだい」

店の外に出てきたお楽に声を掛けられた。

「あ、小母さん。大福を買いに」

まだ朝の四ツ（午前十時頃）前だ。大福は残っているだろう——と「楽屋」のすぐ隣、おしま婆さんの店へ目をやったが、何だかしんとしている。この時分なら客がいるはずなのに。

「残念だねぇ、おしまさんのところは店仕舞いするそうだよ」

もう何も売ってないんじゃないかねぇ、とお楽も後ろを振り返った。

「どうしてですか。あんなに繁盛してたのに」

「何でも、息子のところに行くとか何とか。まあ、おしまさんも歳だからねぇ。ひとりで色々と心細くなっちまったんだろうよ」

しみじみとした口調で言った後、

「それより、お綾ちゃんちは大丈夫なのかい」

お楽がお綾の目を覗き込むようにした。

「大丈夫って、何がですか」

「直次郎さんのことだよ」

「おとっつぁんの？」

何が大丈夫なのだろう。

「お美代さんにたぶらかされているんじゃないかと思ってね」

たぶらかされている。

――何を習ってるんだい。

いつかのお常の言が蘇った。触れたらぬるっとするようなぬめりを持ったもの。目を背けたくなるようなもの。そんなものが再びお綾の胸を覆った。

「どういうことですか」

つい声が尖った。お楽の眸が針のように縮み、大柄な身が僅かに後ろに引いた。

「どういうことって。知らないのかい。ずいぶん噂になっているんだよ」

弁解するような物言いだった。

「噂って何ですか」

「二人がその、ナニだって噂だよ」

ナニ？　何だ、そのぼかしたような言い方は。胸を覆っているものがいっそうぬめりを増し、自分でもまなじりが吊り上がるのがわかった。そんなお綾の無言の怒りを感じ取ったのか、あたしも見かけたことがあるんだよ、とお楽はまたぞろ弁解がましく言った。

「お美代さんが、あんたのおとっつぁんを朝、ここまで送っているのをさ。それも一度じゃないよ」

お美代さんがおとっぁんを。そんなことは知らなかった。お綾が知っているのはお美代が心に重い風邪を引いていたことと、その原因がお楽の心無い一言であっただろうこと、そして、父が見舞いに届けた枇杷でお美代が快復したこと。それだけだ。

お楽の心無い一言は父から、枇杷の件は正太から聞いた。

だが、お美代が仕事前の父を見送っていることは知らない。父には何も聞いていない。

「やっぱり知らなかったんだねぇ。よかった、知らせておいて。手を振る姿がまるで女房気取りでさ」

得々と語るお楽の顔を見て悟った。お常たちを煽り、坂崎とお綾のことを父に告げたのもこの人だったのだろうと。

——隣のお侍のことだけど、大丈夫かい。

——手習いが終わった後も、お綾ちゃんはあの侍の部屋にいるんだよ。

今みたいなしたり顔で言ったのだ。善いほうに考えれば、この人は義俠心《ぎきょうしん》や親切心に駆られて言っているだけなのかもしれない。でも、曖昧な言葉は却って人を傷つけかねない。

それは、決して親切なんかじゃない。

「ご親切にありがとうございます。でも、お美代さんが父を見送ったのはたまたまだったんだと思います。お楽さんも店前で父に会うことがあるでしょう。そのときに立ち話くらいしますよね」

あのお侍には気をつけろ、と父にわざわざ御注進したくらいなんだから。

最後の言葉は心の中で言い足した。

「そうだけど。でも、あの女は――」

「お美代さんの件はご案じいただかなくても大丈夫です。あの人は泥棒でもないし冷たい人でもありませんから。それはあたし自身の目で確かめました」

それじゃ、とお綾はきっぱり頭を下げると、おしま婆さんの店へと向かった。おしま婆さんのことも自らの目と耳で確かめようと思いながら。


「ごめんください」

鶯《うぐいす》色の短い暖簾をくぐり、耳の遠いおしま婆さんに届くよう、お綾は大きな声で奥へと声を掛けた。まだ午の刻前だというのに、大福餅はおろか味噌餡《あん》の餅菓子もとろりとした餡が絶妙のみたらし団子もない。それどころか売台には菓子を入れる番重《ばんじゅう》すら置かれていない。

「もう売るもんはないよ」

大きな声と共に長暖簾の向こうからおしま婆さんがのっそりと顔を出した。髪は結っておらず、豊かだけれど真っ白な髪はお医者さまのように総髪にしている。一見、男か女かわからない。口元は梅干しみたいにしわくちゃだが、背筋だけはぴんと伸びていた。

「あのう、店じまいって本当なんですか」

訊ねたが、返答がない。薄墨色の眸でお綾をじいっと見つめていたかと思うと、

「あんた、お綾ちゃんだね」

にかっと笑った。子どもみたいな笑顔に拍子抜けする。

「おっかさんは気の毒なことをしたねぇ」

「はい」

もう三年以上も前のことなのに、この人に言われると母が亡くなったのが、ついこの間のことみたいに思える。

「そうかい、そうかい」

何が〈そうかい〉なのかわからないが、首振り人形みたいに何遍も頷くと、

「中へお入り」

お綾の返答も待たずに店の奥へと入っていく。お入り、と言われて去るわけにもいかないし、何より、本当に店を閉めるかどうかもまだ確かめていない。お邪魔します、と声を掛け、お綾は下駄を脱いだ。

店先からすぐの六畳間は恐ろしく雑然としていた。着物や帯や襦袢《じゅばん》や二布、硯箱《すずりばこ》や帳面や古い黄表紙や役者絵、古びた巾着や端切れやお針の道具。何となくは分けられているようだが、とにかく家の様々なものが足の踏み場もないほどに散らかっている。お綾が呆気《あっけ》に取られていると、その辺に座って待っておくれ、と半開きの障子の向こう、台所から声がした。辛《かろ》うじて畳の見える場所を探して腰を下ろした。お綾を切れ長の目で見上げているのは、絵の中の三代目瀬《せ》川菊之丞《がわきくのじょう》だ。やたらと顔の大きな錦絵は色褪せ、ところどころ擦り切れている。

何だか落ち着かぬ思いで座していると、

「せっかくだから茶でも飲んでおいき」

おしま婆さんが戻って来た。その手には、盆に載った湯飲みと大福餅が二つ。襦袢の束をぞんざいに除けると、自らも座り、

「遠慮せずにお食べ」

と〝三代目瀬川菊之丞〟を片手でひらりとどかし、お綾の前に皿を置く。

「さっき売るもんはないって」

「ああ、そうさ。売るもんはないよ。これは売りもんじゃないのさ。だからお代はいらないよ」

おしま婆さんは皺だらけの手で湯飲みを摑み、音を立てて茶を飲んだ。

「でも、できれば持って帰りたいんです。お代は払いますから」

「そうかい。なら、後で包んでやるよ」

歯のない口でもごもごと言い、先を続ける。

「今朝、あまった小豆で少しだけ拵えたのさ。これで仕舞いだからと思ってさ」

やはり仕舞いなのか。

「どうしてお店を閉めるんですか」

「ああ、お楽さんに聞いたかい。あの人はお喋りだからね」

苦笑いを洩らした後、

「倅《せがれ》のところに行くことになったんだよ。年寄りだからひとりで置いておくのが心配なんだと

さ。あたしは大丈夫だって言ったんだけどね」

さばさばとした口調で言った。

お綾は雑然とした部屋を改めて見渡した。身の回りの整理をしていたところだったのか。

「息子さんはどちらにいらっしゃるんですか」

「浅草のほうで乾物屋をやってんのさ。血の繋《つな》がりはないってぇのに優しい倅でねぇ。嫁さんも気立てがよくてね。大福餅も売っていいって言うからさ、そんなら行こうかと思って」

血が繋がらない息子ということは、おしま婆さんは後添えなのだろうか。

そんなお綾の胸の内を見透かしたのか、

「五年前に死んだ亭主は二人目さ。最初の亭主は何十年も前に風邪をこじらせて、ころりと逝っちまってね」

おしま婆さんは遠くを見るように目を細めた。茶で口を湿らせてから、そいでね、と身の上を語ってくれた。

二人の子どもを抱え、途方に暮れていたときに出会ったのが二人目の亭主だった。優しい人だったそうだ。だが、その優しさが仇になったのか、浮気をした女房に逃げられてしまい、おしま婆さんと同じように子ども二人を抱えて弱っていたという。大きな店の菓子職人だったが、おしま婆さんが菓子を作れると聞き、二人で菓子屋をやろうとここへ越してきた。

「夫婦で菓子をこさえて、四人の子も無事に育って、さあ、夫婦でのんびりしようって矢先に亭主が胃の腑の病にかかっちまった。癪《しゃく》なことに先に逝かれちまったねぇ」

本当に悔しそうに顔をしかめる。

「乾物屋をやってる息子さんは、ご亭主の連れ子ということですか」

「そうだね。乾物問屋に奉公に入ったんだけど、人に恵まれてね、ご主人の伝手《つて》で小さな店を持たせてもらった上に、いい女房まで世話してもらえて。上々吉の人生さ」

おしま婆さんは胸を反らした。

上々吉の人生だというから、義理の母を快く迎えられる暮らしのゆとりがあるのだろう。暮らしのゆとりは人の心にゆとりを生む。かつかつの暮らしをしていたら、その日のことしか考えられなくて、いつも心の中がぎすぎすして――

そう言えば、とお綾は胸の辺りに手を当てた。少し前まではこの辺にあった〈むかむか〉や〈べそべそ〉はいつの間にやらどこかへ消えている。

今、ここにあるのは――

「とんだおせっかいかもしれないけどさ」

おしま婆さんのさばさばした口調で我に返った。胸からそっと手を外し、年輪の刻まれた柔和な顔を見つめる。

「あんたのおとっつぁんは後添えをもらわないのかい」

後添え。ああ、そう言えば、棟梁に勧められたという縁談はどうなったのだろう。重蔵やおはるのことなど色々あって、つい失念していたけれど。

――あたしのおっかさんは死んだおっかさんだけだから。

――おめぇがおっかさんがいらねぇってんなら、この話は断る。それに、おめぇと同じでおれの女房は死んだ女房だけだ。

そんなやり取りがあったのも遥《はる》か昔のことのようだ。実際、父にとっては遥か昔のことなのだろう。

――お美代さんが、あんたのおとっつぁんを朝、ここまで送っているのをさ。

お楽は真っ赤な嘘はつかない。思い込みは強いし、人の好き嫌いは激しいけれど、全くのでたらめを言うような人ではない。

父はお美代を好いているのだろう。たぶんお美代も。二人が心を通い合わせるようになった詳しい経緯はわからないけれど、少なくとも父はお美代に好意を抱いているから枇杷を持っていったのだ。お綾が坂崎に大福を持っていこうと思ったように。

もし、お美代がおっかさんになるとしたら。

正太はきっと喜ぶだろう。でも、あたしは――

まだ治りきっていない傷がひきつれるように胸の奥が疼《うず》いた。お美代が決して嫌いなわけではない。むしろ好きだ。何より、父には幸せになって欲しいと思う。

お綾が嫌なのは、いや、寂しくて悲しいのは、父が死んだ母を忘れてしまうことなのだ。父だけじゃない、お綾自身が母を忘れていってしまいそうな気がするのだ。

忘れてしまったら、おっかさんが可哀相じゃないか。

黙り込んだお綾を気遣うように、おしま婆さんは口調を和らげた。

「あんたのおっかさんは、優しくて可愛らしい人でね。あたしは大好きだったよ」

ここの大福は亭主の大好物なんだと、子どもの手を引いてしょっちゅう店にきてくれた。そのときの顔は少女みたいに初々《ういうい》しかった。うちの亭主が胃病にかかったときは、おしまさんの大福が食べられないのは残念だけどしんどかったら休んでね、と案じてくれた。

「でもね。死んだ人はもう戻ってこないんだよ」

おしま婆さんはしみじみと言う。

「それは」

わかっています、と言おうとしたけれど、おしま婆さんに遮られた。

「けど、おとっつぁんが誰かと一緒になるのは嫌なんだろう？」

だって、あんたの顔にそう書いてあるよ、とにこにこ笑う。

「嫌なわけじゃないの。でも、少し怖いんです」

「怖いって、何がさ？」

おしま婆さんが首を傾げる。お綾は小さく息を吸う。この人になら言ってもいい。母を大好きだったと言ってくれた、この人になら。

「おっかさんを忘れてしまうのが、怖いんです」

忘れないよ、忘れるはずがない、とおしま婆さんは言う。死んだ人とのつながりは切れないから大丈夫だ、とまたぞろにこにこ笑う。むしろ怖いのは生きている人間とのつながりだ。金の切れ目が縁の切れ目、兄弟は他人の始まり。生きた人間同士はつまらないことで糸がぷつんと切れてしまうからね、と自信たっぷりに言い切る。

「そうでしょうか。あたしはおっかさんのことを忘れないでいられるでしょうか」

「馬鹿をお言いでないよ。あんたの中のおっかさんを消そうたって無理な話だよ。おっかさんはよくも悪くもずっとあんたの心にいつづけるんだよ。そのときによって大きくなったり小さくなったりするかもしれないけどさ。おっかさんっていうのはそういうもんだよ」

おっかさんは消えない。

消そうとしても、決して消えない。

その言葉が、温かな水を注ぎ込むように胸にしみてくる。胸の中がいっぱいになる。瞼の裏までじわりと熱くなって——気づいたら涙が溢れていた。お綾が慌てて指先で涙を拭うと、

「いいからお食べ」

おしま婆さんが、改めて大福餅を差し出した。そっと触れると、餅は赤ん坊のほっぺたみたいに柔らかい。口に入れると優しく溶ける。小豆はこっくりとして甘くて、でも、ほんの少しだけ塩気が強い。母と一緒に食べたときと変わらない味だ。

「おいしい」

思わず言葉がこぼれ落ちると、そうかい、そうかい、とおしま婆さんが嬉しそうに頷いた。

「お茶もお飲み。喉につかえたら大変だ」

言われるままに湯飲みを手に取る。少し冷めた茶は人肌くらいの温もりだった。温かいものがゆっくりと喉を伝い、胸に落ちていく。

「それにね、おっかさんは一人だなんて誰が決めたんだい？　何人いてもいいじゃないか。あたしだって、本当は二人だった子どもが四人に増えたんだ。かてて加えて、あの世に行ったら、二人も亭主が待っててくれるんだ。今から楽しみでしょうがないよ」

おしま婆さんは歯のない口を開けてけらけらと笑った。中から綺麗な桃色の舌が覗く。

そうか。おっかさんが二人いてもいいのか。

「ありがとう、おしまさん」

お綾が礼を述べると、おしま婆さんは、うん、うん、と頷いた。

「大丈夫だよ。あんたは真っ直ぐに生きてる。つらいことがあったって、ちゃんと生きてりゃ、神さまが禍福《かふく》の帳尻を合わせてくれる。福のほうが少しだけ多くなるようにね」

「少しだけ？」

「ああ、そうさ。福ばっかりだったらつまらないだろ」

少し多いくらいがちょうどいいのさ、とおしま婆さんはまた頷いた。


大福餅を七つ包んでもらうと、お綾はおしま婆さんの家を辞した。お綾がお代を払おうとしても「これは売りもんじゃないから」と頑として受け取らなかった。

長居をしたせいで手習いの刻限はとうに過ぎている。

姉ちゃんはどこへ行ったんだろうな。

正太が口を尖らせているのが目に浮かぶようだ。

表店の向かい、仙台堀の水面では秋の光が自在に飛び跳ねている。店前にお楽がいないことにほっとしたとき、ふと誰かに呼ばれたような気がしてお綾は振り返った。

秋の陽がひときわ明るく降り注ぐその場所は、亡き母と一緒に父を見送ったところであった。温かい気配がお綾をすっぽりと包む。

おっかさんだ、と咄嗟に思った。

ねえ、おっかさん。

呼びかけたけれど返答はない。透き通った陽だまりはしんとしてただそこにあるだけだ。

ねえ、あたしと正太におっかさんが二人いてもいいのかな。

風が吹いた。春の風のような柔らかな風だ。その風に合わせて陽だまりもゆらゆらと動く。

いいよ、と母が頷いてくれた気がした。

その途端、賑やかな声がした。

「姉ちゃん、そこで何してんのさ」

通りに出てきたのは、正太とおはると坂崎だ。

「姿が見えないので、どこへ行ったのかと」

坂崎が案じ顔で言う。

「ごめんなさい。おしま婆さんのところに行ってたの。これ」

手習いが終わったら食べましょう、とお綾は袋を掲げた。

何だ、食いしん坊の虫が騒いだんだな。うるさいわね、そんなこと言うんなら、あんたにはやらない。まあまあ、お綾ちゃん。

そんなやり取りを交わしながら、お綾は正太たちと一緒に差配の家へ向かう。

表店の角を曲がるときにもう一度振り返ったが、明るい陽だまりにもう母の気配はなかった。

でも——

おっかさんは消えない。消そうとしても決して消えない。

お綾は前を向くと、先を行く三人の背中を追った。

三

どうしたら月に行けるんだろう。

子は縁先で足をぶらぶらさせながら考えていました。

子の履いている赤い鼻緒の下駄は、おっかあの形見です。少しでっかいけれど、子はこの下駄をいつも履いているのです。

そのうちに季節は移ろい、七夕の夜になりました。

子は笹の葉に短冊をつるしました。

もちろん「つきへいきたい」と書いたのです。

たらいに張った水には天の川が映っています。

それは空にあるよりもずっと美しく見えました。

その中に思わず手を入れようとしたとき、子ははっと気づいたのです。
もしかしたら月に行けるかもしれないと。
子はひとつき待ちました。月が一年でいちばん美しい夜まで待ちました。
待ちに待った夜。
おとうもおばあも縁先で空を見上げ、ほうっと溜息をつきます。
けれど、子はたらいの水に映った月を見ていたのです。
それは「月のうらがわ」でした。

中秋の夜はしんしんと更けていきました。
おとうはふと目を覚ましました。
何だか水音がしたのです。
庭に出てみると、月は空のてっぺんからおとうを見下ろしています。
きれいな月だなぁ。
つぶやいたとき、おとうは水の張ったたらいのそばに何かがあるのに気づきます。
それは真っ赤な鼻緒の下駄でした。
たらいの中では、白く輝く月がゆらゆらと揺れていました。

おはるの考えた『つきのうらがわ』だった。

もちろん、文字にはしていない。おはるは正太より手習いの上達が早いけれど、書けるのは仮名だけだ。だから、おはるが語って聞かせてくれたのだが、お綾姉ちゃんみたいに上手だった。女子はお話を作るのが上手なのかな。そんなことを考えながら、でも、おはるの考えたお話は少し怖いなと正太は思っていた。

子が月の裏側に行くところがないからだ。月の裏側がどんなところかわからないから怖いのだ。でも、仕方がないのかもしれない。おはるだって月の裏側へ行ったことがないのだから。

そう、今日はいよいよ中秋の名月だ。だから差配さんの家の縁先でお月見をしている。おとっつぁんは酒を飲んで鼻の下を長くしているし、お綾姉ちゃんも機嫌がいい。差配さんはもちろん、坂崎さんもお美代さんもお杉小母ちゃんも伊之助小父ちゃんも、みんなみんなにこにこしている。だったら、わざわざ月の裏側に行かなくてもいいと思うのだが、

――あたしはどうしてもおっかさんに会いたいの。会ってお話ししたいことがあるの。

そんなふうにおはるは言う。おっかさんに何を話したいんだい、と正太が訊ねても教えてくれないが、ひとりで行くのは心細いから一緒に行ってほしいの、と泣きそうな顔で頼む。頼まれると嫌だと言えないのが、惚れた男の弱みである。

「あたし眠くなっちゃった。差配さん、今晩はここで泊まってもいいかなぁ」

縁先で座っていたおはるが可愛らしい欠伸《あくび》をした。騙《だま》しているとはとても思えない。女子は嘘をつくのも上手なんだな。

「ああ、いいとも。正坊も一緒に泊まっていくかい」

差配さんが恵比寿さまみたいな顔で言う。騙されているとも知らないで。

「正太は帰ろう。差配さんに迷惑をかけるもの」

お綾姉ちゃんが余計なことを言うと、

「あら、いいのよ。お祖父ちゃんは近頃ひとりで寝るのが寂しいんですって。正坊も泊まっていきなさい」

お美代さんが優しく止める。

「いいんですか」

姉ちゃんが念を押すと、いいの、いいの、とお美代さんはにこやかに返し、早速六畳間に正太とおはるのために床を延べてくれた。

「よく考えたら、もう子どもは寝る時分だものね。ほら」

お月さまもあんなに高く、とお美代さんが縁先に出た。既に六畳間にいる正太から月は見えないけれど、みんながいる縁先には月の光が溢れ返って、たった今、拭き上げたみたいにぴかぴかしている。

おやすみなさい、とおはるは早速夜着に包《くる》まり、正太もその横にもぐりこむ。布団はふっくらとして日向のにおいがするから、すぐにとろとろと眠くなる。

そろそろお暇しないと。ご馳走になりました。子どもらがお世話になります。お綾ちゃん、お供えのきぬかつぎを持っていかない？　ありがとう、お美代さん――

大人たちの交わす声が遠くなっていき、温かい泥の中に沈みこむように正太は眠りに落ちた。

――正坊、正坊。

どこかから呼ぶ声が聞こえてくる。正坊ったら。声はだんだんと近づいてきた。ああ、おはるの声だ。

と思ったら、鼻をつままれた。ふがっ、と蛙《かわず》みたいな声が出る。

「起きた？　行くよ」

目を開けると、すぐ傍におはるの白い顔があった。

障子窓を通って差し込む月明かりで、部屋の中は仄かに明るい。差配さんはごうごうと高鼾《たかいびき》をかいており、どっぷりと夢の中に浸かっている。

正太とおはるはそっと夜具から抜け出し、六畳間から表の戸口ではなく勝手口に向かった。心張り棒を外して戸を開ける。正太のところと違い、建て付けがいいせいか、浮かせなくともするりと開いた。

路地に出ると、眩しくて目をしばたたくほどの月明かりだった。二人の前にはただ煌々《こうこう》と光る道が続いており、長屋のつつましい建物でさえ何だか立派に見える。道の先には井戸が黒々と浮かび上がっていた。

「行こう」

正太はおはるの手を握り、月で輝く道をしっかりと踏みしめて歩き始めた。もちろん、地面に映る二つの影法師も一緒についてくる。自分の影法師のはずなのに、ふわふわと覚束《おぼつか》ない人の形は何だか別の生き物みたいで、胸がどきどきと鳴った。いっそ誰かに見つかればいいのに。そんな考えがふと頭をよぎり、いけない、いけない、とおはるの手を強く握りしめる。

夕方、差配さんの家に行く前に、正太は大きなたらいを井戸の傍に置いてきた。夏に子どもが行水《ぎょうずい》できるような大きなたらいは差配さんのものなのだろうけど、長屋の住人は勝手に使っている。だから、今宵の月見に誰かに持っていかれる心配があった。

だが、幸か不幸か、井戸の傍にたらいはあった。残念なようなほっとするような妙な心持ちではあったけれど、とりあえず水を張ることにする。

釣瓶を摑んで慎重に井戸の底に落とす。いきなり手を離せば大きな水音がして、近所の誰かが目を覚ましてしまうかもしれない。坂崎さんならともかく、お綾姉ちゃんに気づかれるのはちょっと、いや、かなり厄介だ。桶に水が入ったら今度はゆっくりと釣瓶を引き上げていく。正太の背中は真夏に鬼ごっこをしたみたいに汗ばんでいた。

何遍か繰り返すうちに、大きなたらいの半分より少し上の辺りまで水が張れた。水面には確かに白い月が浮いている。でも、水を張ったばかりだからゆらゆらと落ち着かず、月はぎざぎざに割れていた。おはるが中を覗き込む。

「ちょっと待って」

正太はおはるの手を引くと、たらいから離れた。

「どうしたの?」

「水が少しでも揺れているうちは駄目だよ」

「誰がそんなことを言ったの」

「誰も言ってないさ。けど、月が割れてたら、離れ離れになっちまうかも」

夢の中みたいに。

「そうだね。じゃあもう少し待とうか」

おはるはそう言うと、正太の手を握ったまま空を見上げた。まん丸の月が空のいっとう高いところから二人を見下ろしている。あの月のどこにおっかさんはいるのだろう。

——日の本からは兎が見えるが、異国じゃ、狐が見えるらしいぜ。

いつだったか、月蔵さんが言ったことを思い出した。同じ月なのにどうして見え方が違うんだろう。それは、見ている場所が違うからじゃないか。となると、榛名の湖に映る月と、たらいの水に映る月は違うかもしれない。新兵衛店から月の裏側へ行ったところで、おっかさんに会えるとは限らない。

月にいるのは、おっかさんじゃなくて——

「正坊はおっかさんに会いたい？」

おはるがこちらを向いた。月の光を映した眸は黒く濡れて見える。

「そりゃ、会いたいさ」

会いたいか会いたくないかと言われれば、会いたいに決まっている。でも、それはきっとおはるほど強い思いではない。おっかさんは器量よしで優しかった、とおとっつぁんは言うけれど、正太ははっきりと憶えていない。胸の柔らかさと甘いにおいが、ぼんやりと頭の中に残っているだけだ。

誰にも言ってないけれど、正太は七夕の短冊にしたためた。

（おみよさんがおっかさんになりますように）

でも、それだけじゃ何となく後ろめたかったから、

――願いはいくつ書いてもいいのかい。

坂崎さんに訊いたのだ。そして、

（みんなのねがいが、もれなくかないますように）

もう一枚の短冊に書いたのだった。

もしかしたら、最初に書いた願い事は叶うかもしれない。お美代さんの心の風邪はおとっつぁんの枇杷のお蔭で治ったみたいだから。

そうなったら嬉しいと思う一方で、正太の胸は少しだけ痛い。

お美代さんがおっかさんだったら、と願うのはいけないことなんだろうか。実のおっかさんを忘れてしまうのはひどいことなんだろうか。そんなふうに考えてしまう。だから、月の裏側にいるおっかさんに会って、お美代さんのことをちゃんと伝えたほうがいいのかもしれない。

「おはるちゃんは会いたいんだろう」

「うん。会いたい。あたしはおっかさんに早く会いたい」

でも、月の裏側に行けたとしても、新兵衛店に戻ってくることはできるのだろうか。もし戻れなかったら――このままおはると正太がいなくなったら、おとっつぁんや姉ちゃんやお美代さん

は悲しむんだろうか。それとも、おっかさんのところへ行ったとわかれば安心するんだろうか。

「正坊、行こう」

おはるの声がぐるぐると渦巻く頭の中に割り込んだ。たらいの水はすっかり平らかになっている。月はもう割れてはいなかった。

「いい？」

よくない。やっぱり駄目だ。おっかさんに会いたくても、月の裏側になんて行っちゃいけないんだ。だが、舌がもつれて正直な思いは声にならず、ただごくりと喉が鳴っただけだった。おはるは強い力で正太を引っ張るとたらいの中を覗いた。

透き通った水面には大きな月が映っている。だが、色も輝きもない。濃紺の空で光り輝く澄んだ月ではなくぼやぼやと歪んだ月だ。丸く切り取った紙を水の上に浮かべたような月だ。にせものの月だ。そんな月におっかさんがいるはずがない。

やめよう。

口にしかけた言葉は喉奥で引っ掛かった。

水に浮かんだ月の真ん中がみるみるひび割れていく。

その先はただ真っ黒な闇だった。どこまでも続く底の知れない闇であった。

どこかで人の話し声がする。

子どもの声だ、とお綾は思った。でも、こんな夜中に子どもが外で遊んでいるはずはない。きっと夢だ。夢を見ているのだ。ほら、大人の声もするもの。ああ、この優しい響きは坂崎の声だ。

ぴちゃり。

水音がして、お綾ははっと目を覚ました。

せっかく坂崎の夢を見ていたのに残念なこと。独りごちてから寝返りを打つと、いつもに比べ隣が広々としていることに気づいた。正太の奴、厠にでも行ったのかなと考えたところで、はっと思い出した。

そうだった。正太はおはると一緒に新兵衛の家に泊まったんだ。苦笑を洩らすと、父がむにゃむにゃ言いながらお綾のほうへごろんと転がってきた。うわっ、酒くさい。そう言えば、お美代に酌をしてもらい、気持ちよさそうに飲んでいたっけ。でろんと脂下《やにさ》がった顔が浮かぶと、またぞろ苦笑が洩れる。

おしま婆さんのところへ行った日の晩、お綾は父に告げた。

――あたし、新しいおっかさんが欲しくなった。けど、とびっきり綺麗で優しいおっかさんじゃなきゃ嫌だからね。

最初、父は鳩《はと》が豆鉄砲を食ったみたいな顔をしていたけれど、

――おう、任せとけ。べらぼうに綺麗で優しいおっかさんを連れてきてやらぁ。

やけに張り切った調子で胸を叩いていた。

お美代とは、まだそこまでの話にはなっていないのかもしれない。でも、いずれはそうなるん

だろうな。今日の二人を見ているとそんな気がした。お美代は、おとっつぁんにはちょっと、いや、かなりもったいないけど。

　月明かりが土間を仄かに照らし、へっついや水屋が白っぽく浮かんで見える。まだ夜中だ。もういっぺん眠ろう。坂崎の夢に戻れますようにと願いつつ目を閉じると、今度はすすり泣くような声が耳をかすめた。少女の声だ。

　夢じゃない。そう思えば背中が総毛だった。美しい月夜だもの、子どもの幽霊が現れたっておかしくはない。お綾は夜着を引っかぶって、ごうごう眠る父にぴたりとくっついた。酒臭いけど背に腹は替えられない。

　ひそひそひそひそ。

　また話し声だ。でも、外ではなく壁越しに聞こえてくる。坂崎の部屋に誰かいるのだ。でも、こんな夜中に誰が来ているんだろう。月蔵さん？　まさか、そんなはずがない。気になる。幽霊なんかより、ずっと気になる。

　お綾はそろりと起き上がると、油障子を浮かせて音を立てぬように開けた。酔いつぶれた父はまったく起きる気配がなかった。

　表に出た途端、お綾ははっと息を呑んだ。

　井戸の周囲が濡れていたのだ。まるで子どもが行水をした後みたいに。恐る恐る近づいてみると、半分ほど水の張られた大きなたらいがあった。その周囲にはたくさんの下駄の跡。よく見れば二人分。ちょうど正太とおはるくらいの子どもの――

心の臓を冷たい手で摑まれたような気がした。

(つきのうらがわにいけますように)

七夕飾りの短冊。あれは、確かにおはるの手蹟だった。

――その望月が水面に光の道を作る。そこを辿っていけば、月の裏側に行けるらしい。

坂崎の生国にある言い伝え。美しい榛名の湖に映る月の道。

――月の道は榛名の湖にしかできないのかな。

お綾は坂崎にそんなふうに訊いてしまった。そのとき、おはるはひどく真剣な目をしていなかったか。

今日は中秋の名月。水面に月を映せば、月への道が開くかもしれない。

幼い頭でそんなふうに考えてもおかしくないのでは。

恐る恐るたらいを覗き込む。月の浮いた水面は金色に光り、しんとして小揺るぎもしない。ぶるりと胴震いした。慌てて首をもたげれば、秋空に凜と輝く月は果てしなく遠い場所にあった。

幼い二人が行けるとはとても思えない。

お綾は屈むと、たらいの中にそっと手を入れた。水はひんやりと冷たかったが、別段何も起こらない。ただ、水面に小さな輪が生じただけだ。ぐるぐると回してみると月の光が細かく砕ける。

すすり泣きがまた聞こえた。

よく見れば、小さな足跡は隣人の部屋へと続いている。幽霊でも夜更けの訪問者でもない。あれは迷子だ。月の裏側へ行こうとして行けなかった迷子たちを、優しいお侍が保護してくれたのだ。

お綾の胸にふわりと安堵が落ちてくる。油障子の向こうでは温かい灯の色が柔らかに揺れていた。


坂崎の部屋は相変わらず雑然としていた。

写本の作業が中途の文机は、真夜中の小さな迷子たちのせいで、部屋の隅へ追いやられている。硯の海には墨が入っているので、もしかしたらうたた寝していたところを起こされたのかもしれない。

「いつものことながら、写本の途中で寝てしまってね。泣き声で目が覚めたんだよ」

果たして、坂崎は目をしょぼつかせながら言った。父に酒を勧められて多少は飲んでいたみたいだから、つい眠気が差してしまったのだろう。

「表に出てみたら、二人がたらいの傍にへたり込んでいたんだ」

済まなかったね、と坂崎はお綾に詫びる。

「月の裏側へ行こうとしたのね」

つい責める口調になってしまった。おはるは鼻をぐずぐずさせ、正太は潤んだ目でお綾を見上げている。

「お綾ちゃん、あまり叱らないでおくれ。悪いのは私なんだ。私が屋根の上であんな話をしたせいで、二人を迷わせてしまったんだから」

坂崎は沈痛な面持ちで言うと、膝上で拳を握りしめた。

おはるがつと顔を上げた。あのね、あのね、と喘ぎながら言葉を継いでいく。

「あたし、おっかさんに、どうしても会いたかったの。月の裏側に行けばね、おっかさんに会えるって、そう思ったから」

涙をこぼしながら、つっかえつっかえ話すおはるをお綾は切ない思いで見つめた。水の中に月の裏側が映るはずなどない。そう思うお綾ですら、もしかしたら、と動揺してしまったのである。幼いおはるが母を思うあまりに、月の裏側に行きたいと思いつめるのもやむを得まい。

「済まなかったね、おはるちゃん」

坂崎がおはるに向き直った。

「でもね、月の裏側は、怖かったの。真っ黒だったの。向こう側が、見えないくらいに」

おはるが切れ切れに告げると、坂崎は済まなかったね、とまた詫びた。

「怖い思いをしたんだね。けど、おはるちゃんが見たのは月の裏側じゃないと思うよ」

「そうなの？　じゃあ、あたしが見たのは何？」

おはるの問いに坂崎は黙りこくった。膝に手を置いたまま、俯いて考えこむ姿は真剣そのものだ。正太もおはるも、そしてお綾も坂崎の返事をじっと待った。

小さく息を吐いて、坂崎がゆっくりと顔を上げた。

「私にもはっきりとはわからない。けれど、人の心はね、この世にないものを作り出してしまうことがあるんだ。その真っ黒な闇は、おはるちゃんの心が作り出してしまったものかもしれないね」

　正太もおはるも、わかったようなわからないような顔で坂崎を見つめている。

　だが、お綾にはわかる。八幡宮前の通りで拐かしに遭ったとき、おはるはいるはずのない母親を、そして、お杉はいるはずのない娘の姿を見た。

　あのときの二人こそが、〈この世にないものを作り出して〉しまったということではないだろうか。だが、ひとつ腑に落ちぬことがある。

　おはるは大好きな母親に会おうとしたのだ。ならば、水面に映る月の裏側は優しい色になるはずだ。なのに、どうして真っ黒に映ったのだろう。おはるの心の奥底には何がひそんでいたのだろう。

「おいらも見えた。白い月の真ん中がぱっくり割れて、その向こう側は深い闇だったんだ」

　それを聞いてお綾は気づいた。正太は月の裏側には行きたくなかったのではないか。死んだ母親に会うより、父親やお綾たちと過ごすほうがいいと思ったのではないか。

　同じようにおはるも。

「ねえ、おはるちゃんはおっかさんに会ってどうしたいの」

　お綾が問うと、おはるは唇を嚙んで俯いてしまった。その様子があまりにつらそうで、無理して答えなくてもいいよ、と言おうとした。そのときだった。

「おっかさんに、ごめんねって言いたいの」

「どうして？」

どうしておはるちゃんが謝らなくちゃいけないの。

「お杉さんちの子になるから」

拙《つたな》い返事ですべてわかった。

おはるもお綾と同じことを考えていたのだ。おっかさんを忘れてしまうことを恐れたのだ。別のおっかさんができて、自分だけが幸せになることを済まないと思ったのだ。

正太の話では、おつなは重蔵に殴られることもあったという。それをおはるは〝鬼〟の仕業だと語っていたそうだ。〝鬼〟はおつなをさんざん虐《しいた》げた挙句、重蔵と一緒に殺してしまったとも。何より、おはるは両親の亡骸を目の当たりにしてしまった。

だからこそ、母親に申し訳ないと感じているのかもしれなかった。

大好きなおっかさんを鬼から守れなかったから。見殺しにしてしまったから。だから、謝りたかった。おっかさん、ごめんね。あたしだけが幸せになってごめんね。

おはるは、月の裏側に行きたいわけではなかったのだ。行かなければいけない、おっかさんに謝らなければいけない、と健気《けなげ》に思いつめていただけだった。自らが作り出した罪の檻《おり》に閉じ込められていただけだった。

おっかさんが二人いたっていいじゃないの。

喉まで出かかった言葉をお綾は押し返した。おしま婆さんに言われたことを、果たしておはるが呑み込めるだろうか。お綾だって三年以上もかかったのだ。母親の死からほんの三月ほどしか経っていない、今もなお壊れそうな幼い心が、母親が二人いてもいいと言われて、すぐさま受け止められるだろうか。

「じゃあ、月の裏側にはどうやって行けばいいの？」

おはるの悲しい問いに、坂崎はやはり悲しげな表情で立ち上がると、おいで、と静かに土間に下りた。

路地は、さらに明るさを増していた。水の中にはまだ青白い月が落ちている。坂崎がたらいに手を入れると、月は細かい光の欠片《かけら》となって散らばった。小さな魚の群れが驚き、一斉に逃げたかのように。

「ほら、ここからは月の裏側には行けない」

「じゃあ、どうすれば月の裏側に行けるの」

おはるは最前と同じ問いを繰り返し、坂崎を見つめた。返事の代わりにおはるの頭を撫でた後、坂崎はゆっくりと空を見上げる。その横顔は冴え冴えと白く、眸は青く濡れていた。月は空の高みで輝きを放っている。それなのに、坂崎は月を探しているような目をしていた。あの夜と同じように。

「月の裏側へ行く道なんかないんだ。どうやったって、月の裏側には行けないんだ」

ごめんな、と坂崎はおはるを抱き上げ、再び月を仰いだ。

その面差しを見てお綾は思った。坂崎は本当はこう言いたかったのではないかと。

月の裏側に行ってはいけないんだ。月の道は片道だから。その道を辿ったら、二度とここへは戻ってこられないから。
本当にごめんな。
絞り出すような詫び声は、お綾の胸の水面をいつまでも震わせていた。

第五話

綾

一

秋がひんやりとした風と共に去り、いつの間にか、朝晩の水に指先がしびれるほどになっていた。正太によれば「秋は空から降ってくる」らしい。冬は水を渡ってやってくる。その冬も神無《かんな》月《づき》、霜月《しもつき》と瞬く間に過ぎた。

今日から師走《しわす》である。お綾が台所で朝餉の片づけをしていると、がたぴしと油障子を開ける音がした。

「姉ちゃん。雪だよ」

正太の声が弾んでいる。半分ほど開いた障子の向こうではちらちらと雪が舞っていた。

「ほんとだ。でも、積もるかしらねぇ」

綿をちぎったようなふわりとした牡丹雪《ぼたんゆき》だ。大きな雪片は落ちるとすぐに溶け、地面を黒く濡らした。

「積もるよ。積もったらおはるちゃんと雪だるまをこさえよう」

嬉しそうに言うと、正太は障子を勢いよく閉めた。

中秋の名月から三月以上が経ち、おはるはずいぶん落ち着いたように見える。おはるだけではない。お杉もお美代も父も正太も日々の営みの中に身を置き、坦々《たんたん》と生きている。格別、何かが起きるわけではない。朝起きて学んで仕事をして語って笑ってご飯を食べて、そして眠る。それだけの毎日だけれど、でも、そこには必ず親しい誰かがいる。何気ない日々を大事な人と過ごすうちに、傷ついた心はいつしか治っていくのだと改めて思う。

でも、坂崎だけは——

中秋の晩の横顔を思い出すたびに、お綾の心はざわざわと音を立てる。誰よりも優しいこの人だけが、まだ月への道を探し、暗い夜の底で途方に暮れているのではないかと思ってしまう。

——そんなことは無理に知る必要はないんじゃないかね。

坂崎の来し方を知りたがるお綾に新兵衛は言った。人間、誰にだって心に傷のひとつやふたつはある、その傷を人に触れられるのは嫌だとも。そのときは納得できたことが、今は少し違うように思えている。

ひとりでは治せない傷。誰かの手でそっと温められてよくなる傷。そんな傷だってあるのではないか。

お美代の傷については父から聞いた。お楽の言う〝泥棒まがい〟は嫁ぎ先の悪意だったことや、それが原因で大人が怖くなったことを。信じていた人に裏切られる。それは途轍《とてつ》もなく深い傷だったろう。でも、その傷を父に見せたから、お美代は立ち直ることができたのだ。

でも、坂崎は心の傷を見せてくれない。お綾が手を伸ばそうとしても、優しい笑みの裏側にそっと隠してしまう。

「姉ちゃん、溜息ついてるけど、何かあったかい」

気づけば、正太が傍に来てお綾を見上げていた。

「ううん。何もないよ。今日は稲荷屋さんへ行くけど、何か読みたいものがある？」

月に二度ほど坂崎は稲荷屋へ顔を出す。完成した写本を届けたり、新しい仕事を請けたりするためだが、近頃は本好きのお綾を一緒に連れていってくれる。

そうだねぇ、と正太は腕を組んで考えていたが、

「稲荷ずし！」

と丸い眸を輝かせた。

「はいはい。花より団子ね」

「そうそう。本より稲荷ずし。早めに行くように坂崎さんに頼んでよ。じゃないと、あそこのお稲荷さんは売り切れちゃうからさ」

勢いよく下駄を脱ぐと、六畳間の真ん中に腹ばいになって絵双紙を読み始めた。稲荷屋から借りたものである。

「おばあさんが大きなつづらを開けたときです。つづらの中から出てきたのは――」

『舌切り雀』だ。四歳のとき、おっかさんに甘えたくてわざと怖がっていた話を、今は声に出して読む。おはるが苦手だからだ。いやぁ、と言いながら、おはるは耳を塞ぐのだが、それが嬉しくて正太は声に出して読んでいる節がある。

そんな二人を見ていると微笑ましく思い、『つきのうらがわ』の続きを考えることなんて忘れてしまったのだろうと安堵もする。

――どうやったって、月の裏側には行けないんだ。

中秋の名月の晩、坂崎はおはるに言った。

お綾は思う。坂崎もおはると同じように月の裏側に行こうとして、行けなかったのではないかと。


「おとう、月はいつでっかくなるんだ」

子はおとうにききました。

「ばかだな。月がでかくなるわけはねぇべ」

「けど、おばあは言ってたぞ」

何年かにいちど、月がでかくなるんだ。

そしたら、みずうみにきれいな月の道ができる。

そんなふうに子に教えてくれたのです。

月の道をたどったら、きっと月にいけるのでしょう。

だから、いつ月が大きくなるのか、子は知りたいのです。

「そりゃ、初耳だ」

おとうはとりあってくれません。

だから、子はひとりでみずうみに出かけることにしました。

山道をえっさ、ほいさ、とひとりで歩きつづけ。

とちゅうでクマやヘビに会ってもこわがらず。

おなかがすいたら、木の実を食べて。

えっさ、ほいさ、と山をのぼりつづけたのです。

さて、みずうみは山のちゅうふくより、さらに先にありました。

子がそこにたどりつくと——


お綾の考えた『つきのうらがわ』はそこで止まったままだ。

いや、正しく言えば、〈お綾の〉ではなく、〈坂崎の〉『つきのうらがわ』だ。お綾は坂崎から聞いた話を文字にしただけに過ぎない。何年かに一度、大きくなる月。その月が湖面に映し出す月の道。

坂崎は湖まで行ったのだろうか。そして、月の道を渡ろうとしたのだろうか。

でも、その先に正太とおはると同じものを見てしまったのかもしれない。輝く道の先にあったのは底の見えない暗い闇だった。そして、失意のまま湖を去り、独りぼっちで山を下りた。

坂崎の言う通り、月の裏側へは行けない。いや、行ってはならないのだ。月の道とは死の道に他ならないのだから。

だから、あの物語は中途で終わっているのだ。

——子はあきらめませんでした——

そこで切れているけれど、子が月の道を探すことをあきらめない限り、あれを「めでたし、めでたし」の大団円で終わらせることはできない。

ふと、胸に鉤針《かぎばり》のように引っ掛かっていることが頭をもたげた。あの物語が坂崎の手ではなく他の誰かの手によるものだとしたら――

その誰かは、坂崎に〝あきらめて〟欲しくないのだろうか。月の道を、いや、死の道を辿ることを。

死ぬことを願うなんて――お綾の背筋がぞくりと震えた。

「おじいさんのつづらには、美しい宝物が入っていました。めでたし、めでたし」

おいら雪を見てくる、と正太は跳ね起き、土間に下りると鉄砲玉みたいに表へ飛び出していった。

果たして、手習いが終わる頃には雪はやんだ。

雪は道の端に積もっただけで、雪だるまも雪合戦もできそうにない。それでも正太とおはるは元気よく外へと遊びにいき、お綾も少しぬかるんだ道に足を取られながら、坂崎と稲荷屋へ向かった。灰白の雲の隙間から青い空が顔を覗かせて、朝の寒さはだいぶ緩んでいる。正太には悪いけれど晴れてよかった、と思いながら坂崎の横を歩く。

佐賀町に入り、小さな寺の前に差し掛かった。寺のぐるりにはからたちの生垣が巡らされており、小さな冬芽がぽつぽつとついているが、もちろん花の季節はまだまだ先だ。根元にうっすらと雪が積もっているせいか、からたちは棘《とげ》だけの身を寒そうに縮めている。

不意に、きんと澄んだ空気を破るような子どもの声がした。

手習いが終わったのだろう、少し先の山門から子の一団が姿を現した。先頭を行く体格のよい少年の後に続くのは五、六名の男子。正太よりはだいぶ大きいかしら、と思っていると、遅れて小柄な子が飛び出してきた。必死で駆けてくる少年の目にはお綾たちなぞ映っていない。避けてやろうとお綾が道端に寄ったときだった。

不意に、子どもがよろけ、お綾は子にのしかかられるように横倒しになった。

咄嗟に身を支えようとした左手の指に痛みが走る。からたちの棘が刺さったとすぐにわかったが、大騒ぎするのはみっともない。お綾は痛みをこらえ、大丈夫だった？　と子どもの顔を覗き込んだ。

「あい。大丈夫です」

子どもは顔を赤らめ、身軽に立ち上がった。相すみません、とぺこりと頭を下げ、手習い仲間を覚束ない足取りで追いかけていった。指の痛みをこらえつつお綾も立ち上がる。

「お綾ちゃんは――」

そこで坂崎の言葉は途切れた。その目はお綾ではなく、違うものを見ている。

何があるの――

視線の先を辿り、そこにあったものを認めるとお綾は息を呑んだ。

それは真っ赤な血の色だった。

真っ白な雪の上に点々と滴り落ちた、お綾の血を坂崎は見ているのだった。不意に忘れかけていた情景が脳裏に浮かぶ。

満開の桜。子どもたちの歓声。汗ばんだ背中。風が吹く。桜が散る。早鐘のように鳴るお綾の心の臓。

砂埃と桜花の帳の先にあったのは、薄紅の雪かと見紛うほどの花の筵《むしろ》だった。

ああ、そうだった。あの春の日も。桜花に埋もれた三太を見たときも。

この人は、こんな顔をしていた。

ここにいるのに、どこか遠くへと行ってしまったような。

いや、何かに怯えたような。

そんな顔だ。

「坂崎さん――」

恐る恐る声を掛けると、坂崎はびくんと肩を震わせた。

「ああ、済まない」

大丈夫かい、とようやくお綾を案じる言葉を口にした。

「大丈夫です」

「見せてごらん」

「たいした傷では――」

遠慮の言葉を遮り、坂崎はお綾の左手を強引に摑んだ。ひんやりとした手の感触にお綾の心の臓は高い音を立てた。

「人差し指と中指を刺しているね。済まなかった」

取り出した懐紙で傷ついた指を包みこみ、坂崎は強く握る。指先の音と胸の音が身の内で重なりひとつになる。指の痛みなぞ忘れた。ただ内なる音を聞かれないようにと、お綾は俯いてひたすらに身を強張らせていた。

どれくらいそうしていただろう。指先にふわっと血の広がる感覚があった。張り詰めた時から解き放たれ、お綾がようやく視線を上げると、坂崎の硬い表情にぶつかった。咄嗟にお綾は手を後ろへ隠した。懐紙は赤く染まっているはずだ。この色を坂崎に見せてはならない。見せたらこの人は再びどこかへ行ってしまう。お綾の手の届かない場所へ飛んでいってしまう。そう思ったのだ。

済まなかった、と坂崎はもう一度詫びの言葉を口にした。この人はいったい何を詫びているのだろう。お綾を支えられなかったことなのか、強引に止血をしたことなのか、それとも――血の色に我を忘れたことなのか。

「月蔵さんのところで薬を借りよう。棘は存外に怖いんだ。後で膿《う》むこともあるから」

ようやく笑顔を見せて、坂崎が先に立って歩き出した。

お綾は去り際に足元に滴った血の痕を見た。南天の実ほどの小さな赤い色が不意に大きくなるように思え、前を行く背中を急いで追った。

そんな雪の日から三日後。師走だというのに春のような暖かな日になった。

手習いが終わり、お美代を手伝ってから新兵衛の家を出ると、通りから見慣れぬ男が歩いてくるのが目に入った。黒の小袖に仙台平《せんだいひら》の袴。小柄だが中身がみっしりつまった立派な体格だ。腰には大小を差している。お侍だ。

「ああ、そこの娘さん。ちと訊きたいことがあるのですが」

丁寧な言葉遣いに頬が緩む。どこから歩いてきたのか、冬だというのに額には玉のような汗をびっしりと浮かべている。朴訥《ぼくとつ》な喋り方は江戸のお侍ではなさそうだ。見た目はまったく違うけれど、坂崎と同じ上州か、あるいは——と思っていたら、

「坂崎清之介、という御仁がこちらにいると聞いたのですが」

生真面目な顔でお侍は訊く。いったん緩んだお綾の頬がまたぞろぴんと張り詰める。生国の人なのだろうか。だが、何の用だ。

「どんな用向きでしょうか」

お綾の声に険があったのだろう、侍は眉をひそめたものの、すぐに柔らかく微笑んだ。

「ああ、名乗っておりませんでしたな。失礼仕《つかまつ》った。それがしは東《ひがし》と申します。坂崎の弟でござる」

弟？　それにしては姓も違うし、顔も似ていない。そんなお綾の胸の内を読んだのか、

「いや、かつては弟だったと申したほうがよいかな。だが、怪しいものではござらん。案内してもらえると有り難い」

にっこりと笑う。坂崎と違って色黒だが鼻筋の通った端整な顔をしている。何よりも目が澄んでいる。承知しました、と頷き、お綾は先に立って歩き出した。

「こちらです」

坂崎の部屋の前を手で指した。お客さんです、と声を掛けようかと迷っているうち、

「兄上。寿太郎《じゅたろう》です」

東は油障子を叩き、大声で呼んだ。

一拍置いた後、勢いよく油障子が開いた。奥二重の目は大きく見開かれている。

「息災そうで何より」

東が微笑むと、どうしてここへ、と坂崎は唸るように言った。

「まあ、色々と手を尽くしました」

決まり悪そうに東がぼんのくぼに手をやると、坂崎はあきらめたような顔で大きく息を吐いた。

「とりあえず、中へ」

静かな声で客人を招き入れた。その間、お綾には一瞥もくれなかった。


ほどなくして、お綾は総身を耳にして壁際に座っていた。

一応、膝には正太の綿入れを置いているものの、針の手は少しも進んでいない。盗み聞きなんて、はしたないことだとは思うけれど、どうにも落ち着かないのだった。

隣人を憚り、声を抑えているのだろう、話の中身まではわからない。時折、東の声がぼそぼそと聞こえるくらいだ。姉上とか。二年だとか。もったいないとか。そんな言葉の切れ端が薄い壁

を辛うじてくぐりぬけてくる。ああ、もどかしい。もっと大きな声で喋ってくれないかしら。お綾がさらに壁際に寄ったときである。

「もう、二年も経つのですぞ」

激昂したような声は東のものだ。だが、その後はしんと静まり返っている。微かな物音すらしない——と思っていたら。

ばん、といきなり大きな音がした。畳を叩いたような音だ。

「どうして、黙っておられるのです！」

東だ。

「兄上が、兄上が、こんなでは姉上も浮かばれません！　お願いですから、どうか」

どうかお帰りください！

長い間、抑え込んでいたものが爆発したような声だった。

「…………」

坂崎も何かを言っているようだが、くぐもってよく聞き取れない。お綾の耳奥では東の声だけがわんわんと鳴っている。

二年も経つのです。兄上が、兄上が、こんなでは姉上が浮かばれません。

二年前に坂崎の姉が亡くなったのだろうか。でも、どうして東はあんなに激昂しているのだろう。お綾は知らぬ間に息を止め、膝上の綿入れを強く握りしめていた。

短い静寂の後、油障子をがたがたと開ける音がした。

「また伺います。私はあきらめませんから」

東の怒ったような声がした。坂崎が黙して頭を下げているのが目に見えるようだった。そして、大股で去っていく東の足音。でも、障子が閉まる音はしていない。まだ坂崎は部屋に戻っていない。

どうか、お帰りください！

東の声が頭の中で鳴り響くと、お綾は綿入れを放り出して土間に下り、下駄を突っかけていた。

果たして、部屋の前では坂崎がぽつんと立っていた。もう東はいないのに。かつての弟の姿はどこにも見えないのに。名残惜しそうに立っていた。お綾に背を向けて。

この人は帰ってしまうのだろうか。

山の美しい生国へ。

傷を隠したまま。

お綾に何も言わぬまま。

『つきのうらがわ』が中途のまま。

お綾のまったく知らぬ場所へ、ひとりで帰ってしまうのだろうか。

嫌だ。そんなの嫌だ。

今にも去りそうな背を見ているうち、胸の底から熱いものがこみ上げてきた。今まで必死に押し込めてきた思いだった。七夕の短冊に書こうとして書けなかった願いだった。

ずっと今が続きますように。この人とずっと一緒にいられますように。

絶対に叶うことのない願いが。

溢れる。ついに溢れてしまう。

「帰らないで――」

止めようもなく、こぼれ落ちていた。

はっとしたように坂崎が振り向く。その目はいつものように優しい。でも、ほんの少しだけ泣きそうに見えた。

その目につられ、お綾のほうが泣き出しそうになったときだった。

坂崎が小さく息を吐いた。

「お綾ちゃん。少し付き合ってくれるかい。ほら」

今日はこんなに空が澄んでいる。


坂崎が向かったのは、大川と油堀川が合流する付近の小さな茶屋だった。店前に置かれた床几に腰を下ろし、坂崎はみたらし団子と茶を頼むと、

「もう指の傷は痛まないかい」

新兵衛長屋を出てから初めてお綾を真っ直ぐに見た。その目は優しいけれど、いつもとは違う。月のない晩に夜空を見上げていたときと同じ、途方に暮れたような、悲しいような色をたたえている。

「はい。大丈夫です。手当てをしていただいてありがとうございました」

「いや、こちらこそ怪我をさせて済まなかった」

「坂崎さんのせいじゃありません。あたしがそそっかしいからいけないんです。からたちの生垣だとわかっていたのに」

坂崎は無言でかぶりを振り、前を向くと感極まったように呟いた。

「どうしてあんな美しい青色をしているんだろう」

富士のことだとすぐにわかった。

「ええ。本当に。うっすらと雪化粧をしているからかしら。いっそう青く見えます」

言い終えてから、雪という言葉を口にしたことを悔やんだ。純白の雪に滴った緋《ひ》色の血と、それを見つめる坂崎の怯えた表情が咄嗟に思い浮かんだのだった。

だが、八幡宮前で咎人に肩を切られたときの坂崎は平然としていた。斬られた己のことよりもおはるとお杉の身を真っ先に案じていたほどである。血の量なら、あのときのほうがずっと多かった。雪の上に滴ったお綾の血は、南天の実がふたつかみっつ落ちたくらいの僅かなものだ。では、坂崎をあれほどまでに怯えさせたのは何なのだろう。横顔をそっと盗み見たが、坂崎はお綾の胸中になど気づかぬ様子で、穏やかに言葉を継いでいく。

「以前にも言ったかな。私の国も山が綺麗でね。富士に負けず劣らず美しい青色だ。季節や空模様によって淡い藤色に見えることもあれば、濃い紫色に見えることもあるけれど、どれも一様に美しい」

遠くの富士を望みながら坂崎は目を細めた。その横顔があまりにも寂しそうに見えたせいか、

「やっぱり、お国に帰りたいんですか」

お綾は訊ねていた。

――どうか、お帰りください！

東が訪ねてくる以前から、お綾の心の隅にあったことだ。

もしかしたら、出会った日から考えていたのかもしれない。いや、恐れていたのかもしれない。いつか坂崎は自分の傍から去っていく――国に帰ってしまうのではないかと。

だから、本当は短冊に書きたかった。

――この人とずっと一緒にいられますように。

でも、どうしても書けなかった。叶わぬ願いは、願いとは呼べないと思ったから。

「私は――」

坂崎は言葉に詰まった。しばらく富士を見つめていたが、

「国から逃げてきたんだ」

溜息と共に吐き出した。

「逃げてきたって――どうして」

「いや、国から逃げてきたんじゃない。己の犯した罪から逃げてきたんだ」

罪って、どういうことですか。

疑問はすぐには声にならなかった。

この人は心の傷を見せようとしている。触れて欲しいと思っている。でも、あたしに、この人の傷を癒すことができるだろうか。いや、その傷に手が届くだろうか。

けれど、今を逃したら——きっと次はない。

ならば、とお綾は勇気を振り絞った。

「罪って何ですか。坂崎さんみたいに優しい人が罪を犯すなんて考えられません」

「お綾ちゃん、私は少しも優しくなんかないよ」

ただ弱いだけだ、と坂崎は首を横に振った。

「そんなことありません。坂崎さんは優しいだけじゃなく強い人です。正太だっておはるちゃんだってそう思ってる」

拐かされそうになったおはるを守り、鬼退治に行くという正太に寄り添った。人の皮をかぶった鬼どもの手から、子どもたちを見事に救ってくれたじゃないか。そんな人が強くないわけがない。

「ありがとう。でも、私はお綾ちゃんや正坊に何かを教えられるような人間じゃない」

そこで坂崎はいったん切った。

雪をかぶった青富士をしばらく眺めた後に、思い切ったように口を開いた。

「お綾ちゃん、私はね」

妻を殺した人間なんだ。

＊

奥祐筆《おくゆうひつ》の坂崎清之介は、執政部屋から詰所に戻ると胸に溜まっていた嫌な息を吐き出した。奥祐筆頭取《とうどり》の斉藤勝一《さいとうかついち》が急な病で臥し、代わりに清之介が執政会議の記録を取ることになったのだった。

初《しょ》っ端《ぱな》から嫌な話柄《わへい》だった。見取田畑《みとりでんばた》を高請地《たかうけち》に組み入れるという。見取田畑とは、低い年貢《ねんぐ》率にするという名目で百姓に開墾させた耕作地だ。そこを高請地にするということは、年貢が上がるということに他ならない。百姓らの猛反対を受けるのは目に見えていた。

そこで、百姓らをなだめるために、名主を抱き込もうとする案が筆頭家老の黒田助之丞《くろだすけのじょう》から出されたのである。名主を土見役《つちみやく》に任命するというものだった。土見役は田畑の地力を査定する役だ。金で懐柔された名主が痩せた土地でも地力があると査定すれば、考えられぬほど高い年貢が掛かることになる。

家老や郡《こおり》奉行の話を記録しながら、清之介は胸が悪くなるのをこらえるのに必死であった。

姑息《こそく》な案だ。

そんな清之介の胸裏に呼応したかのように、

――さても姑息な。

ばっさりと切り捨てたのは次席家老の白井紋太夫《しらいもんだゆう》であった。当然のことながら黒田の顔は朱をそそいだようになった。

白井は前郡奉行だ。足繁《あししげ》く田畑を回り、百姓らと藩との橋渡しとなるべく精励恪勤《かっきん》していた。そんな働きぶりが当時の執政にも認められたのだろう。五年前に年寄に抜擢《ばってき》され、二年で次席家老に取り立てられた。そんな白井が百姓の側につくのは自明であった。

無論、単なる祐筆、しかも頭取の代理である清之介は発言する立場にはない。だが、心中では白井の意見に喝采《かっさい》を送っていた。代替案として白井は商品作物を増やすことを提案したのである。漆《うるし》と楮《こうぞ》の植栽を進め、ゆくゆくは漆器と紙を藩財政の柱とするものだった。だが、黒田はこれに猛反対した。漆も楮も植えたからと言ってすぐに金を生むものではない。今、目の前の艱《かん》難《なん》を乗り越えることこそが第一。漆と楮は次の策だと譲らなかった。座を占めていたのは、黒田と白井の両家老に城代、年寄の二名、そして郡奉行の計六名であった。これが綺麗に〈黒白〉二派に分かれてしまい、会議はもつれにもつれ、ついに決着を見なかった。

初めての執政会議に臨んだ緊張に加え、黒白の争いに巻き込まれて清之介は心身から疲れてしまった。

大手門から表へ出ると、夕闇に仄白く浮かび上がる五分咲きの桜が見えた。だが、満開前の初々しい桜を愛《め》でる心の余裕もなく、清之介は城の北東に位置する屋敷へと足を急がせた。とりあえずゆっくりと湯に浸かり、横になりたかった。

坂崎家は代々奥祐筆を務めてきたが、よほどのことがない限り、当主はいずれも頭取となっている。清之介の祖父も父もそうだ。役方と呼ばれる文官の中でもさして高い身分ではないが、藩政の機密に関わる重要なお役目とあって、拝領している屋敷地は分不相応に広い。冠木門《かぶきもん》と玄関を設けることも許されており、その玄関には式台というほどの大袈裟《おおげさ》なものではないが、二畳程の板敷もある。

いつもなら、この板敷で妻の芳乃《よしの》が出迎えるはずなのだが、今日は姿を見せない。具合でも悪いのか、と訝っているうち、廊下を打つ忙しない足音と共に女中のさとが現れた。

「申し訳ございません！」

その場で倒れこむように低頭した。肉付きのよい肩がぶるぶると震えている。

何があった。

「若さまが、池に落ちて――」

後は耳に入らなかった。清之介は腰の大小を投げるようにしてさとへ渡し、転がるように板敷へと上がった。中庭に面した八畳間には小さな布団が敷かれ、その傍らでは妻の芳乃がうなだれている。

これは――夢を見ているのではないか。

子の傍に寄り、真っ先によぎったのはそんな思いであった。

この世に生を受けてから、二年にも満たない命であった。ようやく、ととさま、と片言《かたこと》で言えるようになったばかりだが、今朝は玄関まで清之介を見送ってくれたのだった。

その幼子が、どうしてさような姿に成り果ててしまったのか。

青白いなどという一言ではとても形容できぬ、それこそ皮膚の下に鉛《なまり》を砕《くだ》いて薄くまぶしたような顔。なぜ、こんなことに。思わず小さな手を握りしめた途端、清之介の胸は氷の塊を呑み込んだようになった。そこに血の温《ぬく》みはなかった。

まだ間に合うやも知れぬ。抱いてやれば柔肌が蘇るやも知れぬ。

手を伸ばして小さな体を抱き上げると、冷たく生ぐさいにおいが鼻をついた。

――池に落ちて――

さとの声が耳奥で蘇ると、

「いったい、そなたはどこで何をしていたのだ」

つい、妻を怒鳴りつけていた。

震える肩がびくりとし、妻がおずおずと顔を上げる。強張った頰は驚愕《きょうがく》とも怖れとも悲しみともつかぬ色に染まっていた。それを見て清之介は己の短慮を深く悔いた。いや、執政会議くらいで磨り減ってしまった己の心の脆《もろ》さを呪った。

「済まなかった」

詫びた途端、芳乃は弾かれたように突っ伏した。泣きながら畳に手をつき、申し訳ございません、と何遍も繰り返した。

「私こそ、済まなかった」

清之介は子の亡骸を抱いたまま、再び妻に詫びたのだった。

弔いを終えた後に待っていたのは多忙な日々だった。奥祐筆頭取の斉藤勝一が急死。清之介は二十五歳の若さで頭取になった。だが、財政難で藩政が黒か白かに揺れているときである。連日の会議と記録の整理と清書に追われ、帰宅は日に日に遅くなった。いや、お役目を口実にわざと遅くしたのだ。

妻の姿を見れば、心無い言葉を吐いたことを否応《いやおう》なく思い出してしまう。

――いったい、そなたはどこで何をしていたのだ。

思い出せば、言葉は刃《やいば》となって己の心まできりきりと苛《さいな》む。今はただ、脇目もふらずにお役目に没頭するしかなかった。時が経てば子を喪った悲しみも薄れる。己の罪の意識も薄れる。妻の心の痛みも薄れる。色々なものが薄れて、いつかまっさらになって夫婦はやり直せる。そう思って目をつむり、耳を塞ぎ、心を閉ざして清之介は日々を過ごした。

桜が散り、夏と秋が過ぎ、いつしか霜月になっていた。

藩内は少し落ち着いていた。結局、藩主は白井の案を採用し、領内には漆と楮の植樹が行われることになったのである。

その日は非番だというのに、清之介はいつもより早く目が覚めた。昨夜は真冬のように冷え込んでいたが、案の定、外廊下に出ると庭には一寸ほどの雪が積もっていた。雪はいつやんだのか、夜明け前の青藍の空には凍《い》てつくような星と赤みを帯びた残月が見える。すると、眼前を桜色の花びらがはらりと舞った。

ああ、返り桜か。

霜月だというのに庭の桜が咲いていると、さとが口にしていた。

霜月の雪に桜か。何と風流な。久方ぶりに芳乃と一緒に茶でも飲むか。

非番で気持ちにゆとりがあったからか、そんなことを思い立ち、清之介は妻の寝所を訪れた。

だが、そこはもぬけの殻だった。胸がざわりと鳴った。

部屋は綺麗に片づけられている。それ自体はさほど不思議ではない。だが、暁闇《ぎょうあん》の頃にどこへ出かけたというのだろう。それに――

がらんとした部屋の真ん中にはぽつんと本が置いてあった。几帳面《きちょうめん》な芳乃らしくないことであった。

近づいて手に取ると、美しい手蹟で『つきのうらがわ』と書かれていた。


「おとう。おら月に行きてぇよ」

子は泣きながら言いました。

「なぜ、月なんかに行きてぇんだ」

おとうがきくと子はこたえます。

「だって、月にはおっかあがいるんだろう。おばあがそう言ってたんだもん。死んだもんは月に行くって」

子のおっかあは、はやりやまいで死んだばかりでした。

子の思いはわかります。でも。

「月には行けん」

おとうは心をおににして言いました。

「月はちかいように見えてとおいんだ。どんなにたかい山にのぼってもとどかねぇ」

「そいじゃ。おっかあはどうやって月へいったんだ」

「そんなむつかしいことは、おらにはわかんねぇ。いや、だれにもわかんねぇ。だれにもわかんねぇことを、むりにほじくったらいけねぇんだ」

「神さまにも、わかんねぇのか」

「んだ。神さまにもわかんねぇ。月のことはわすれろ」

おとうはきっぱりと言います。

それでも子はあきらめませんでした——


文字はそこで途切れていた。

これは——遺書か。

清之介は寝所を飛び出すと、外廊下からそのまま庭に下りた。雪が素足を鋭く噛んだが構わなかった。

何年かに一度、月が大きくなる。そして、青く深い湖に月の道が開く。そこを辿れば月の裏側に行ける。

清之介は祖母から聞いたが、この辺りに住む者なら誰でも知っている話だ。他愛のない昔話だ。

それなのに、清之介の心の臓は早く高く打つ。月の道なぞ開くはずがない。そう思っているのに、頭の隅で懸命に考えている。

昨夜は満月だったろうか。その月は大きかっただろうか。

雪の降ったことなぞ忘れ、必死に思い出している。

芳乃、芳乃、どこにいる。

逝かないでくれ。逝くな。

月の裏側になぞ、行くな。

——若さまが、池に落ちて——

果たして、池の傍に芳乃はいた。子が落ちた池のすぐ傍で、真紅の雪と桜に抱かれて死んでいた。緋色の花びらは幾重にも散り敷かれ、紅い雪はふっくらと丸みを帯びていた。まるで芳乃を守るかのように。

恐れと怒りと後悔と悲しみとがいちどきに押し寄せ、清之介は妻の傍らにくずおれていた。

芳乃——

眠っているような妻の頬に手を伸ばすと、指先に触れたのは、なじみのある温かく柔らかな肌ではなかった。それは、氷のごとく清之介の指を冷たく拒んだ。

——**おら月に行きてぇよ。**

どこかから声が聞こえたような気がした。ふと西空を見ると、巨大な赤い月が今にも崩れ落ちそうに沈んでいくところだった。

＊

お綾の視線の先には富士があった。小さいけれど、うっすらと雪を頂いた富士の山がはっきり見える。それくらい今日は晴れているのだ。

それなのに胸が苦しい。何かを押し込まれたみたいに、長いこと水の中にいたみたいに苦しくて仕方ない。

やはり——あの冊子は、『つきのうらがわ』という物語は、坂崎の妻が書いたものだったのだ。月と兎の可愛らしい絵も、美しい文字もすべて妻の手によるものだったのだ。でも、あれをどんな気持ちで書いたのだろう。そう思えば、また息苦しさが増していく。

坂崎の妻は懐剣で喉を突いて死んだのだろうか。純白の雪を真紅に変えるほどの血を想像すると、坂崎の怯えたような目を思い出した。雪の上に落ちた南天の実ほどの血。そんなものですら、この人を苦しめるのだと思えば、お綾の胸は張り裂けそうなほどに激しく震えた。いったい、この震えは何なのだろう。亡くなったお子さんや奥さまへの同情なのか、それとも——

「私が責めなければ妻は死なずに済んだ。妻を死に追いやったのは私だ。それなのに私だけが、こうしてのうのうと生きている」

坂崎は深々と頭《こうべ》を垂れた。両の拳は固く握られている。お杉夫婦の事情を知った日と同じように、いや、あの日よりもずっと固く。皮膚が裂けてしまいそうなくらいに。

――おゆうが死んだのはあたしのせいだ。

お杉が自らを責めていたように。

――おっかさんに、ごめんねって言いたいの。

おはるが、自分だけが幸せになることを躊躇《ためら》っていたように。

――こうしてのうのうと生きている。

この人もまた、罪の檻に自らを閉じ込めてしまったのだ。

棘《とげ》だらけの蔓《つる》が絡まりあった、自らが作った、頑丈《がんじょう》な罪の檻に。

知らぬ間にお綾は床几から立ち上がっていた。気配に気づいた坂崎が顔を上げる。潤んだ眸を見ると、胸を突き上げるような震えがそのまま言葉となって溢れ出た。

「それで『つきのうらがわ』の続きを書こうとしたんですか。子どもと奥さまの後を追いかけようとして。坂崎さんも月の裏側に行こうと考えて。毎日死ぬことばかりを考えていたんですか。そんなの許しません。断じて許しません。だって死んだら、死んだら――」

二度と戻ってこられないんですよ。

最後の言葉は涙に呑み込まれた。しゃくり上げるお綾を見て、坂崎は弾かれたように立ち上がった。

「済まなかった。まことに済まなかった」

お綾に向かってしきりに頭を下げる。

また、この人はわけのわからない謝り方をして。

でも、お綾の胸の中も何だかわけがわからなくなっている。怒りと悲しみとどうしようもないやるせなさと、たくさんの思いが混じり合ってぐちゃぐちゃになっている。

本当は、もっと別のことを、大人が言うようなことを、言いたかったのかもしれない。奥さまが亡くなったのはあなたのせいじゃないとか、自らを責めるのはおかしいとか。

でも、上手く伝えられずに、

――そんなの許しません。断じて許しません。

あんな物言いしかできなかったのだ。

ただ、苦しまないで欲しかった。死ぬことなんて考えて欲しくなかった。このまま会えなくなってもいいから、どこかで生きていて欲しいと思った。罪の檻から出してやりたいと痛いほどに思った。

気づけば、お綾は坂崎の胸を拳で叩いていた。叩き出したら止まらなくなって、何遍も何遍も叩いていた。

「泣けばいいのに。思い切り泣けばいいのに。大人だって、泣かなきゃ心がねじ曲がっちゃうんだから」

そんな子どもじみたせりふまで口にしていた。坂崎は頭を垂れたまま、ただひたすらお綾に詫び続けた。

ようやく叩く手が止まると、お綾はその手で顔を覆って泣いていた。泣きながらようやく気づいた。

あたしはあたし自身に腹を立てているのだと。

せっかく坂崎が胸の内側を開いてくれたのに。深い傷を見せてくれたのに。あたしは傷を癒すどころか、徒《いたずら》に広げてしまっただけなのかもしれない。そんな後悔に囚《とら》われながら、今度は幼い自分へとお綾は見えない拳を振り続けた。

これがお話だったら。頼りないお侍は、泣きながら怒るお姫さまをしっかりと抱きしめるのだろう。坂崎が抱きしめてくれたらお綾も抱きしめ返すのに。そうしたら、坂崎の胸の痛みを少しでも感じ取れるかもしれないのに。少しくらいはさすってあげられるかもしれないのに。温めてあげられるかもしれないのに。

でも、そんなことには絶対にならないとわかっている。

罪の檻をこじ開けることも叩き壊すこともあたしにはできない。どうやったって、この人の傷口にあたしの手は届かない。

あたしはやっぱり子どもだ。どうしようもなく無力な子どもだ。

そう思えば、悲しいよりも腹が立ち、お綾の涙はいつまでも止まらなかった。

二

東の訪問から三日後、迷った末にお綾は稲荷屋を訪れた。座り読みをする客のために置いた床几には、お綾を挟むようにして店主の月蔵と女房の都留が腰掛けている。坂崎はいない。

だが、こうして稲荷屋へ来たのはいいものの、坂崎から聞いたことをどこまで話していいか迷ってしまった。すると、お綾の面持ちから察したのか、清さんから昔の話を聞いたんだろう、と月蔵のほうから水を向けてくれたのだった。

「この下駄は、やっぱり奥さまのものだったんでしょうか」

ずっと気になっていることを訊いてみた。知り合いの下駄屋からもらったと言っていたが。

「まあ、そうだろうな。妻のことを忘れたいけど、忘れられなかったのかもしれないし、本当に自分で履こうと思ったのかもしれない。まあ、あいつは朴念仁《ぼくねんじん》だからなぁ」

月蔵が苦い笑いを洩らした。

「朴念仁って?」

「情を解さないって言ったら言いすぎだけど。まあ、女心がわかんない、石頭って意味よ」

お綾の問いに答えたのは都留である。意味は何となくわかったが、まだすっきりと腑に落ちてはいない。

「妻の形見の下駄を女子に譲るってことが無粋《ぶすい》だって言いたいのさ」

なるほど、とお綾は足元の下駄を改めて見下ろした。そう言われればもやもやと妙な心持ちではある。そんなお綾の様子を見て都留がくすりと笑う。

「奥さまの形見をもらうなんて嫌だって思う女子もいるかもしれない。でも、あの御仁に邪気はないんだよ。困っている人間が目の前にいたら何とかしたい。それが好もしいと思う相手ならなおのこと。まあ、今のお綾ちゃんは、坂崎さんにとって好もしい以上の相手になってるけどね」

頬がかっと熱くなった。熱は耳たぶまで回り、背中が汗ばむ。

「からかってるわけじゃないよ。だって、男が己の不甲斐なさをさらけ出したってことだから。言い換えれば、お綾ちゃんの気持ちに応えようとしたってことさ」

ねえ、おまえさん、と月蔵を横目で見る。

「まあ、そういうことだろうな」と月蔵はほりほりと鼻の頭を掻いた。「だが、お綾ちゃんはまだ物足りないんだろう。だから、こうしておれたちのところへやってきた」

「物足りないわけじゃないんです。ただ、どうしていいかわからなくて」

お綾に心の傷を話してくれた翌日、坂崎はどこかへ出かけた。たぶん、東を訪ねていったのだろう。東は妻の弟、つまり義理の弟だという。長屋では落ち着いて話ができないと思ったのかもしれない。そのことが余計にお綾の心を沈ませたが、かと言って無力な自分には何もできない。胸のもやもやを打ち明けるのは、坂崎と同郷の月蔵夫婦しか思い浮かばなかった。

聞けば、月蔵の家も代々祐筆だったそうだ。三男の月蔵に継ぐ家はなかったが、祖父も父も書を通して月蔵に色々なものを手渡してくれた。それが、月蔵の宝だ。その宝のお蔭で月蔵の今がある。こうして江戸で貸本屋をできるのも、今もなお生国とつながっていられるのも〝宝〟のお蔭だ。月蔵は年に一度か二度、生国に帰るらしい。書を売るためである。御城下はもちろん近隣の村にもいい客がいるそうだ。名主や富商などだ。

都留は月蔵と幼馴染《おさななじみ》だったという。武家の子女ながら、惚れた男を追って江戸に出てきたそうだ。そんな一途さがお綾には心底羨ましいが、腐れ縁なのさ、と都留は嘯《うそぶ》いている。

月蔵が江戸に出てくる頃、坂崎はまだ七、八歳の子どもだったが、既に俊才として名を轟《とどろ》かせていたそうだ。何でも、その歳で『資治通鑑《しじつがん》』という唐国《からくに》の難しい歴史書を読んでいたほどだったという。でも、日頃の坂崎は、月蔵さん、月蔵さん、と慕ってくれる可愛らしい子どもだった。

素直でいい奴なんだ。でも、真面目すぎるんだろうな。

「お綾ちゃんのもやもやが、すっきりするかどうかはわからないけど」

妻子を亡くして洞のようになった坂崎に会ったのは、月蔵が生国に帰ったときだった。

その日、月蔵はご城下からほど近い村の百姓家に草鞋《わらじ》を脱いだ。百姓と言っても糸商いで潤っている家で、振舞われた酒は加賀《かが》の上物だった。気持ちよく酔い、ふらりと表へ出ると、花冷えという言葉がぴったりのひんやりとした夜で、その分、月は澄んでいた。

家のすぐ前は麦の畑である。穂のつき始めた青麦はまっすぐに天へと伸び、まるで月を慕うているような健気さだった。麦畑に囲まれた道をゆるりと歩いて行くと、土手沿いの桜花が仄白く浮き上がっているのが見えた。満月に桜とは何とも贅沢な夜じゃねぇか。江戸の桜も悪くはないが、やっぱり生まれ故郷の桜は格別に綺麗だ。空気が澄んでいるせいか、花の色が違う。

そんなことを思いながらそぞろ歩いているうち、瀬の音がはきと聞こえる辺りまで来ていた。

どうせなら川面に映る月でも眺めるか、と土手を上ったときだった。

川べりに近づく人影が見えた。帯刀はしていないものの白鼠《しろねず》の小袖に紺袴姿《こんばかますがた》はどう見ても百姓ではない。だが、既に亥《い》の刻は過ぎている。御城下には街道に合わせて七つの出入口があり、この辺りは三国《みくに》街道へとつながる口だが、いずれにしても木戸は既に閉まっているはずだ。こんな時分に木戸を開けさせてまで花見に来るとは、よほどの風流人か、あるいは変わり者か。

月蔵は親しみめいたものを覚えながら、小柄な武士が汀《みぎわ》に近づくのを眺めていた。すると、それまで長閑《のどか》だった瀬の音が唐突に乱れた。月気《げっき》で明るい水面が荒々しく波立ち、小柄な武士が入水していく。いくら何でも花冷えの夜に着衣水練なぞという酔狂はすまい。

自害か。

月蔵は慌てて土手を駆け下り、川に入ると武士を羽交《はが》い絞《じ》めにした。水の冷たさを感じたのは最初だけだった。足のつかぬ場所に行ってしまえば共に溺《おぼ》れてしまうかもしれぬ。そんな恐怖と必死に戦いながら、月蔵は渾身《こんしん》の力で武士を引っ張った。

ここ半月ほど雨が少なく流れが緩やかだったことや、武士が小柄だったこともあり、何とか岸に引き上げることができたが、水に濡れた着物は月蔵の身からみるみる温みを奪っていった。武士も同様なのか、小柄な身を小刻みに震わせている。

「すぐそこの百姓家で着替えを――」

言いさした月蔵は息を呑んだ。地面に手をつき、息を切らしているのは、坂崎清之介だった。幼い頃から俊才と呼ばれた男、二十代半ばで奥祐筆の頭取になった男、その男が濡れ鼠になり、眼前でうなだれているのだった。しかも、頬はこけ、以前に会ったときとはすっかり面変わりしている。

何ゆえに――問いかけの言葉は喉の辺りでとどまった。子と妻女を喪ったことは月蔵も仄聞《そくぶん》していた。

妻子の後を追おうとしたのか。

そんなことをして何になる。だが、生きろ、と叱咤するには、眼前の男はあまりにも憔悴《しょうすい》しきっていた。

「まだ死ぬな、ということじゃないですか」

月蔵が声を掛けると、坂崎がゆるゆると顔を上げた。春なのに冴え冴えとした月のせいだろうか。その目は驚くほどに澄んでいた。美しいというのではない。すべてをあきらめたような、いや、すべての感情を捨て去ったような目をしていた。

「ここでおれに会ったのは、そういうことだろうよ。神さまがまだ生きよ、とおっしゃっているんだ」

昔に戻り、砕けた言葉で月蔵が諭すと、

「私は、生きる値《あたい》のない男です」

坂崎は色の失った唇を震わせた。

生きる値だと。

「何を、甘ったれたこと言ってんだ、この野郎」

思わず怒鳴りつけていた。坂崎の目が大きく見開かれた。乾いた目にようやく感情らしきものが覗いたことに月蔵は安堵し、

「いいかい、清さん」

小柄な男の肩を抱く。

駿馬《しゅんめ》だ、麒麟《きりん》だ、なぞと誉めそやされていたが、おれはおまえが寝小便を垂れている頃から知ってるんだ。よく聞けよ、清之介。

人はこの世に生まれたことに意味がある。清さんの言う〈値〉ってやつだ。おぎゃぁと産声を発したとき、親はどれほど嬉しいか、どれほど安心するか。清さんだって憶えがあるだろう。そして、人が生き続けることにはもっと意味がある。

例えば、道ですれ違ったとき。

今日はいい日和ですね。息災ですか。

挨拶を交わす。微笑み合う。

そんなことが誰かの心を温めることだってあるだろう。

あるいは、病にかかったとき。心が弱っているとき。

具合はどうですか。何か手伝いましょうか。

些細な気遣いが、崩れそうな心の支えとなることもある。

どんな人間も、大人も子どもも、そうやって誰かの人生に関わっているんだ。生きる値のない人間なんてこの世にいない。

清さんのような優れた人間はなおのことそうだ。幼い頃から書を読み、書に親しみ、書から得た見識がある。でも、それは清さんひとりのもんじゃない。清さんが誰かから受け取ったように、たくさんの人に渡してやらなくちゃいけないもんだ。

人は人と関わり合って、何かを渡したり受け取ったりする。

それが人の生きる値だよ。

「だから、おまえはもっと生きよ、と神さまは言ってるんだ」

最後は子どもに言い聞かせるような物言いになってしまった。すると、月と水で濡れた小柄な身がうなだれた。すぐには受け止められぬかもしれぬ。だが、己の拙い言葉の切れ端がほんの少しでも、この男の心に引っかかってくれたのならいい。そう思いながら、月蔵は冷たい肩を抱いていた。


「で、坂崎さんは江戸に来たってことですか」

お綾は月蔵の横顔を見上げた。

「うむ。だが、すぐというわけにはいかなかった。おれが再び生国を訪れたのは、月夜の晩から半年以上は経っていたかな。すっかり秋も深まっていて、山は深い紅葉に包まれていた。清さんの顔を見て、とりあえず生きていることにほっとしたよ。だが」

相変わらず憔悴し、やつれた面持ちをしていた。入水する前に実弟に家督を譲り、隠居していたのも悪かったようだ。お役目もなく、広い屋敷の奥の間で書に向き合うだけの毎日を送っていた。

昼間はまだいい。書に没頭しているうちは気が紛れる。だが、夜になると心がひりひりと痛む。眠ろうとして床に入ってもそこかしこに妻子の気配がある。二人とも己を責めるわけではなく、ただそこにいて微笑んでいるだけだ。だが、そのことがどうしようもなくつらい。いっそのこと声高に責めてくれれば楽なのに。

「そんなことを清さんは言った。だから、いったん屋敷を離れるほうがいいだろうと思ったんだ。その場で江戸に来ないかと誘うと、しばらく迷った末に頷いた。周囲には心無い中傷もあったみたいでね。幼い頃から駿馬だ麒麟だ、と称えられていた男だから、なおのことそうだったのかもしれない」

月蔵は歯痛でもこらえるように頬を歪めた。

お綾の脳裏には見知らぬ土地の景色がくっきりと浮かんでいる。満開の桜の木が立ち並ぶ土手と、その下にうねる黒々とした夜の川。きっとそこには月の道があったはずだ――

「坂崎さんは、月の道を辿ろうとしたんじゃないでしょうか」

「月の道？」

それまで黙っていた都留が訝しげに眉をひそめる。

「はい。坂崎さんの奥さまは『つきのうらがわ』という物語を書かれていたんです」

写させてもらったから一言一句憶えている。中途で終わっている『つきのうらがわ』の中身をお綾は夫婦にあますところなく伝えた。

「越してきたばかりのお部屋を片づけているときに、見つけたんです。あたし、坂崎さんにつらいことがあるなんて、『つきのうらがわ』が奥さまの遺書だなんて、まったく知らなかったから、物語の続きを考えさせて欲しいと、つい軽い気持ちで言ってしまったんです」

　そして、幼いおはるの心まで惑わせてしまった。

　──悪いのは私なんだ。私が屋根の上であんな話をしたせいで、二人を迷わせてしまったんだから。

　坂崎はそんなふうに言っていたが、本当に悪いのはあたしだ。『つきのうらがわ』が遺書とは知らずに、軽々しく物語の続きを考えようとし、幼い二人まで巻き込んでしまったあたしが悪いんだ。それだけじゃない。坂崎の心の傷までも、もしかしたら治りかけていたかもしれない傷口までも無理にこじ開けてしまった。すべてはあたしが悪いんだ。

　あのさ、と都留が静かに口を開いた。

「その物語は遺書じゃないと思う」

　遺書じゃない？

　思いがけぬ言にお綾は目をしばたたいた。坂崎も遺書だと言っていたし、お綾もたぶんそうなんだろうと思っていた。月の裏側には亡くなった人がいる。坂崎の妻にとっては亡き子のいる場所だ。そこへ行きたいと考えることは、自らも死のうとしているということではないのか。

「どうして、そんなふうに思うんですか」

　お綾が問うと、

「奥さまが遺した『つきのうらがわ』の最後っていうのは」

　──子はあきらめませんでした──

「そんな文言で終わってたんだろう」

都留がゆっくりと問い返した。

「はい。そうです」

妻は、亡き子のいる場所へ行くことをあきらめなかった。だから死んだ。懐剣で喉を突いて。

しばらく何かを考えるように、都留は宙を見つめていたが、おもむろに口を開いた。

「あたしはね、国を捨ててこの人を追ってきたんだ」

どうしてか、都留の話になった。でも、その眼差しは真剣だ。お綾は都留のほうへ向き直り、美しい横顔を見つめる。

家を出たのは都留が十八歳、月蔵が江戸へ出て一年後のことだったそうだ。無論、両親は猛反対したという。武家の女子が自ら婚姻を決めることはない。親も含めた周囲が家格の釣り合いを考え、然るべきところに嫁がせる。やはり祐筆の家に生まれた都留の嫁ぎ先として挙がっていたのは、八十石の小姓頭の家だった。

「けど、あたしは、物心ついたときからこの人と一緒になるって決めていたんだ。それなのに、ひとりで江戸へ行っちまった」

都留が恨みがましい目で見ると、

「そうでもしなきゃ、おめぇがあきらめねぇと思ったんだよ」

月蔵が仏頂面で答える。ふん、と形のよい鼻を鳴らした後、都留は先を続けた。

「何より、縁談相手がいけすかない奴でね。こんな男と一生添い遂げるなんて真《ま》っ平《ぴら》ごめんだと思ったんだ。それこそ」

生きながら死んでいるようなものだと思った。そんなの嫌だ。たった一度きりの人生だ。泣いたって喚《わめ》いたって七転八倒《しちてんばっとう》したっていい。あたしは存分に生きたい。好いた男と一緒に生きられるなら苦労なんて厭《いと》わない。だから、両親を説得した。月蔵のところへ行かせてくれと。一年かけて説得し続けた。

あきらめたくなかったんだ。存分に生きることを。

わかるかい、と都留はお綾を真っ直ぐに見据えた。

「あきらめない、というのは、生きることに使う言葉だよ」

思い切り頬を打たれたような気がした。

確かに、都留の言う通りかもしれない。お綾は膝に置いた手をきつく握りしめた。

じゃあ、あの物語は。『つきのうらがわ』は。

何のために、どんな思いで書かれたのだろう。

「奥さまが探していたのは、亡き人と共に生きる道じゃないかな」

「亡き人と共に生きる道――」

「そう」

月の裏側には亡き人がいる。でも、そこへ行く道は〈死への道〉とは限らない。

亡き人を思い出すこと。亡き人を慈しむこと。それも、わたしたちが亡き人に会いにいくということだ。

ただ、亡き人を思って泣き暮らしてはいけない。ぐずぐずといつまでも悔やんでいてはいけない。毎日を明るく懸命に生きなければ、生きているとは言えないからだ。

亡き人を思いながら、でも、明るく生きていく。

それは言うほど容易いことじゃない。

だから。

――そんなむつかしいことは、おらにはわかんねぇ――

けれど。

――それでも子はあきらめませんでした――

そんなふうに表したのだ。

眼前の景色が一変した。影だったところに光が当たり、今まで見えなかったものがお綾の目にくっきりと映った。

『つきのうらがわ』は遺書ではなく、生きるための物語になるはずだった。

「お綾ちゃんの話を聞いているうちに、あの子のことを思い出したのさ。ほら、切り髪の可愛らしい子」

おはるのことだ。

「あの子が初めてここへ来たとき、あたしはひやりとしたんだ」

目が半分死んでいた、と都留は言う。綺麗だけど、硬いびいどろ玉でできているような目だった。おはるが両親の首を吊った亡骸を見てしまったと後で聞き、そんな目をしていたわけが腑に落ちたそうだ。

　確かに、初めておはるをここへ連れてきた日、都留がおはるを見て驚いたような顔をしていた。あのときはおはるの美貌に目を瞠っていたのかと思ったが、そうではなかったのか。

　お綾の胸中に呼応するように都留は深々と頷く。

「ああ、可哀相に。おとっつぁんとおっかさんの亡骸を見たばっかりに、この子は心の中がびいどろみたいになってしまったんだ、硬くなった心は思い切り泣いたり笑ったりできないんだ。何とか救ってやれないだろうか。この子を思い切り泣かせたり笑わせたりしてやれないだろうか。

　綺麗な眸を思い出すたびに、都留の心も痛くて仕方なかったという。

「でも、この間、来たときは別人みたいだったたねぇ。正坊の冗談にけらけら笑う顔を見て、思ったのさ。この子は、深く冷たい夜を通り過ぎたんだって。おっかさんやおとっつぁんの死をきちんと受け止めたんだって。そうして」

　死んだ両親と共に生きる道を見つけた。本当の月の裏側を。でも、見つけられたのは独りぼっちじゃなかったからだ。正太やお綾、長屋のみんなが傍にいたからだ。だから、あんなに小さくても冷たい夜の底を自らの足で歩き通せた。そうして陽の当たる場所へと辿りついた。

「奥さまの本当の気持ちはわからないけど。子が亡くなってから自害なさるまで半年以上経っていたみたいだから、そう思ったのさ。その間、ずっと考えていたんじゃないかしらって。亡き子と共に生きる道を」

　あきらめたくなかった。子を思いながら、それでも強く生きる術《すべ》を。それを物語にして夫と分かち合いたかった。子どもじみた方法かもしれないが、何とかして夫とつながりたかった。自分が悔いているのと同じように、夫も深く悔いているのがわかったからだ。

でも、多忙な夫と心を通い合わせることはできなかった。亡き子と共に生きる術を、本当の意味で月の裏側へ行く方法を、たった独りで探すことは難しかった。

だから、自害してしまった。雪と花を血の色に染めて。懐剣で喉を突いて。独りぼっちで。死への道を辿っていった。

「坂崎さんの罪は奥さまを責めたことじゃない。自らを責めたことさ。自らを責め続け、奥さまと共に長い夜を乗り越えようとしなかったことさ」

都留はどこかが痛むように顔をしかめた。

——己の犯した罪から逃げてきたんだ。

——妻を殺した人間なんだ。

坂崎は今もまだ、自分を責めている。

暗く冷たい夜の底に、自らが作った罪の檻の中に、独りぼっちでうずくまっている。

「亡き子と共に生きたかった。そんな奥さまの思いは、坂崎さんに伝わっていたんでしょうか」

お綾はおずおずと問うてみる。都留は少しの間、思案していたが、

「奥さまが亡くなって、しばらくしてから気づいたのかもしれないねぇ。けど、その思いに報いることはできない。そう考えて後を追おうとしたんだろうね」

真面目な人だから、と目をしばたたいた。

「先《せん》にも言ったけど、あいつは御城下でも屈指の俊才でね。まあ、代々奥祐筆の家に生まれたから、小さい頃から書に埋もれてたんだろうけどな。だが、剣術の腕もなかなかのものだ。万事につけ手を抜かない。馬鹿がつくくらい、真面目な奴なんだ」

月蔵が重い口を開いた。

屈指の俊才。馬鹿がつくくらい、真面目。だから、妻を死に追いやった己を責め続けた。心の底で妻に詫び続けた。済まない。済まなかった。申し訳ない。妻はもういないのに。詫びる相手は目の前にいないのに。未《いま》だに詫び続けている。

もしもあたしが奥さまだったら、もう詫びないで欲しい。顔を上げて欲しい。真っ直ぐに前を向いて生きて欲しい。別の誰かのために。

できれば――ここで生きて欲しい。あたしや正太やおはるやたくさんの人のためにここで――

そう思ったときだった。

頭の中に坂崎の美しい手蹟が思い浮かんだ。

『つきのうらがわ』に挟まれていた詩。どこか切々とした寂しさを醸《かも》した文字。題名だけは憶えている。

「月蔵さん。書くものを貸してください」

そう頼んでいた。縋《すが》りつくような思いが伝わったのか、月蔵はすぐに帳場から紙と筆を持ってきてくれた。お綾は紙の端に文字を書くと、知っていますか、と差し出した。

「ああ」と月蔵は頷いた。「唐《とう》の李白《りはく》の詩だ」

『静夜思』
牀前看月光（牀《しよう》前月光を看《み》る）
疑是地上霜（疑うらくは是《こ》れ地上の霜《しも》かと）
挙頭望山月（頭を挙げて山月を望み）
低頭思故郷（頭を低《た》れて故郷を思う）

——床の前で月の光に気づいた。その明るさは地面に降りた霜のようではないか。顔を上げて山の上の月を眺め、頭を垂れて故郷を思う。

そんな意味だ、と月蔵は詩を書いた紙をお綾に差し出した。あの頃は読めなかった文字が今なら読める。一行が、いや、一文字一文字が深い意味を持っている。

何と美しく、何と切ない詩なのだろう。

いや、何と切ない思いなのだろう。

坂崎は——帰りたいのだ。故郷へ。青く美しい山のある生国へ。

この詩だけではない。屋根に登ったときもそうだった。山の話をする坂崎はどこか切なそうだった。江戸の空を見ているようで、あの人は故郷の空を、その空にそびえる山を見ていたのだ。

そして、美しい山を忘れられないのと同じように、亡き子と亡き妻を忘れることができないでいる。

でも、無理に忘れなくてもいいのだ。死んだ人はいつでも優しい。だから、共に生きていけばいい。

ただ——

亡き人と共に生きるには、ここじゃ駄目だ。

夜になったら黒々と迫ってくるような山。

春には優しく笑い、夏には青葉が滴り落ちるような山。

秋は錦をまとい、冬は雪と一緒にしんと眠る山。

そんな山が近くになくては駄目だ。

山は人々にとって祈りでもあり、生きる糧《かて》でもある。

山に人は生かされているんだ。

そんな山を仰いで己は生きていきたいと、坂崎の目は語っていた。

口には出さずに。でも、切実に願っていた。

いつまでも、頭を垂れていたら駄目なんだ。

「坂崎さんは、山が、生まれた場所が、心の底から好きなんだと思います。だから、帰らなきゃいけない」

本当の月の裏側に。

涙がこぼれないように唇を強く噛みしめた。

「それでいいのかえ」

思う存分に生きてきた人が問う。お綾も問う。問い直す。それでいいのか。もう会えなくなってもいいのか。他の答えはないのか。心の中で自問する。

——泣いたって喚いたって七転八倒したっていい。あたしは存分に生きたい。

都留の言葉に押されるように、胸の底から熱いものが滾々《こんこん》と湧き上がってくる。

泣いたって喚いたって七転八倒したっていい。

あたしは、あの人に存分に生きて欲しい。

そう。それでいいんだと思った。

あたしは、このことを、あたし自身に言わせるためにここへ来たんだ。

大好きなあの人を、望んでいる場所に帰してあげたいと。

それが、あたしの願いだ。叶えることのできる本当の願いだ。

「はい」

お綾はきっぱり頷いた。

「だったら、お綾ちゃんが帰しておやり」

帰しておやりって、どうすればいいんだろう。

「あたしにできるでしょうか」

幼くて無力なあたしに。

思わず俯くと、『静夜思』の詩が目に入った。読めなかった文字が読める。綴《つづ》れる。意味を紡《つむ》ぐことができる。あたしには言葉がある。

あの人から受け取ったたくさんの言葉が――

「できるさ。いや、お綾ちゃんにしかできない」

優しい声にはっと顔を上げる。都留はお綾をしばらく見つめた後、大切なものを手渡すように言った。

「今の気持ちをそのまま伝えればいい。お綾ちゃんの言葉で真っ直ぐに伝えれば、きっと伝わる。だって、あの人も」

お綾ちゃんを、ものすごく大事に思っているはずだから。

三

その夜、坂崎清之介は写本の手を止め、ぼんやりしていた。師走も半ばを過ぎている。年内にこれを仕上げないといけないな、と思いながらも瞼がとろりと重くなってきた。このまま朝まで眠ってしまったら頬に畳の跡がついて、またお綾に叱られるかな。いや、まださほどの刻限ではないから、今から寝てしまっても払暁《ふつぎょう》の頃には目が覚めるだろう。壁越しに姉弟の明るい笑い声が聞こえるからせいぜい五ツ（午後八時頃）くらいだろうか。

もう正坊ったら。変な絵。

おはるも泊まりにきているみたいだ。

それにしても今晩はやけに楽しそうだ。変な絵、と言っているから、みんなで絵でも描いているんだろうか。そう言えば、おはるは字だけじゃなく絵も上手だったな。明日、どんな絵を描いていたのか、訊いてみよう。だが、お綾はともかくおはるも正坊もそろそろ寝たほうがいいな。などと思っているうち、いよいよ瞼が下がってきた。畳の跡も気になるけれど、このまま寝たら風邪を引いてしまうだろうか。いや、お綾の打ち直してくれた綿入れを羽織っているから大丈夫だ。ふっくらとして暖かくて、温かくて、あたたかくて——

かたん。

木を打つような硬い音ではっと目が覚めた。

ううっ、寒い。

やけにすうすうすると思ったら、油障子がほんの僅かに開いている。おかしいな、閉めたはずなのに。建て付けが悪いから勝手に浮いてしまったのだろうか。清之介は下駄を突っかけて土間に降りた。

ふと見ると、障子の隙間に薄い冊子が挟んであった。そっと手に取る。

『つきのうらがわ』

伸び伸びとした素直な手蹟はお綾のものだ。

——あたしに続きを考えさせてくれませんか。

まだ憶えていてくれたのだ。

嬉しいような悲しいような不思議な心持ちで清之介は文机の前に戻った。じじ、と灯芯が音を立て、火が頼りなさそうに揺れる。そろそろ油が切れる頃だ。読むのは明日にしようかと思いつつも、表紙を繰ると墨ひといろの絵が飛び込んできた。

湖の絵だ。空の低い場所には巨大な月が浮かんでいる。今にも落ちそうな月は湖面に光を映していた。月の道だ。

もしかしたら、三人でお話の続きを考えていたのだろうか。いや、お綾が考えたお話に三人で絵をつけていたのか。

湖と月の絵を――

不意に背中に氷のような冷たさが蘇った。あれは満月の晩だった。腹を切るのでは月の裏側へいけない。妻にも子にも会えない。そんなふうに考え、弟に家督を譲り、満月の晩に入水しようとしたところを月蔵に止められたのだった。

だが、本当は腹を切るのが怖かったのだ。介錯なしで腹を掻っ捌《さば》く勇気がなかった。だから、月の裏側の話にかこつけて、川に身投げをしようと思ったのだった。芳乃が自害してから四月後のことだった。弥生の川は凍りつくほどに冷たかったが、一方で清之介の身を必死に支える太い腕は驚くほど強く温かかった。

――人は人と関わり合って、何かを渡したり受け取ったりする。

それが人の生きる値だ、と月蔵から諭され、もう一度生きてみようと思ったが、家人は皆、腫れ物に触るように清之介を扱った。何よりもお役目を失った身をどう使ったらいいかわからなかった。それは、生きながら死んでいるのと同じだった。

洞となった心に灯りを点してくれたのは、新兵衛長屋の子どもたちだ。だが、その一方で己だけが幸福になっていいのか、という思いが時折頭をもたげた。七夕の夜、ひとりで水面に映る星空を見つめているうち、ふと魔が差したこともある。死はいつもすぐそこにいた。何かの拍子に醜悪な顔を覗かせ、清之介の腕を摑まんとした。

――毎日死ぬことばかりを考えていたんですか。そんなの許しません。断じて許しません。

お綾に拳で叩かれた胸はまだ痛い。でも、叩いたお綾の心はもっと痛かったはずだ。その痛みを抱えながらこの物語を書いたのか――

息をひとつ吐いた。行灯の窓を指で上げ、中を覗き込む。皿は半ば乾いており、放っておけば四半刻も過ぎぬうちに火は消えるだろう。冊子を文机の上に置き、土間に再び下りると油徳利を手にして行灯のそばへと戻る。徳利を皿にそっと傾けると、とくとくと音がした。頼りなく揺れていた火がしっかりと立ち上がる。

文机の前に座り直して、清之介は紙をそっとめくった。

さて、湖は山の中腹よりずっと先にありました。

群青色の美しい湖には月の光が映っています。月は空の半分を覆うくらいの大きさでした。よかった。今日が月のでっかくなる晩だったんだ。

子は、そうっと湖に手を入れてみました。冷たいっ。指先が雪を摑んだみたいにじんじんします。

湖面をそっと覗くと、映っているのは真っ赤な月でした。

その月がぱっくりと割れ、中から鬼の目が覗きました。真っ黒で空っぽの目です。

うわぁ、と叫んで子は尻餅をついてしまいます。怖くて悲しくて、子の目から涙がほろほろとこぼれ落ちました。

ここは本物の月の道じゃない。ここを辿ってもおっかあには会えない。

そう思うといっそう悲しくなって、子は泣き続けました。

すると、空から温かな光が降りてきたのです。

子が顔を上げると、そこには三羽の鳥がいました。七色の羽を持った美しい鳥です。

見惚れているうちに子の身はふわりと軽くなりました。

空へ、空へ。鳥たちに支えられ、子の体はぐんぐん昇っていきます。

いつしか、月は空の一番高い場所にありました。赤い月ではありません。青く澄んだ美しい月です。子は思い切り月に向かって手を伸ばしました。でも、月ははるか遠くにあってどうやっても届きそうにありません。

(見てごらん)

どこかで聞いたことのある懐かしいような声でした。その声に促されて下を見ると、深い紺色の湖がありました。遠くには月影をぼんやりと映す棚田がありました。もっと遠くには家々の影がありました。もっともっと遠くには黒々とした山がありました。

星々はひしめき合うように輝き、今にも山に降ってきそうです。

空へ、空へ。子の体はぐんぐん高みに昇っていきます。

その空の様子が少しずつ変わっていくことに気づきました。

星がひとつ、またひとつ、と消えていきます。

いやだ。消えないで。子が思ったとき、足裏が地面を摑んでいました。

そこは山の頂でした。

群青色だった空は明るい青みを帯び、ところどころ鴇《とき》色に染まっています。星はずいぶんと少なくなって、見上げている間にもひとつずつ消えていきます。

振り向けば、月は西へと大きく傾き、再び赤い色に戻っています。ぐずぐずと崩れ、山の向こうへあっという間に落ちていきました。

ああ、おらはとうとう月には行けなかった。次に月が大きくなる晩はいつなんだろう。

子が寂しくなっていると、いきなり背中が温かくなりました。

驚いて振り向くと、そこにはおひさまが顔を覗かせていたのです。

その眩しさに、子は思わず目をつぶってしまいました。そのときでした。

(見てごらん)

また声が聞こえました。懐かしい声です。包み込んでくれるような優しい声です。

ああ、おっかあだ。おっかあの声だ。

子は、そうっと目を開けましたが、おっかあの姿は見えません。

(見てごらん)

また声がしました。

朝の陽できらきらと輝く湖がありました。
遠くには、風の渡る青々とした田がありました。
もっと遠くには、陽を弾き返す家々の屋根がありました。
そして、もっともっと遠くには、青く澄み切った山がありました。
どれもが夜に見るより、ずっと美しかったのです。
ずっとずっと力強かったのです。
子は思いました。
おらは月の道を見つけたのだと。
そうして、月の裏側にようやく辿りついたのだと。
長い長い夜を経て。
月の裏側は――
おひさまだったのだと、子は気づいたのです。
あきらめなくてよかった。
子は、ゆっくりと山を下りはじめました。
もう三羽の鳥がいなくても大丈夫です。おとうとおばあのいる場所に帰れます。
青く澄み切った山の見える場所です。
子は、そこで生きていくのです。
だって、おっかあがそこにいるのですから。

姿は見えないけれど、すぐそばにいるのですから。

おひさまはずっと子の背中にあって、行き先を明るく照らしてくれました。


最後の一枚にはまた絵が描かれていた。

三羽の鳥に導かれて、子が空を飛んでいく絵だ。

清之介はまだ墨の色も新しい絵を、小さな三羽の鳥を、愛おしい思いでなぞった。

なぞりながら思う。

子どもとは何と強いのか。そして大人は、いや、己は何と弱いのか。

──おっかさんに、ごめんねって言いたいの。

──月の裏側にはどうやって行けばいいの？

そんな思いに己は応えられなかった。でも、おはるはいつの間にか、本当の月の道を探し当てた。

──おいら、鬼退治に行く。

──私はさほど強くはないけれど、道案内くらいはできるかもしれない。

道案内をするどころか、三人にここまで導いてもらった。

──坂崎さんも月の裏側に行こうと考えて。毎日死ぬことばかりを考えていたんですか。そんなの許しません。断じて許しません。

何よりもあの娘の強さと優しさに救われた。己の胸を叩いた拳も心も途轍もなく痛かったはずなのに、こんなにも強くて優しい物語を紡いでくれた。

――帰らないで――

半月前には泣き出しそうな顔で言ったのに。

――帰りなさい。故郷の山へ。

不甲斐ない己の背を強く押してくれたのだ。

――泣けばいいのに。思い切り泣けばいいのに。大人だって、泣かなきゃ心がねじ曲がっちゃうんだから。

お綾の泣き声が耳奥で蘇った――そのとき。

紙の上に涙がぽとりと落ちた。三羽の鳥に導かれた子どもの絵。その余白に涙が次々と滴り落ちていく。妻が亡くなった凍《こご》えるような朝も、自害をしようとした冷たい夜も、流せなかった涙が清之介の頬を伝う。得も言われぬ優しいしずくとなって胸の内側をも濡らしていく。涙は温かかった。こんなに温かなものが己の中にあることをずっと忘れていた。

いや、温められたのだ。ずっと凍りついていたものを。お綾に正太におはるに。ここにいる皆の手で温めて溶かしてもらった。

清之介は胸に、お綾に何遍も叩かれた胸に手を当てた。

もう大丈夫だ。

帰ろう。青く美しい山に。

己を生かしてくれる山に。厳しいけれど、優しい場所に。

真っ直ぐに、帰ろう。

四

「おい、お綾。おめぇは坂崎さんを家まで送れ」

呂律《ろれつ》の回らぬ口で父はお綾に命じた。新兵衛の家なのに、まるで自分の家のように振舞っているのは相当酔っている証だ。

「滅相《めっそう》もない。すぐそこなのに送るも何も――」

慌てて顔の前で手を振る坂崎を父は遮り、

「何でぇ、うちの娘の見送りが受けられねぇってか」

にじり寄って、威勢のよい巻き舌になる。

「いや、そのようなつもりは」

「だったら、受けて下せぇよ。こいつはあんたに惚れてるんですから。お願いしますよ」

次は泣き落としである。やはりへべれけだ。

「何言ってんの。おとっつぁん。坂崎さんに迷惑でしょ」

酔っ払いの戯言《ざれごと》と思って欲しい。本気で受け取られたら困るし、何より恥ずかしい。

「いや、少しも迷惑ではありません。では、お言葉に甘えてそうさせていただきます」

坂崎が妙に真面目な顔で返した。もしかしたら酔っているのかしら？　まあ、今日が最後の夜と思えば、飲めない酒を勧められて断れなかったのも、わからなくはないけれど。

「そうよ。お綾ちゃん、今日はいい月夜だもの。お月見がてら行っててらっしゃい」

お美代までもがけしかけるような言い方をし、その横で新兵衛も恵比寿顔でにこにこしている。

「おいらも行く」

腰を浮かせかけた止太に、

「駄目よ、邪魔しちゃ」

大人びた口調で制したのはおはるである。一緒になったらきっと尻に敷かれるんだろうな、とずいぶん先のことを案じて、お綾は胸裏で苦笑する。

「じゃあ、行きましょうか」

お綾が眩しい思いで見上げると、かたじけない、と坂崎は笑った後に背筋を伸ばしたまますっくと立ち上がった。その姿は酔っているようには見えなかった。


表に出ると、折しも満月の夜だ。春の月は空の高みで青く澄んだ光を放っていた。

「すみません。おとっつぁんたら、あんなことを言って」

声に明るさをまとわせ、坂崎に詫びる。今生《こんじょう》の別れを湿っぽくはしたくない。帰りなさい、と勧めたのはお綾自身なのだから。

「いや。お父上の心遣いが嬉しいよ」

柔らかく微笑むと、坂崎は裏店へとゆっくりと歩き始めた。

「もうすぐ一年ですね。坂崎さんが新兵衛店に来てから」

「そうだね。まことに時が経つのは早い。お綾ちゃんに――」

「下駄をくれてから、でしょ？」

「いや、下駄ではなく」

「わかってます」

お綾は坂崎の言葉を引き取ると先を続けた。

「あたしは坂崎さんにたくさんのものをもらいました。下駄だけじゃなく、文字も教えてもらったし、何より大事な名も――」

「いや、それは違うよ」

坂崎は部屋の前に着くと立ち止まった。あっという間の見送りである。温かな部屋で時を過ごした後だからこそ、余計に別れ難かった。

「違うって？」

「名は、私が渡したわけじゃない。お綾ちゃんが自ら選び取ったんだ」

坂崎はそう言うと天を仰いだ。

「でも、字を教えてくれたのは坂崎さんです」

あの日、坂崎に出会わなければ、お綾は自身の名を真名で綴れなかった。〈綾〉は一生〈あや〉のままだったかもしれない。

「お綾ちゃんがあの字を選んだとき、私は感心したんだ」

「どうしてですか」

坂崎はしばらく空を見上げていたが、つとこちらを向いた。瞬きをゆっくりした後に、壊れ物を手渡すように告げた。

「絹、は母上の名だろう」

「はい」

でも、いつから知っていたんだろう。

「すぐにわかった」

初めて会った日におっかさんは死んだと言っていたから。

きぬ、という字も教えてください。

そういったときの目が必死だったから。

でも、感心したのはそれだけじゃない。

「お綾ちゃんは〈綾〉という字を選ぶときに『織り上げるほう』と言っただろう。ああ、これはこの子の思いだ。亡き母のために、自らの人生をしっかりと織り上げていきたい、という強い思いだ」

私はそんなふうに受け取ったんだ、と坂崎は微笑んだ。

「それほど深く考えていたわけじゃありません」

ただ、母とのつながりを感じたかった。母をずっと身近に思っていたかった。でも、そんなことをしなくても大丈夫だったのだ。あたしが〈おあや〉のままでも母はあたしの中にいる。おしま婆さんの言った通り、ずっといつづける。それがようやくわかった。本当に大事なものは決して忘れない。

二月の冷たい夜気に柔らかな静寂が満ちていく。その静けさにお綾は心を委ねながら空をゆっくりと見上げた。

今このひとときだけは、言葉は要らなかった。坂崎がお綾を大事に思ってくれることも、お綾と同じように束の間の別れを惜しんでいることも。静寂を通して胸にしみてくる。言葉以上にたくさんのものを伝えてくれる。美しく豊かな静寂だ。

その静寂を坂崎がそっと破る。

「布を織るときはね」

縦糸を先に張るのだという。そして、後から横糸を交差していくそうだ。

人生も織物みたいだね、と坂崎は続ける。

例えば、坂崎は武士の家に生まれた。人によっては百姓だったり、お店者だったり、あるいは、生まれてすぐに親がいなくなったり。

そういうものが縦糸。

そして、横糸は自ら選び、自らの手で通していく。

無論、すべてが選べるわけではないし、時には縦糸と横糸が上手く絡まないこともある。でも、それを織り上げていくのは本人しかできない。そして、あきらめずに織っていけば布は必ず強く美しくなる。

「私は、そんなことをお綾ちゃんと新兵衛長屋のみんなから教えてもらった。そして、たくさんの横糸をもらった。どれもが美しくて強い糸だ」

「いえ、あたしこそ――」

そこから先は続かなかった。きちんと礼を述べなくてはいけないと思うのに、もらったものが胸で溢れ返り、声に出して伝えることができなかった。

綾という字。たくさんの真名。たくさんの言葉。

言葉を知ることで、お綾の世界はぐんと広がった。今まで目にしていた、ありとあらゆるものに命が吹き込まれた。

花は恥じらい、草は嘯《うそぶ》き、木は哭《な》いた。陽は疾走し、星は泳ぎ、月は跪《ひざまず》いた。

自分の生きている世界は、こんなにも美しく豊かなもので溢れ返っているのだと言葉は教えてくれた。そして、今気づいた。

言葉に触れることこそが、母に会うことだったのだと。

本を読み、言葉を綴れば母の姿が眼裏に立ち上った。本を愛し、言葉を慈しむ母の心に近づくことができた。

それが、お綾にとっての「月の裏側」だったのだ。

ここには――お綾はそっと胸に手を当てる。

もう空っぽの重みはない。

お綾を取り巻く世界と同じように、どこまでもどこまでも広く豊かだ。

「あたしこそ、言葉のお蔭でこんなに心が豊かになりました」

胸を押さえたまま、ようようそれだけを告げた。

春の月はますます輝いて、新兵衛店を皓々《こうこう》と照らしている。やがて西空に沈み、朝が来れば、この場所はもっと明るい光で溢れ返る。でも、その頃には坂崎はいなくなってしまう。思い出せば泣きそうになるけれど、唇を噛んで懸命にこらえる。

いつか。そう、いつか。

「いつか、山を見においで」

お綾の心に呼応したかのような声が、驚くほど近くで聞こえた。

はっとして隣を見ると、坂崎は空を見上げている。月明かりのせいだろうか、男にしては長い睫が濡れて見えた。でも、そこに星夜のような悲しみはない。

「はい。いつか」

青く美しい山を見にいこう。この瞬間を今生の別れと思うのではなく、次の出会いのための別れと思おう。

別れたり、出会ったり。

それもまた、色とりどりの横糸となり、やがて強くて美しい綾になるのだから。

いつか、必ず。

心の中で呟くと、お綾も首をもたげる。

僅かに輪郭のぼやけた月が、得も言われぬ優しい眼差しでこちらを見下ろしていた。

＊

その日、坂崎清之介は執政部屋へ続く長い廊下を歩いていた。

登城するのは二年ぶりである。武者窓の外へ目をやると、青い空にくっきりと映えた紫紺の山が見えた。その美しさに束の間見惚れると、清之介は再び廊下を歩き始めた。

角を曲がり、襖《ふすま》の前で名を述べる。

「おお。待ちかねていたぞ。入れ」

よく通る声と共に、襖が開いた。

奥へ膝行《しっこう》し、平伏して長い無沙汰を詫びる。

「なかなかよい面構えになったの」

面を上げると、こちらも貫禄の増した白井紋太夫がにこやかな表情で見下ろしていた。黒田助之丞は隠居し、今は白井が筆頭家老の座についている。

「で、耳には入っておろうが、そこもとを藩校の訓導にと思うておる。その才を使わねばもったいない。先ずは数年。いずれは殿の侍講に推すつもりだ」

白井は得々と語る。

「有難きお言葉、痛み入ります。ですが、未だ若輩の身。先ずは別の場で精進いたしたいと存じます」

「別の場、とは」

「領内の村々でございます」

「はて、何ゆえに。まさか郡方に就きたいとでも」

白井が濃い眉をひそめる。

「いえ。村々に寺子屋《てらこや》を設け、そこで子どもたちに手習い指南をしたいと考えております。民が学べば、また領内も潤うのではないかと存じます」

「ふむ。それはもっともだ。だが、何ゆえ、そこもとがやらねばならぬ」

何ゆえ、己が。

――言葉のお蔭でこんなに心が豊かになりました。

お綾の感極まったような表情を手繰り寄せる。胸の奥から熱いものがこみ上げ、清之介の背を強く押してくれる。

「私は、綾を織る手伝いをしたいのです」

清之介は胸にそっと手を当てた。胸の中のお綾がにっこりと微笑む。それでいいのだ、と頷いてくれる。

「綾を?」

白井が訝しそうに眉をひそめた。

「はい。心の綾でございます。一人でも多くの子どもの綾を、豊かで美しいものにしてやりたいと。そのために子らに糸を渡してやりたいのです。太くて色鮮やかな糸を。それが私の願い、いえ」

それが己の生きる値だと。そう得心しております。

なにとぞ、お聞き届けくださりますよう――

＊

一年後――

昨夜降った雨で少しぬかるんだ足元に気を遣いながら、お綾は川べりの道を歩いていた。春の大川は空を映し、濃い藍色を湛《たた》え悠々と流れている。向かっているのは佐賀町の稲荷屋だ。本に囲まれて働きたいというお綾の願いを月蔵は快く受け入れ、僅かだが、と給金も渡してくれる。本の整理、写本や代書の仕事の仕分け、都留の手伝いなど結構忙しいが、本に触れられるのは嬉しい。何より、店に訪れる子どもたちに本を読み聞かせることが楽しみだ。しかも、これが大当たりで、客が増えたと月蔵はほくほく顔であった。

「おう、お綾ちゃん。新しい本が届いてるぜ」

稲荷屋に着くと、その月蔵が満面の笑みで包みを差し出した。

「新しい本って、これが？」

やけに薄い包みである。絵双紙か。それとも錦絵か。

「まあ、開けてみな」

短く言うと、月蔵は店奥の帳場へと去ってしまった。

店前の床几に腰掛けて包みを開くと、出てきたのは薄い冊子だ。厚手の鳥の子紙で表紙がつけられているけれど、挿絵も題名もない。

怪訝に思いながら表紙を開いた途端、お綾は息を呑んだ。

中表紙には、忘れようにも忘れられない手蹟が踊っていた。

『つきのうらがわ』

この流麗な文字がお綾を本の世界へと誘ってくれた。豊饒《ほうじょう》な言葉の海を自在に泳ぐ術を教えてくれた。

何よりも、母とつながる術を、月への道を示してくれたのだ。

まだ墨の香の立ち上る黒々とした文字をお綾はそっとなぞった。指先を通して何か温かいものが、胸の中に深く沁み通っていくようだった。

温もった指で中表紙をめくると、お綾の拙い文字が現れる。

——さて、湖は山の中腹よりずっと先にありました。

そんな一文で始まる、正太とおはると一緒に考えた物語だ。三羽の鳥と少年の物語だ。

さらに次の丁、また次の丁、と紙を繰っていく。

——おひさまはずっと子の背中にあって、行き先を明るく照らしてくれました。

最後の一文を読めば、次の丁には三羽の鳥の絵が現れる。

その絵の余白を見てお綾は胸が詰まった。

そこは、水で濡れた後のようにたわんでいたのだった。

ああ、あの人はようやく泣けたんだ。心が壊れてしまう前に思い切り泣けたんだ。

そうして、自らの手で罪の檻を壊すことができた。

紙のくぼみをお綾はそっと指でなぞった。どんなに手を伸ばしても届かなかった坂崎の心の内側に、今ようやく触れられたような気がした。

だが、本はここで終わりではない。指先で涙を拭くと、お綾は再び紙をめくる。

胸を強く衝かれた。

それは『つきのうらがわ』の続きだった。

生きるための、新しい物語だった。


さて、子は山を下りてから、たくさん遊んでたくさん学んでたくさん働いています。

本を読んだり、近所の子と手習いをしたり、晴れた日には隠れ鬼をしたり、おとうの手伝いをしたり、となかなか忙しいのです。

おっかあは、子のそばにいつもいるわけではありません。でも、ふとした拍子に子のそばに現れます。

たとえば、干したばかりの布団でうたた寝をしているとき。

おとうと汗を流して草取りをしているとき。

隠れ鬼でふかふかの稲藁《いねわら》にくるまっているとき。

青い山を望むとき。

おっかあはすぐ近くにいます。そんなとき、子はいつも温かくて幸せな気持ちになるのでした。

子はおばあの機織も手伝うようになりました。縦糸を先に張って、そこに横糸を絡ませていくのです。ひと織り、ひと織り、心をこめて織っていきます。

そんなとき、子は三羽の鳥のことを思い出します。

子を山の頂上に連れていってくれた七色の鳥です。

あの美しい鳥たちが元気に空を飛んでいるといいな、と思います。

鳥たちが元気でいるなら、子も元気でいられると思うからです。

そうして、日々機を織っているうちに。

美しい綾ができました。

強くてしなやかな綾です。

手で触れると、とても優しい綾です。

この世にひとつしかない綾です。

だから、子は大事に大事にしようと決めました。

そして、子は思うのです。

死んだおっかあにも。

七色の鳥たちにも。

会いたい、と思えばいつでも会えるのだと。

それは、子の心の中にあるのですから。


月の裏側は——

空の遥か高みにあるのではなかった。自らの心の中に。こんなにも近くにあったのだ。

ただ、その場所へ行くためには回り道が必要だった。

お綾も、おはるも、坂崎も。

誰もが、暗く冷たい夜を、幾たびも経験しなければならなかった。

でも、その場所に辿りついたとき。

人は、今までより強くなっている。

お綾は本を胸に抱いて立ち上がった。

目の前に広がるのは雲ひとつない春の空だ。この空のどこかに、坂崎の仰ぎ見る山がそびえている。

今、柔らかな風が頰を撫でてゆく。

澄んだ空を見上げて、お綾は大きく息を吸った。

本当に大事な人には——

会いたい、と思えばいつでも会える。

本作品は書下ろしです。

切りとり線

あなたにお願い

この本をお読みになって、どんな感想をお持ちでしょうか。次ページの「100字書評」を編集部までいただけたらありがたく存じます。個人名を識別できない形で処理したうえで、今後の企画の参考にさせていただくほか、作者に提供することがあります。

あなたの「100字書評」は新聞・雑誌などを通じて紹介させていただくことがあります。採用の場合は、特製図書カードを差し上げます。

次ページの原稿用紙（コピーしたものでもかまいません）に書評をお書きのうえ、このページを切り取り、左記へお送りください。祥伝社ホームページからも、書き込めます。

〒一〇一―八七〇一　東京都千代田区神田神保町三―三
祥伝社　文芸出版部　文芸編集　編集長　坂口芳和
電話〇三（三二六五）二〇八〇　www.shodensha.co.jp

◎本書の購買動機（新聞、雑誌名を記入するか、○をつけてください）

＿＿＿新聞・誌の広告を見て	＿＿＿新聞・誌の書評を見て	好きな作家だから	カバーに惹かれて	タイトルに惹かれて	知人のすすめで

◎最近、印象に残った作品や作家をお書きください

◎その他この本についてご意見がありましたらお書きください

100字書評

月のうらがわ

					住所
					なまえ
					年齢
					職業

麻宮好（あさみやこう）
群馬県生まれ。大学卒業後、会社員を経て中学入試専門塾で国語の講師を務める。2020年、第一回日本おいしい小説大賞応募作である『月のスープのつくりかた』を改稿しデビュー。22年、『恩送り　泥濘の十手』で第一回警察小説新人賞を受賞。

月《つき》のうらがわ

令和5年10月20日　　初版第1刷発行

著者───麻《あさ》宮《みや》　好《こう》

発行者──辻　浩明

発行所──祥伝社《しょうでんしゃ》
〒101-8701　東京都千代田区神田神保町3-3
電話　03-3265-2081（販売）　03-3265-2080（編集）
03-3265-3622（業務）

印刷───萩原印刷

製本───ナショナル製本

ISBN978-4-396-63655-5　C0093
祥伝社のホームページ・www.shodensha.co.jp

祥伝社
四六判文芸書

博覧男爵《はくらんだんしゃく》

日本初の博物館を創り、
知の文明開化を成し遂げた挑戦者！

志川節子

幕末の巴里《パリ》万博で欧米文化の底力を痛感し、
武力に頼らない日本の未来を開拓する男がいた！

祥伝社

四六判文芸書／祥伝社文庫

立派に育つその日まで。
教え、教えられ、今日も子供たちと格闘中！

銀《ぎん》杏《なん》手ならい

西條奈加

いちょうの大樹が看板の手習所『銀杏堂《ぎんなん》』で、萌《もえ》は出戻り女師匠と侮られながらも小さな瞳を見つめ続ける……。